她习惯做事权衡利弊，说不出最爱的一部电影，没有特别想要的东西，不怎么喜欢热闹，不怎么喜欢孤独也享受孤独，得到或失去都不强求。

可当那个夜晚，他听择问她要不要跟他赌一次的时候，裴枝才知道原来当绝对理性遇上心动，就会被一点点杀死，然后重塑。

解长

大鱼

有爱的青春陪伴者

下完这场雨

碎厌 著

江苏凤凰文艺出版社
JIANGSU PHOENIX LITERATURE AND
ART PUBLISHING

图书在版编目（ＣＩＰ）数据

下完这场雨 / 碎厌著. -- 南京：江苏凤凰文艺出版社，2024.4
ISBN 978-7-5594-8120-7

Ⅰ.①下… Ⅱ.①碎… Ⅲ.①言情小说－中国－当代 Ⅳ.①I247.5

中国国家版本馆CIP数据核字(2023)第229821号

下完这场雨
碎厌 著

责任编辑	王昕宁
特约编辑	欧雅婷
出版发行	江苏凤凰文艺出版社
	南京市中央路165号，邮编：210009
网 址	http://www.jswenyi.com
印 刷	天津睿和印艺科技有限公司
开 本	880mm×1230mm 1/32
印 张	9.5
字 数	300千字
版 次	2024年4月第1版
印 次	2024年4月第1次印刷
书 号	ISBN 978-7-5594-8120-7
定 价	42.80元

江苏凤凰文艺版图书凡印刷、装订错误，可向出版社调换，联系电话025-83280257

目录
/contents

第一章　很放肆，也很帅 /001

第二章　慢慢来，我们来日方长 /033

第三章　带我去你那儿吧 /056

第四章　要不要赌一次？跟我 /096

第五章　是爱不得却无法拒绝的人 /124

目录 /contents

第六章　我许愿，想要你做我的女朋友 /150

第七章　他比你以为的还要喜欢你 /180

第八章　我只救你 /209

第九章　不管你什么样我都喜欢 /238

第十章　你要永远幸福啊 /264

第一章 /
很放肆，也很帅

裴枝高考完的那年夏天持续了很久。

直到九月中旬台风登陆，带来一场连绵的雨，这年盛夏才潦草收场。

气温一夜之间跌降得有点低，宿舍窗户上都蒙了层水汽。

裴枝不太喜欢这种天，人容易犯懒。

桌上摊着的课本有明显洇开的墨点，裴枝扔了笔，起身想倒杯水。结果她转头就看见室友温宁欣那双白花花的腿，一条藕粉色的吊带裙，肩膀上挂着两根细带，仿佛不知冷。

温宁欣站在镜子前，注意力却在电话那头，秀气的眉毛皱着："就这一次，拜托了。"

那头不知道说了什么，温宁欣脸上的表情慢慢放晴。等挂了电话，温宁欣凑到裴枝面前，笑意盈盈地和她商量："裴枝，我有点事，等会儿艺术概论课你帮我签个到呗。"

两人之间的距离被温宁欣单方面拉近，裴枝对上她水波荡漾的眼睛，没什么情绪地应下。随手打钩的事，裴枝也懒得多问。

温宁欣感激地道了句谢，一脸高兴地带上门走了。

外面好像又下起了雨，裴枝刚想问许挽乔有没有带伞，门口就传来动静。

许挽乔跺着脚走进来，衣摆那儿湿了一小块。她抱怨了句鬼天气，把手里的纸袋递给裴枝："军训的衣服，我顺手帮你拿回来了，你看看尺码对不对。"

"谢谢。"说完，裴枝去阳台扯了条干净的毛巾给她。

北江大学建校百年，有个雷打不动的传统——国庆之后军训。所以整个十月,学校里都是燎原的红色。

许挽乔接过毛巾,擦掉发丝上摇摇欲坠的水珠。她突然想到什么,扭头问裴枝:"我刚在楼下看见温宁欣出去了,她不上课啊?"

裴枝靠回椅背,点了点头,把刚才的事转述一遍。

许挽乔听后怒其不争地"啧啧"两声,说道:"你就惯着她吧,要是被'地中海'抓到,你俩都吃不了兜着走。"

"地中海"就是上艺术概论课的教授,脾气有点古怪一老头。出勤要么不抓,要么一抓一个狠,挂他这门课的大多是因为这个。

"没事的。"裴枝无所谓地笑了笑,按亮手机扫了眼时间,"走吧,该去见'地中海'了。"

一场暴雨来得猛,去得也快。

等两人往教学楼去的时候,乌云已经散了,只剩天色昏沉,灰青一片,四周变得如同镜花水月般不真实。

离上课还有二十分钟,许挽乔顺路拐去超市买饮料。

裴枝就站在外面的花坛边等她,脚边落了满地的花瓣,被雨打蔫,颜色都褪了不少。

微信里堆满了乱七八糟的消息,学院群里辅导员又发了一则讲座通知。

裴枝跟着回复了一句"收到"。大概是网络有点延迟,消息转了半天才发出去。

邱忆柳也给她发了几条,意思是天气转凉,要注意保暖。

"知道了"三个字刚打完,裴枝的余光里有道熟悉的粉色身影掠过。她指尖悬空两秒,按下发送键,才缓缓抬头。

花坛对角连着东校区的篮球场,照明灯还没开,光线有点昏暗,迎上去的那抹粉色格外显眼。

三五个男生不紧不慢地从里面走出来,最中间的那个看着很高,挺阔的肩膀撑起一件黑色短袖,手懒散地插着兜,低头在听人讲话。他颈间戴了条银质锁骨链,从松垮的领口荡下来。

许挽乔买好东西出来,也看到了不远处的场景。她往裴枝怀里塞了一瓶水,忍不住嘟囔道:"温宁欣说的有事就是这事?"

她眯眼打量两秒，语气扬了扬："中间那男的是沈听择啊。"

"你认识？"裴枝皱眉。

许挽乔摇头："谈不上认识，就这半个月学校新生群和墙上有超多人'捞'他，大帅哥嘛，谁不爱看？"

温宁欣站在沈听择面前，裙摆被风吹动，她手里的纸袋朝男生方向扬起。虽然她背对着裴枝，只露出小半张侧脸，但裴枝能看出她在笑，神态娇俏。

示好，又或是表白。

男生在这时抬起了头，裴枝终于看清他的长相。

皮肤冷白，单眼皮，鼻梁线条优越且凌厉，薄唇性感过女人。

一张有足够资本的"渣男"脸。

沈听择没接，垂眸看见袋子里的东西，眉眼沉了点，腔调却散漫轻佻："喜欢我啊？"

温宁欣闻言怔住，没想到沈听择会把自己的心思说出来，直白又赤裸，一时间娇羞得不行，红晕更深，笑着小幅度地点了下头。

她笑起来有两个酒窝，很浅，但漂亮，是个男的都喜欢。果不其然，旁边的男生开始起哄，拱着沈听择的手臂，像群月老急于牵线。

裴枝下意识地去看事件的主角。

沈听择站得不算直，但架不住个高腿长，还是出众。黑浓的睫毛垂耷着，颓痞的气质太明显。几秒后他抬起下颌，没什么情绪地开口："抱歉。"

周围不可避免地出现小声议论和唏嘘。

"能给我一个理由吗？"温宁欣腰背挺直了点，似乎这样就能掩饰自己被拒绝的狼狈。她咬着唇，不甘地问，"你是……有喜欢的人了吗？"

温宁欣从来不是一时脑热想要表白。

她对自己的长相一向有信心，也深谙先下手为强的道理，所以在打听清楚沈听择还是单身后果断选择了出击。

既然沈听择身边注定要有人，为什么不能是她呢？

裴枝本来是要拉着许挽乔走的，她对这种事一点兴趣也没有。

可就在这一秒，她看见男生嘴角很浅地勾了一下，眼皮掀起，视线不疾不徐地越过了人群，语调拖着，像在思考："喜欢的人吗？"

湿漉的黄昏里，两人的目光突然在半空相撞。

他的瞳孔漆黑，深不见底，极具压迫感。

沈听择惋惜地摇了摇头："不好意思啊，我比较喜欢学习。"

一本正经的，却又浑得不行。

坏死了。

温宁欣最后是红着眼走开的，旁边几个男生看着心疼得不行，纷纷声讨起始作俑者。

"你自己听听那鬼话能信吗？"

"多伤人家美女的心啊！"

"你能不能少祸害两个啊，真是旱的旱死，涝的涝死。"

…………

沈听择瞥了他们一眼，伸手摸向口袋，满不在乎地哼笑："我看着不像好学生吗？"

兜里是空的，他似乎想起什么，有些躁地"啧"了声，侧睨看向旁边的梁逾文："借根烟。"

梁逾文不满地啐他："你可拉倒吧，哪个好学生像你这样的？"手上动作倒是听话，利索地扔了根烟过去。

沈听择把烟送到嘴边，也不急着抽，就这么咬着。修长的手指微蜷着抵在唇边低笑，肩膀有明显的颤动幅度："再废话晚上喝酒你请客。"

有人听到这话，立马来了兴致，凑上前说："万象广场后面那条街新开了一家酒吧，据说环境不错。"

梁逾文想也没想地觑他，笑得欠揍："你别给我装，不就是想换个新地儿泡妞吗？"

那人笑着去勾梁逾文的肩膀："有本事你别去。"

梁逾文转头征询了一下沈听择的意见。

沈听择睨向插科打诨的两人，眉眼还是淡淡的，漫不经心地耸肩："去呗。"

走出几步，有人不满地找沈听择秋后算账："对了，你刚刚干吗不上场？"

沈听择闻言偏头看他，眼中意兴阑珊，嘴角勾起很浅的笑："没睡醒。"

梁逾文在旁边不厚道地笑出声。

徐东沉默几秒，脑子里还是刚才被自动化学院压着打的画面，他一口气出不来："要是今天你打前锋，还有吴闵行那小子什么事吗？"

有人附和他。

"好了，多大点事。不是打的积分赛嘛，让他们一场又怎么样？"梁逾文拍了拍徐东的肩膀，转头看向沈听择，"你说是吧？"

沈听择漫不经心地"嗯"了一声。

一群男生又闹哄哄地往校外走去。

裴枝也适时抬脚往教学楼走，和沈听择擦肩而过的那一瞬间，他低垂着头，视线完全没有停留，仿佛刚才的对视是她一个人的错觉。

空气中只剩下很淡的乌木香。

反应过来后裴枝觉得自己错得挺离谱的，自嘲地扯了下嘴角。

"温宁欣的眼光也是毒，"许挽乔还在感慨，"沈听择这种人看着就很顶，只可惜啊，落花有意流水无情。"

"你就别想了。"裴枝好笑地拍在许挽乔肩膀上，"要是被宋砚辞知道，你就自求多福吧。"

她们宿舍的都知道，许挽乔有个男朋友，在隔壁医科大。

许挽乔撇撇嘴："我就欣赏一下还不行吗？"

裴枝被许挽乔带着又回头看了一眼。

那群男生还没走远，沈听择依然站在中间，单手插着兜，步调懒散。

他身上的黑色短袖被风吹得鼓起一角，从裴枝这个角度能看到他手肘屈起的骨骼棱角，介于少年和男人之间，有种浪荡又隐晦的性张力，勾人得要死。

不知道旁边人和他说了什么，他配合地笑了笑，肆意风发。

像是灰蒙中的唯一亮色，无比鲜活。

许挽乔话锋一转，来了劲，不怀好意地看向裴枝笑："说真的，你就没点想法？"

"我该有什么想法？"裴枝平静地收回视线，笑了笑，"他不也就只有两只眼睛、一张嘴吗……"

一场插曲浪费了些时间，等两人走进教学楼，偌大的阶梯教室早就坐满了

/ 005

人,只剩前排中间的两个位置,正好就在"地中海"的眼皮底下。

裴枝认命地坐下,硬生生听完了两节课,直到下课才有空看手机。

微信里又多了两条新消息,她回复完,抬头对正在收拾东西的许挽乔说道:"店里有个活,让我过去一趟。"

"现在啊?"

裴枝点头。

"那你晚饭也不吃啦?"

"我等会儿在路上随便买点。"

许挽乔蹙眉,戳了戳裴枝的手臂:"你怎么想到去刺青店打工的啊?做家教不好吗?"

裴枝把厚重的课本往许挽乔包里一塞,淡笑道:"我这不是专业对口吗?"

许挽乔也听笑了:"在人身上雕塑吗?真有你的。"

裴枝和许挽乔在校门口分别。

下午五点半,天已经全黑了,晚风缠绕在潮冷的空气里,下过雨的那种味道很重。

地铁站里挤满了下班回家的人,裤脚半干的泥渍成了他们疲于尘世的证明。各自营生,日复一日地过着。

出站是五点四十八分,城市霓虹灯已经陆续地亮起,繁华得迷人眼。

李元明三分钟前问裴枝到哪儿了,裴枝如实发了个定位过去。路过巷口那家便利店,她想到自己还没吃晚饭,就走了进去。

货架上的东西已经剩得不多,裴枝扫了一眼,拿走了最后两个奥尔良鸡排饭团,又看到冰柜里的酸奶,犹豫了两秒最后没要。

她不想给自己的胃找罪受。

"一共十三块八。"收银员扫完商品条形码,报出价格,眼睛还盯着手机上的电视剧,心不在焉地问,"是微信支付还是支付宝支付?"

裴枝刚打开微信支付界面,准备将手机递过去,背后的自动感应门清脆地发出一声响动。

不用回头她也能感受到整个人被一道高挺的身影覆住,不远不近的距离,对方身上冰凉的烟草味很缓地将她的气息占据。

一道低沉又冷淡的男声在裴枝耳边响起："黑加仑味的没了吗？"

收银员分神看了眼，回他："所有口味都在那儿了，没有就是没货。"

裴枝听见男生含混不清地"啧"了声，像是有点不爽，然后是塑料包装被人按在收银台上的动静，"啪"的一声，并不重，但在安静的便利店显得很突兀。

她微微偏头，视线落在男生伸出的那只手上，冷调的白，骨节分明，有浅淡的青色血管浮起蜿蜒，看着莫名很性感。

裴枝没想到会在这里碰到沈听择。

可她转念一想万象广场就在附近，也就不奇怪了。

收银员打量着面前贴得有些近的两人，试探地问："你们一起的？"

没等沈听择表态，裴枝先回过神，她摆手，声音透着冷淡："不是。"

见状，收银员没再多嘴，麻利地帮裴枝结完账，还不忘说一句"欢迎下次光临"。

裴枝把手机揣回兜里，拿着饭团转身，又缓缓抬眸看了沈听择一眼，示意他让让。

比起下午模糊的环境，便利店敞亮，裴枝看向他的眼神更直观，也更淡漠。

沈听择了然地挑眉，身体往后靠，退了一大步。他狭长的眼眸懒洋洋地扫向她，牙齿咬着下唇，和下午她见过的所有笑都不同，没有太多收敛，很性感，也放肆。

刺青店就在中央商圈后面的一条小巷里，正对一面涂鸦墙，乱七八糟的喷绘在夜色里显得有些狰狞。虚掩的铁门上悬着块木牌，纯黑的底色，只写了"TATTOO"的字样，没有店名。

和老板一样低调。

裴枝在这里干了将近一个月，还没见过老板。带她的是个三十出头的刺青师，叫李元明，店里大大小小的事基本是他在管。

巷子里鱼龙混杂，时不时有人勾肩搭背地走过，口哨声吹得流氓，裴枝无动于衷，过滤掉那些不怀好意的目光，倚着墙，慢吞吞地把两个饭团吃完。

进店刚好六点。

头顶那盏白炽灯坏过几次，显得有点暗。文身椅上趴着一个膘肥体壮的男人,李元明在给他裹保鲜膜,做最后的收尾工作。

裴枝扫了眼,他文的是满背青龙。

一般人受不了这疼。

听见门口的动静,两人都分了点目光过来。胖子反应明显,像是见着妖怪,压低了声问旁边的李元明:"这是你们店里的啊?"

李元明手上动作没停,"嗯"了一声。

胖子打量几秒,突然起了劲:"哥们,她该不会还是未成年吧?"

李元明觑了他一眼,不置可否:"五个小时之后可以把保鲜膜揭掉,最近几天注意清洁,忌酒忌辛辣食物,有任何不适请及时就医。"

胖子见状无趣地"喊"了声,抓起自己的衣服套上,很快付完钱走了。

李元明脚尖抵着旋转椅转向裴枝,朝她努了下嘴:"来了啊,你的客人等很久了。"

裴枝这才注意到沙发上坐着一个人。

很年轻,看着和她差不多大,灰色背心,露出健硕的肱二头肌,跷着二郎腿在玩手游,老神在在,仿佛坐这儿等了两个小时的人不是他。

李元明在微信上只说让她来加个班,没想到是有人指名道姓要她文。

裴枝盯着男生看了两秒,很轻地笑了笑。

刺青店后面两条街是一所体校,前阵子有几个体育生来过,是她经手文的。从那之后找来的体校男生就越来越多,他们的目的一点也不难猜,无非是想借刺青追她。

但送上门的生意裴枝没道理不做。她俗,不会和钱过不去。

裴枝照例询问男生想文什么,男生也没多废话,直接递了一张图片过来。

裴枝看了眼不予置评,取下手腕上的皮筋,将长发扎成低马尾,边戴手套边问:"那你想要文在哪里?"

男生悠哉地反问:"哪儿最疼啊?"

"皮肤薄的地方会疼一点。"

"那哪儿不疼啊?"

裴枝上下扫他一眼:"不文就不疼。"

刺青这种东西,讲究技术,好的刺青师能够把握针的深度,尽量减少痛感,但毕竟是要扎进皮肉,有些疼痛在所难免。

最后男生决定文在手臂上。

胖子焐热的椅子还没冷却,男生又坐了上去。

裴枝把文身针消完毒,先在男生手臂上描了图,然后接通电源,淡声提醒:"我要开始文了,如果受不了就告诉我。"

男生满不在乎地说"行"。

店里只剩下机器运作的细微"嗡嗡"声。

裴枝低垂着头,握着带墨的排针一下下刺进皮肤,神色平静专注,有几绺不听话的碎发垂到脸侧,一根红绳手链圈在纤瘦的腕骨上,模样看着又乖又纯。

怎么看她都和文身这种东西搭不上边。

可李元明至今还记得裴枝走进店里的那天。

暑夜闷热,吊扇在头顶"嘎吱"作响地转着,他看球赛正到关键时刻,门被人从外面推开。

他不耐烦地转头,裴枝就这样出现在他的视野里。穿着一条黑裙的她,快要与身后的夜幕融为一体。

她看上去情绪很淡,垂着眼睫,把一张A4纸按在桌上,指着上面的字问:"这个我能做吗?"

是前几天老板让他贴在门外的招工启事"招学徒,待遇面议"。

李元明没想过会是这么年轻一姑娘,当时就愣住了。刺青这行不比其他,大众的刻板印象还停留在弄这玩意的不是什么好人。

结果裴枝耐着性子又问了一遍:"请问,我可以做吗?"

说是学徒,但后来李元明惊讶于裴枝上手很快,加上美术功底深,短短半个月时间,她已经能独自出活,水平也不逊于他这个专业刺青师了。

他问过裴枝之前是不是接触过刺青,裴枝并没有否认,但更多的,她闭口不谈。

这种小篇幅的刺青耗时不长,一个多小时就结束了。男生不知道是为了耍帅,还是真的没感觉,反正从头到尾没表现出一点疼。

文完了,男生也不遮掩他的小算盘了,借着咨询后续保养的由头,直接把他的微信二维码递到裴枝面前。

裴枝摘了黑色橡胶手套,指着墙上贴着的二维码,淡笑道:"这是我们店的客服微信,你加这个就行。"

"那不成,这是你给我文的,出了什么问题不得你给我负责吗?"

男生特意咬重了"负责"两个字。

裴枝不是第一次碰到这种事,她神情未变,眼睛不躲不避地直视着男生,甚至仍带着平静的笑意:"如果真到了要负责的地步,我们会直接在医院见的。"

先验伤,再谈赔偿。

男生一肚子的追女孩说辞还没来得及出口,就被裴枝这句话堵了回去。他仔细辨认裴枝眉眼间不是装出来的冷淡,终于信了他那帮兄弟的邪——

刺青店那妞脸蛋和身材哪儿哪儿都绝,就是难搞。

男生最终走得倒还潇洒,一脸"我才不稀罕你"的样子。裴枝视若无睹,和李元明打了声招呼就直接走了。

许挽乔给裴枝发了条微信,问裴枝什么时候回来,温宁欣在宿舍哭得她头都大了。

裴枝让她再忍忍,马上就回。

可没等消息发出去,手机屏幕上先跳出一通来电。

裴枝的眉头几乎是一瞬间皱起,脚步顿住。

外面好像又冷了点,风没方向地乱刮,吹得树梢黄叶簌簌作响。巷子里的路灯就像摆设,昏暗得人视线模糊。

"你现在翅膀硬了是吧?你老子再不给你打电话,你是不是打算跟你后爸改姓陆了?"

听筒那端的背景音很杂,男人大着舌头,声音又沙,震得裴枝耳朵难受。她听着裴建柏劈头盖脸的质问,只觉得想笑。

裴枝没说话,裴建柏当她是默认,火气更甚:"裴枝,你还把我当老子吗?合着全世界都知道你去北江念书了,就把我蒙在鼓里是吧?"

又是一阵玻璃瓶碎裂的声音。

裴枝像是应激般闭上眼睛,好几秒后才回过神,慢慢睁开。她握紧了手机,后退一步，脚跟抵到了墙角："录取那天我和你说过，你去参加同事婚礼了。"

顿了两秒，裴枝轻讽地补充道："喝多了。"

那头终于安静了，估计是想起来了，又恰好有人在旁边叫他，裴建柏直接把电话挂了。

裴枝垂眸看着手机一点点自动暗了，她视线里的光源更暗了。

昏天黑地里只有她一个人。

她仿佛回到了那个狭小潮湿的出租屋，裴建柏和邱忆柳没完没了地吵，把能摔的东西都摔了，满地狼藉。

两人后来离婚闹得也很难看。

远处有人散场，闹哄哄的一群，像割裂了两个时空。

裴枝回过神，自嘲地扯了下嘴角，觉得自己越活越矫情了。她从胸腔轻轻呼出一口气，往前刚走几步，手腕突然被人用力拉了一下。

那人的指骨明显，掌心沾着凉意，贴在她的皮肤上，被一点一点放大。

她周身萦绕一股不算陌生的气息，温热濡湿像是错觉般拂过她的耳郭，男生的声音低沉。

"当心。"

大灯晃过，一辆摩托车几乎是擦着裴枝的衣角从狭窄的巷子里挤过去，速度不减，轮胎摩擦地面，发出刺耳的轰鸣声。

裴枝僵了一瞬，才倏地反应过来，迟疑地抬头看向突然出现的沈听择。

他已经松了手，神态自若地插回裤兜。肩膀懒倦地斜着，在墙上随便寻了个支点倚靠，状态看着很懒散。他的另一只手垂在裤边，捏着不久前他在便利店里买的那袋 Foxs 水果糖。

路灯光线混浊，他大半张脸陷在阴影里，看不太清神情。

但裴枝能确定他在看她。

道谢的话刚到嘴边，斜后方忽然传来不算轻的响动，混着几声痛苦的哀号。

裴枝眉心跳了下，转过身，就看见更暗的角落里有人在打架。准确来说，是几个黄毛单方面被打。而动手的那拨人，她下午见过。

和沈听择走在一起的。

到这个时候裴枝才发觉，沈听择身上那件黑色短袖皱了、脏了。散漫垂下

/ 011

的小臂上有伤，暗红的一道，延伸到手背的骨节上，让他整个人透着莫名的颓丧。

可直觉告诉裴枝，他应该才是打得最凶的那个。

拳头砸在人身上的声音更闷了，裴枝瞥见沈听择动了一下，他慢吞吞地站直身体，情绪不太高地往那儿扫了眼，然后抬脚走过去。

"梁逾文。"他淡漠地喊了个名字。

其中一个男生"哎"了声，头却没抬，提着一个黄毛的衣领直接往墙上搋，嘴里骂道："刚不是还挺嚣张吗？啊？仗势欺人你还有理了？今天碰上我们算你倒霉。"

眼看他还要继续打人，沈听择漫不经心地拍了拍他的肩，阻止道："行了。"

梁逾文闻言所有动作被迫停下，他转向沈听择，很是不满地皱眉："这就算啦？就这种手比女人还软的人，居然还有脸收保护费……"

小巷这会儿已经完全浸在夜色里了，似乎只有裴枝身后有光。

她的视野里沈听择是朦胧的，他站在一片昏暗里，慢条斯理地扬起眼尾，再一次看向她，声音含笑，语调拖得又懒又痞："算了，有人看着呢。"

气氛有短暂的滞凝。

梁逾文眉头先舒展开，眨眼看了看沈听择，然后扭头看向站在不远处的裴枝，惊讶得嘴巴慢慢张成"〇"形。

更多双眼睛随之落到裴枝身上，她一时间成了焦点。这种感觉不算好，裴枝很轻地皱了下眉，语气冷漠平常："没事，你们继续。"顿了下，她对上沈听择漆黑的眼睛，声音放软了点，"刚刚，谢谢你。"

裴枝回到宿舍将近晚上十点。

温宁欣已经哭累睡着了，许挽乔和另一个室友辛娟还亮着灯。

一个刷剧，一个刷题。

裴枝知道辛娟是以小县城高考状元的身份考上北江大学的，按理说挺优秀了，可一旦踏入这种学霸云集的学校，有些差距根本遮不住。

她没去打扰，只把顺路带的奶茶放在辛娟桌上，然后转身把温宁欣的那杯一并给了许挽乔。

许挽乔嘴上嚷着深夜喝奶茶胖十斤，插吸管的动作倒是不含糊。她满足地啜了一大口，拉着裴枝走到阳台上。

宿舍楼下时不时有盏路灯会坏，光线明明暗暗，勾出几对小情侣腻歪的剪影，旖旎得不行。

裴枝手肘支着栏杆，看了会儿，觉得热恋期还挺美好的。

身后许挽乔轻手轻脚地关好阳台移门，像任督二脉打通了般，动作幅度都大了起来，也不再压着气音："你没回来之前，我真怕呼吸重了把'小公主'吵醒。"

温宁欣是典型南方人的长相，唇红齿白，跟个洋娃娃似的，家里条件也好，一看就是被从小宠到大的公主。

裴枝笑笑："哪有这么夸张？"

"你是没看到，她哭得可伤心了，就跟失恋了一样。"许挽乔晃了晃脑袋，像是同情又像不解，"但明明就没开始过。

"关键是辛娟问她怎么了，她也不肯说，我只能当作什么都不知道，根本没法安慰。"

当时温宁欣全程背对着她俩，一颗心更是拴在沈听择身上，所以被室友围观了这事温宁欣浑然不觉。

当众表白失败这种事已经够丢人了，许挽乔和裴枝一致决定装作不知情，省得再惹温宁欣难堪。

许挽乔说着长长地叹了口气，也撑起自己的下巴，有感而发："你说，沈听择这种看起来特别难搞定的，其实玩得最花了吧。"

裴枝听得沉默，脑海里不由得浮现出沈听择那张脸，是真的挺招女孩的。痞气进了骨子里，不像同龄人那样刻意耍帅，他甚至连眼神都懒得给，也照样勾人。

这是他的本事。

"不过话又说回来，谁让他长得帅，家里有钱，脑子还好使呢，人家高考裸分考的金融学系。"许挽乔掰着手指，一条条细数她八卦来的消息，"我听说他还玩车，四个轮子的，并且拿过奖，这种男的真带劲。"

"是吗？"裴枝不太喜欢在背后议论别人，她伸手拉了下许挽乔睡衣的兔耳朵，很淡地笑了声，算作回应。

许挽乔见状,看出裴枝兴致不高,也没再纠结沈听择这个人,视线落在楼底的小情侣身上,转头试探地问:"枝枝,你这周末有空吗,能不能陪我去趟医科大啊?"

裴枝听到医科大时怔了下,但只一瞬,她挑眉反问:"找宋砚辞?"

许挽乔点头:"嗯。他们周六正好军训完,我去给他送个东西。"顿了顿她不好意思地笑,"我路痴,不认路。"

"行,我陪你去。"

说完裴枝没在阳台多待,她怕晚了没热水洗澡,拿上衣服进了卫生间。

许挽乔也捧着奶茶进门了。

等裴枝洗好出来,宿舍已经半黑,辛娟关灯睡觉了,只有许挽乔还趴在床栏边,用口型跟她说晚安。

裴枝以为能一觉睡到天亮,可半夜昏昏沉沉地做了个梦,被惊醒。

宿舍里静得呼吸可闻,所有感官在黑暗里被无限放大。裴枝缓了半晌,摸到枕头下的手机,看了眼时间。

凌晨一点三十七,还早。

窗外又开始下雨了,她睁眼看着天花板,因为太黑,目光没法聚焦,闭上眼又还是那场噩梦,没完没了。

烦躁上涌得厉害,裴枝干脆起床,拉开移门走了出去。

阳台露天,这会儿风雨交加,冷是真的冷,吹在裴枝裸露的大片肌肤上,也是真的痛快。

整座学校都在沉睡着,对面宿舍楼没一丝光亮,乍一眼看过去空洞又压抑。

可偏偏裴枝觉得喘得过气了,还饶有兴致地仰头拍了张被乌云遮了一半的月亮,放进相册里名为"Ye"的分类,然后就这么倚着栏杆玩了会儿手机。

朋友圈里来来回回是很多女生分享的照片,漂亮的、鲜活的,这个年纪怎么拍都是好看的。

她挨个儿点了赞,只是在刷到一个陌生头像时顿了下。

她没有备注的习惯,翻了聊天记录才想起来这是报到那天加的一个学长微信。

男生发朋友圈向来随意,直接甩了一张照片,文案也没。时间显示五十分钟前,色调迷暗,黑色玻璃台上横七竖八地倒了不少酒瓶,让人看一眼都要跟着醉。

而画面左下角有只手不经意入镜。

勾着罐啤酒,清晰分明的指节搭在拉环上,要开不开,十足的掌控意味。手背的那抹血渍并不显眼,但裴枝还是一眼看见了。

就是这只手,在四个小时前拉过她。

沈听择的手很大,五指圈住她的手腕还能空出一截。掌心不冰,也不烫,是那种让人难以戒备的温凉,贴着她的皮肤收紧时又能明显感受到独属于少年的热度。

又是沈听择。

等裴枝意识到这个夜晚沈听择的存在感似乎过于强烈时,她没忍住皱了下眉,想也没想地伸手点掉那张照片。

后来是什么时候睡着的,裴枝不记得了。

第二天醒来的时候头有点疼,她归因于凌晨吹了冷风,没当回事。只是上了两节课回到宿舍,脑袋胀痛得更厉害。

一量体温居然低烧了,许挽乔大惊小怪地要送裴枝去医务室,被裴枝笑笑制止了:"吃点药就行。"

退烧药的后劲大,裴枝一觉昏昏沉沉地睡到了下午五点半。

过了秋分,天越黑越早。

宿舍里一个人都没有,静悄悄的。

裴枝睡得脑子有点蒙,头发也出了汗粘在颈间。她去卫生间冲了个澡才缓过神,擦着头发出来时刚好碰上从外面回来的辛娟。

如果抛开她晒黑的皮肤,很多人会觉得辛娟是江南姑娘,就连当初裴枝也看走眼过。

她的五官钝感不强,一双圆眼,软糯又水灵。小巧的鼻尖这会儿挂着汗珠,脸颊微微泛着红。

裴枝看了她一眼:"外面热啊?"

辛娟反应过来,不太自在地顺了顺自己跑乱的麻花辫,说话有点磕绊:

"没……不热，我刚刚跑步了。"

"哦。"裴枝不疑有他，在心里默算了一下自己这学期阳光长跑的次数，好像有点懒。

两人相顾无言几秒，辛娟看着裴枝拿起桌上的手机，关切地问道："你感觉好点了吗？"

裴枝随口"嗯"了声，点进被关了一下午静音的微信。

裴建柏"噼里啪啦"给她发了一堆，威胁、警告都有。裴枝扫了眼，没回，面无表情地按了删除。

除此之外就是许挽乔发的，最新一条是五分钟前，问裴枝晚上的通识课要不要帮她请假。

裴枝按着手机回：不用，我等会儿去。

退出时，裴枝的视线不可避免地移到通讯录那栏，她看着多出来的红点眯了下。

一共五条新朋友请求添加的消息。

头像不是库里就是詹姆斯。

裴枝连眉都懒得皱就知道是谁干的好事，她找到和陈复的聊天框，发了条消息：又卖我？

没过一分钟，陈复直接回了个电话过来，声音有点喘，估计刚打完球，他吊儿郎当地笑："我关心你都来不及，哪舍得卖你啊。这不是给你谋幸福来了嘛，篮球队的，你选选？"

裴枝被他说得愣了愣，没吭声。

陈复笑得更加恶劣："要实在难以抉择呢，我给你个建议，就一三五找他们队长，二四六换那个一米八五的前锋，周日两个一起也不是不行。"

几秒的安静后，裴枝脑子转过弯了。她朝那头笑骂了一句"滚蛋"，觉得自己当初是脑子坏了才会和陈复这种人混到一起。

陈复笑够了，伴着窸窸窣窣的声音，那头也静了不少。他语气变得正经起来："生病了？还是哭过？"

裴枝想他多半是听出了自己的鼻音，也没打算瞒："没哭，有点烧。"

不等陈复开口，她淡声警告："你别告诉我哥。"

陈复这下又乐了:"怕他管啊?"

裴枝闻言懒得再跟他废话,不客气地把电话挂了。

结果下一秒陈复的微信又进来:放心,他最近正和我们学校一美女打得火热,你想要他管他都没空。

隔着屏幕裴枝都能感受到陈复欠揍的那股劲,她慢吞吞地打了四个字过去:我想个屁。

回完裴枝就没再管陈复又发了什么,把手机扔回桌上,转头却撞上辛娟探究的目光,她眼神闪躲两下,裴枝只当没看见。

裴枝不想顶着一张病态的脸去上课,于是在吹完头发后简单地化了个妆。

眉毛被描得细长,唇色娇红。她的长相本身随了邱忆柳,偏艳,骨相优越,生来一双狐狸眼,漂亮得有攻击性。

裴枝拧上口红盖,对着镜子勾了下嘴角。

她现在也是挺无聊的。

通识课这种不分专业的公共选修大课,好不好过全靠运气,看能不能抢到事儿少又"水"的。许挽乔自诩积德行善了十八年,如愿抢到了她最感兴趣的动漫课。

裴枝无所谓上什么,就在最后截止日期前选了戏曲鉴赏。上课地点在北校区,和她宿舍是一南一北的距离,加上中途拐去买了杯热咖啡的时间,她几乎是踩着上课铃到的。

老师在讲台前调试着投影,裴枝扫了眼几乎坐满的阶梯教室,随便找了个位置坐下。

但没想到有人比她还晚。

出现在教室门口的男生还是一件黑T恤,和昨天那件很像,但又有细微的差别。宽松的灰色运动裤,因为腿长,露出一截骨骼线清晰的脚踝,所以一点不压身高。

碎发耷拉在眉骨上方,他不紧不慢地走进教室,神情惺忪,整个人看着散漫,很懒。

裴枝总觉得沈听择好像对什么都没欲望,哪怕被众星捧月地站在人群之中,他也是游离的。

可又架不住长得好,为他停留的视线还是前赴后继。

裴枝收回视线的瞬间,沈听择忽然抬眸看了过来。教室的白炽灯那么刺眼,裴枝还是轻易地看见沈听择挑眉笑了一下。

身后有女生抑制不住地躁动。

裴枝愣了下,然后就这么看着沈听择几步跨过阶梯,直到头顶的光亮被遮住——

"同学,这里有人吗?"

沈听择停在了她旁边为数不多的空位置前,一双漆黑的眼眸盛着漫不经心,仿佛看什么都深情,只这一瞬很沉,定在裴枝的脸上。

沈听择真的很高,裴枝仰头盯着他的脸两秒,摇头出声:"没有。"

沈听择在裴枝身旁坐了下来。他状态依旧很散漫,没骨头似的靠着椅背,肩膀轻微内扣,两条腿屈在不算宽敞的座位里。

两人不可避免地靠得有点近,沈听择的气息漫了过来,不再是冰凉的烟草味,而是很干净的洗衣液的味道。

台上老师开始讲课,穿插播着经典戏曲,"咿咿呀呀"地唱个不停,裴枝听了一会儿,眼皮就开始打架,全靠那杯咖啡才没睡过去。

期间邱忆柳发消息来问她国庆什么时候回南城,还没等她回复,那头紧接着发来一条消息:嘉言订了30号晚上的机票,你要没事就和他一起吧。

裴枝动作顿住,过了会儿,她把刚刚打好的那些字一个一个删掉,只回了句"看情况"。

外面是漆黑一片的天,月色格外清亮,雨水洗刷过的玻璃窗清楚地映出她那张和邱忆柳有七分像的脸。

五官挑不出毛病,就是给人感觉太空洞。

距离那段犯浑的日子好像真的已经过去很久了,久到她快要忘了,那时候的自己是什么鬼样子。

但她想,陆嘉言应该还记得。

时间温暾地在过,裴枝眨了下因为长时间放空而干涩的眼睛,慢慢地转过头,视线在空气里乱晃一圈,最后鬼使神差地落到了旁边的沈听择身上。

他从始至终都是安静的，低着头在打游戏，手肘懒洋洋地撑着桌沿。几次被队友坑输了他也无所谓，垂着眼，没什么情绪地重开一把，如此往复。

可能她的视线太赤裸，沈听择察觉到了，他缓缓侧过头，掀起眼皮。

对视来得猝不及防，裴枝一时怔住，忘了反应。直到沈听择低笑了下，声音有点哑地开口："有事？"

老师正好讲完一张PPT，这一秒连窗外的风都作陪，不吹了，教室里外都静得厉害。

碎发在沈听择鼻梁处覆了层阴影，冷白颈间的青筋被灯光勾得越来越清晰，随着呼吸一起一伏，有股难以言喻的鲜活的性感。

背后的教室都变得虚焦。

裴枝整个人僵了下，匆忙别开眼，努力让声线听起来平静："没。"

沈听择见她这副模样，嘴角那点清浅的、懒散的弧度一点点放大。他嗓音低沉，腔调拖着，惹人耳热："哦，是我自作多情了。"

中途课间的时候，裴枝看见沈听择出去了一趟，再回来时左手拎了罐汽水，铝制外壁上沾着冰雾。

他边走边打电话，坐下时裴枝听见他冷淡地哼笑了声："你来什么劲？"说着，沈听择把汽水放到桌上，单手抵住罐身借力，食指勾着拉环往上一拉。

"咔嗒"一声，有白色泡沫溢了点出来。

他不在意地仰脖喝了一口，喉结微微滚动，朝那头嗤道："我有你'渣'？"后面不知道谁开了窗，冷风灌进来，电话那头的笑骂被风声盖住。

教室在五楼，这会儿风有点大，裴枝受不住地往里挪了点，想要逃离风口。然而下一秒，她余光里瞥见一道高瘦的身影站了起来。

沈听择还捏着手机，注意力也在电话那边，起身关窗户的动作就几秒，他又靠回了椅背，眼睛懒散地垂向趴在桌上的裴枝。

电话那头的人还在喋喋不休地嚷着什么，教室里也闹，裴枝就这么侧着脑袋和沈听择对视。

他挑了下眉，眼神像在问：还冷吗？

裴枝第一次被一个人的眼神蛊得有点局促，她指尖无意识地抓紧自己的衣

/ 019

袖，抿着唇，摇了摇头，然后用口型朝他说了句：谢谢。

下半节课还是老师一言堂，临下课时他见内容讲得差不多了，便说道："剩下的时间，你们随便挑个我刚放过的戏曲片段，写下感受，字数不用多，两百左右就行。就算你们的出勤和平时作业了。"

底下立刻哀号一片。

老师置若罔闻，往下发了一沓白纸，还叮嘱尽量不要抄。

裴枝自动屏蔽了这句话，随便从网上找了几篇赏析，刚落笔，耳边再次响起沈听择低低的声音："借支笔行吗？"

她偏头，就看见沈听择桌上空空荡荡的什么也没有。他掌心压着纸，手背的青筋明显，身体往她这儿靠了点，目光落在她那张只写了名字的纸上。

裴枝不明白他在看什么，但说到底没理由不借。她"嗯"了声，翻出一支笔递过去。

沈听择伸手接过的那一刻，两人的指尖在签字笔中间碰了碰。而没人察觉的角落里，他们之间的距离也已经近到，裴枝柔软的针织衫下摆贴着沈听择的手臂。

接下来十几分钟，教室里多是写字的"沙沙"声。

裴枝坐得靠里，又有沈听择在外面挡着，所以她也懒得遮，明目张胆地把手机放在面前抄。

她的字算不上娟秀，写起来潦草，笔锋又锐利，但一点也不难看。

高中那会儿陈复经常埋怨抄她作业费力，但最后还是屁颠屁颠地只要她的。

又过了几分钟，陆续有人上台交作业，教室里逐渐变得闹哄哄的。

就在这片嘈杂中，裴枝听见有人叫她的名字，不太真实的，却又无比清晰。

裴枝怔住，写了一半的字在纸上洇开，那笔捺被她拖得很长："嗯？"

沈听择写得快，洋洋洒洒地写了半面纸，他的字也狂，是明显练过的行楷，恣意嚣张。

那支笔被他勾在指间转，他右手撑着头看她几秒，然后很慢很低地开口："昨晚你走了之后，我们就没继续了。"

裴枝闻言愣了下，反应过来之后眼底的迷茫更深。她摸不清沈听择的意思，他也根本犯不着和她说这些。

她沉默着不给回应,沈听择就很有耐心地等着。气氛微妙得直到裴枝败下阵来,她画掉了那个写丑的字,温暾地"哦"了一声。

这回换沈听择不说话了,他就着刚才的姿势看裴枝继续抄,左手扣着那罐汽水把剩下那点喝完。

隔着一点距离,裴枝能感受到易拉罐透出的凉意,可沈听择看过来的视线却莫名有点热。

直到沈听择手边的手机振动起来,裴枝看见屏幕上反复亮起的来电备注"沈鸿振"。

同样姓沈,大概是他的长辈。

可沈听择只是扫了一眼,任由那头一遍接一遍地打,完全无动于衷。

裴枝没有兴趣去探究他摆出这样一副冷漠的态度是为什么,只在电话第三次打来的时候,她被吵得有点烦了,淡声提醒道:"沈听择,你的手机在响。"

沈听择听到这话神情有一瞬的松动,可显然他的注意点偏了,薄白的眼皮掀起,声音压得更低:"知道我啊?"

来电也在他说话的这一秒被他按掉。

空气重新陷入安静,裴枝写完最后一个字,扭过头看向沈听择,实话实说:"嗯,你挺有名的。"

沈听择盯着她难得认真的表情,不置可否地闷笑了一下。笔被他推回裴枝手边,他微微歪头,视线落在她的作业上,语气随意地问:"要我帮你一起交吗?"

裴枝坐在里面,要出去交作业势必要经过沈听择。眼下他提出了帮忙,她自然不打算矫情,直接把纸递到他手里:"谢谢。"

下课铃准点响起,教室里躁动更甚。

沈听择本来腿已经跨出座位了,但在听见裴枝那句不轻不重的"谢谢"后,整个人又转回了身。

他一手捏着两人的作业,一手习惯性地插着兜,利落的五官被光线分割成明暗两半,身上的气质突然变了点,又坏又沉:"谢我几回了?真当我好人啊?"

裴枝跟着仰头去看他,没说话,但平静的眼神出卖了她的答案。

周围人声鼎沸，他们两个却像被割裂的时空，一高一低地对峙着。

直到沈听择错开目光，他眼底的颓不太明显，半真半假地笑："我可不是。"

他交完两人的作业就头也没回地走了，裴枝也很快收好自己的东西，起身往外走。

裴枝刚出教学楼，迎面吹来的风让她忍不住瑟缩。手机上有许挽乔刚发来的微信，她腾出手去点。

许挽乔：这破学校不如改名叫施工大学得了，天天修，路灯都修没了，黑得要死，你从北校区那边回来的时候当心点。

她还转了张学校信息公告的截图：因学校能源站电缆检修，造成校园部分区域停电，给您带来诸多不便，敬请谅解。

裴枝低头看完，给她回了个"OK"。

这个点下晚课的人不多，稀稀落落地走在路上，没两步就散了。世界静得只剩下风呼啸的声音。路灯确实坏了大半，平时通亮的校园被一片黑色笼罩，回宿舍的那条路也变得异常幽暗。

本来就是横穿学校南北的路，这会儿没了灯光，裴枝走起来格外漫长。

许挽乔又给她发了条微信：要不我过来找你吧？

裴枝嘴角扬起一点笑，但还是拒绝道：不用，外面天冷，我一会儿就回来了。

灯不亮，网也不好，消息转了半天才显示发送成功。

裴枝刚把手机放回口袋，抬头就看见迎面走来了几个外国男人，有说有笑的，在一片暗色中只有他们的牙最白。

他们在用英语交流，裴枝听得不太清楚，但还是能确定他们在议论她，言语轻浮，混着他们不加掩饰的哄笑，突兀又刺耳，还有人朝她吹了口哨。

裴枝装作没看见，面上神情也没变，只加快了脚步。

匆匆而过的那一瞬，她看见离她最近的那个黑人伸手想碰她，却又在碰到她之前突然悻悻地收了回去。

又走出去两百米，那些粗俗的声音彻底消失后，裴枝似有所感地回过头。

夜色那么浓重，这条路静得仿佛被世界遗忘。而那个原本早就离开的人，不知道什么时候出现在了她身后。隔着不远不近的距离，他浑身冷淡的戾气还没来得及消退，整个人像被昏沉光线割出来的立体。

裴枝抓着帆布包的手收紧，在沈听择抬眼看过来的前一秒收回视线。

后来很长的一段路，两人就这么一前一后地走着。

直到拐过南校区的人工湖，裴枝的视野里终于亮起来，人潮来往得也逐渐热闹。她站在一片亮堂和喧嚣里转身，但背后那个人影已经不见了。

她回到宿舍的时候，其他三个人都在，只不过各忙各的。

裴枝也懒得打破，把手机插上充电器，看到微信里陈复问她周末有个局来不来玩。

陈复本来高考分数是够不上北江的一本学校，但谁让人家有的是钱，他爸直接找了个学校捐了座图书馆，如愿把他塞进北江一所知名学府镀金。

裴枝低垂着眉眼，兴致缺缺地拒绝：不了，喝不动。

话虽这么说，但更多的原因是周末裴枝得去刺青店帮忙，结束时还不知道几点。

陈复秒回，明显一个字都不信：你骗三岁小孩呢？以前我可是跟着你混的，裴姐。

裴枝看着最后两个字顿住，而后无声地笑了笑，回他：你都说了是以前。

陈复不死心地问：真不来啊？

裴枝：你喝醉了，我可以考虑去接你。

陈复没再强求。

裴枝把手机合在桌上，刚想卸了妆去洗澡，许挽乔突然一脸八卦地凑过来，用手肘轻顶了下她的，压低了声问："你和沈听择选的一节通识课啊？"

裴枝愣了下："谁？"

"沈听择啊。"许挽乔说着把手机递过来，让裴枝看上面的内容，"喏，现在表白墙全是你俩，女生'捞'他，男生'捞'你。"顿了顿，她眯起眼笑，"说真的，你们很配。"

裴枝闻言皱了下眉，接过许挽乔的手机。

表白墙上的帖子是二十分钟前发的，热度还在不断上升。

单独一张照片，看角度是从教室后面抓拍的。她穿着白色针织衫，黑发垂在单薄的肩后，背挺得直，微侧的脸看着清冷。

而身旁的男生松松散散地靠着椅子，明显偏头在看女生，下颌弧线落拓，嘴角挑着一丝不太张扬的笑。

两人之间萦绕着一种说不清道不明的氛围。

下面的讨论很多,但裴枝没兴趣去看。她把手机还给许挽乔,没什么情绪地觑许挽乔一眼:"你别想了,我们之间什么也没有。"

许挽乔不信,一屁股坐在裴枝桌上,小腿晃荡着,指尖在那张照片上缩放,像要急切寻找证据:"可是他在看你哎……"

她的话还没说完,阳台门忽然被人拉开,发出一声闷响,两人转头就看见温宁欣端着洗脸盆走进来。

许挽乔心领神会地闭了嘴,麻溜地坐回自己的床边。

温宁欣刚洗过澡,发丝湿了几绺,沾在光洁的额头上。她看着裴枝好一会儿,才开口:"表白墙上的那个是你吧?"

裴枝好整以暇地看向她,没否认。

"那你和沈听择认识?"

"算是吧。"

"你们认识很久了吗?"顿了下,温宁欣大概意识到自己问得有点生硬,又找补,"我就是看那照片,你和他看起来……"

裴枝觉得这种被人当成假想敌质问的感觉真挺没劲的,她往椅背一仰,睨着温宁欣笑了下,出声打断:"你喜欢他啊?"

温宁欣还在思考措辞,猝不及防被裴枝这么发问,顿时愣住,像是没听清:"什么?"

裴枝好心地重复一遍:"我说,你喜欢他啊?"

话落,宿舍陷入一阵诡异的沉默。

许挽乔瞪大眼睛看向裴枝,没想到她会这样挑明了问。就连埋头写作业的辛娟也抬头往两人这儿看。

温宁欣脸上闪过很多情绪,脑子里却不合时宜地想起那天下午沈听择也是这样问的。

——喜欢我啊?

同样散漫的腔调,就如同在谈论天气好坏一般,直白又坦荡。

她深吸了一口气,颈部线条绷直,像只高傲的天鹅,承认道:"对,我就是喜欢他。"

答案在意料之中，裴枝嘴角的笑更清晰，开口："问这么多，是想让我别跟他靠那么近啊？"

女生间的战火似乎在这一秒要点燃，许挽乔瞧着，刚想说两句缓和一下剑拔弩张的气氛，就听见温宁欣倏地冷笑出声："那倒不必，我们公平竞争。"

许挽乔面露震惊。

裴枝也有些意外地挑眉，撩起眼皮看向温宁欣。

是她忘了，温宁欣有温宁欣的骄傲。

公主从来不缺敢爱敢恨的勇气。

可是——

裴枝抬起下巴，直视着温宁欣的眼睛，慢条斯理地笑道："温宁欣，我从来没说过喜欢他……

"所以，争什么啊？"

沈听择进门的时候，梁逾文正跟人打游戏，键盘"噼里啪啦"敲得很响，就这样还不忘问候他："怎么现在才回来？"

见沈听择不吭声，梁逾文注意力又转回游戏，结果没打两下就在盲视野里被对面一个"爆头"，整个界面暗了下来。

他骂了句脏话，把耳机往桌上一扔。然后像是想到什么，他偏头去看旁边松松散散坐着的沈听择，拿肩膀撞对方一下："又去哪儿'浪'了？"

这回沈听择终于给了点反应，抬起眼，没什么情绪地睨他："你管我？"

"别装，表白墙可都发了。"梁逾文拖着椅子坐到沈听择边上，"你上个通识课还能跟人看对眼啊。"

梁逾文自诩长得不差，放在人群里也算个帅哥，数理化又好，从不缺女孩追。可自从进了北江大学和沈听择做室友，他才真正见识到，什么叫"桃花泛滥"。

沈听择一愣，视线从手机移开："发什么了？"

梁逾文把表白墙那个帖子找给他看。

"怪不得拒绝酒窝妹妹的时候，你眼睛都不眨，原来你喜欢这种的啊。"

沈听择皱眉："谁？"

梁逾文一时嘴快,忘了沈听择向来不参与他们这种讨论,于是解释:"温宁欣,昨天在篮球场前边和你表白那美女。"

沈听择懒懒地垂下眼睑,只"哦"了声,也不知道想起来没有。

"你看你对人笑成什么样?"梁逾文指着照片笑问。他算是看出来了,这"狗东西"多半是故意的。

开学到现在,没见过他对谁这样笑过。

沈听择跟着看过去,不置可否地哼笑一声,又变成那副心不在焉的模样。

旁边梁逾文还在津津有味地扒拉照片,看着看着他突然怪叫一声,跳起来把手机举到沈听择面前,表情变得夸张:"我怎么感觉这是……是昨天晚上那姑娘?"

以为沈听择不懂,他比画着:"就你怕吓着的那个。"

他乍一眼看到照片的时候完全没把两人挂上钩,这会儿再看才注意到她后颈处有一小块疤,越看越眼熟。

那天在昏黄的路灯下,他也看到了。疤痕颜色很淡,有种近乎透明的美。

沈听择模样还是懒散得要命,但半耷的眼皮掀起,笑着给了梁逾文一个眼神,然后漫不经心地"嗯"了声。

梁逾文整个人都激动起来:"她居然是我们学校的,还是和我们同一届,这不是缘分是什么?"说着他胳膊抵了下沈听择,"有联系方式吗?"

沈听择又看他一眼,态度忽然冷淡下来:"你想追?"

"嗯。"梁逾文也没藏着掖着,朝沈听择挤眉弄眼,"我能追不?"

沈听择好一会儿没说话,不知道在想什么。就当梁逾文觉得自己眼瞎才会认为这位爷对女人动了心思的时候,沈听择扯了下衣服的领口站起身,不冷不热地瞥他:"你说呢?"

梁逾文愣了下,然后知趣地耸肩笑了笑:"得,当我放屁。"

一时兴起的事他也无所谓,只觉得有点遗憾。

"对了,刚刚隔壁宿舍的人过来说周六晚上他们有人过生日,喊了我们一起。"

沈听择脚步没停,敷衍地应了声。但下一秒他若有所思地转身:"照片发我。"

"什么照片?"顿了两秒后,梁逾文才反应过来,满脸嫌弃地"啧"他,"你自己不能去表白墙下啊。"

"没加。"

很倦淡的两个字,符合沈听择一贯的作风。

梁逾文翻了个白眼。

等沈听择洗完澡出来,梁逾文已经又开了把游戏,微信上那张照片也发过来了。

沈听择低头看了会儿,长按点了保存。

周六那天难得放了晴,裴枝没忘记自己答应许挽乔要陪她去医科大的事。

医科大虽说就在北江大学隔壁,但也不是走两步能到的。

两人乘公交车碰上事故堵车,上午十点四十分才到门口。

医学类院校似乎天生有种严肃庄重的氛围,纵使校门外是繁华的欲望都市。连空气中的桂花香都浸上消毒水味,穿着白大褂从实验室出来的学生随处可见。

许挽乔给宋砚辞打了个电话,约好在食堂见面,说完她抱着裴枝的手臂笑道:"走吧,请你吃饭去。"

刚好也到饭点了,裴枝就没推托,跟着她往食堂走。

周末这个点食堂的人已经渐渐多了起来。

"这儿。"宋砚辞早就到了,白色衬衫袖子挽到肘关节,他朝她们招手,银边眼镜架在鼻梁上,笑得很温润。

许挽乔见怪不怪地哼了声,凑到裴枝耳边说:"他就是个大尾巴狼。"

宋砚辞像是能听见许挽乔在说坏话,等人走到面前,他伸手很轻地捏了下许挽乔的腰,低声道:"不是说我过去拿吗,还跑一趟。"

顿了两秒,他转向站在一旁的裴枝:"你好,我是小乔的男朋友,宋砚辞。"

"裴枝。"裴枝淡笑着回应。

"我知道,小乔常提起你。"宋砚辞笑起来克制,把握着恰到好处的礼貌,"今天麻烦你陪小乔过来了。"

裴枝抿唇笑了笑:"没事,我正好有空。"

宋砚辞找的位置靠窗,阳光洒了大半张桌子,透过玻璃窗能看见操场全貌。

"等会儿还有一个人要来,介意吗?"宋砚辞坐下后问。

裴枝对这种事向来不在意,她摇了摇头。

"谁啊?"许挽乔倒是来了兴趣,歪着头问宋砚辞,"女孩啊?"

宋砚辞无奈地笑道:"想什么呢,一个学长。我问他点事。"

"哦。"许挽乔无趣地撇撇嘴,翻着菜单问裴枝要吃什么。

裴枝不挑食,也没太多忌口,就由着许挽乔做主。

许挽乔点了几个菜问宋砚辞意见,宋砚辞刚要说话,转头看见不远处一个男人走过来,他连忙抬手示意了下:"学长。"

裴枝跟着抬头看了眼,然后整个人愣住。

给宋砚辞回应的男人套着件宽大的灰色连帽卫衣,手里拿着几本书,头发看着柔软,面部棱角却分明,双眼皮褶皱也深,站在人来人往的食堂里独一份桀骜的少年感。

男人看过来的时候显然也注意到裴枝了,嘴角噙起一抹笑,朝她挑眉。

怎么能够这么巧。

裴枝回过神的那一刻,陆嘉言的身影已经覆住了她。

他拉开裴枝旁边的空椅子坐下,把手上的书递给对面的宋砚辞,话却是对裴枝说的:"你来医科大怎么没和我说?"

不用看裴枝都能感觉到八卦因子在空气里爆裂。她轻咳一声,先向其他两人解释:"他是我哥。"

然后她才回答陆嘉言:"我跟室友来的。"

她有想过在占地七千亩的校园里也许会碰见他,但概率太低了,说或不说好像没必要。

许挽乔见状搭话:"学长你好,我是裴枝的室友,她陪我来给砚辞送点东西。"

宋砚辞也实在没想到会这么巧,本来他还担心多一个人吃饭大家会不自在。

陆嘉言扬了扬下巴,表示知道了。

菜很快上齐。

裴枝刚拆开餐具的塑封膜,一只手就自然地接过,帮她拿到桌子边用开水清洁。

陆嘉言还在和宋砚辞聊一些专业内容，不是裴枝能听懂的领域，他做这事也不过是习惯。

两人都是临床医学的，陆嘉言比宋砚辞高两届，算直系学长。

期间陆嘉言的手机响了下，他大剌剌地拿起手机时备注正对着裴枝。

一个很明显的女生名字。

陆嘉言眉骨抬起，接了放在耳边听电话。他的态度寡淡，甚至可以说有些冷漠，那头说了十句他回个一字半句。

直到那头不知道说了什么，陆嘉言皱了下眉，然后不咸不淡地笑："随你。"

宋砚辞以为陆嘉言有事要忙，但陆嘉言只是把手机摁灭，轻描淡写道："女朋友闹脾气。"

正在发呆的裴枝听到这话不赞同地插了句："那你不哄？"刚刚态度还那么恶劣。

陆嘉言侧头看她一眼："用不着，分了。"

裴枝是清楚陆嘉言德行的，知道他换女朋友一向换得勤，有些可能连女朋友都算不上，只能算你情我愿地玩玩。但玩归玩，陆嘉言有自己的底线，不该碰的从来不碰。

一顿饭吃完将近十二点半。

许挽乔和宋砚辞有悄悄话要讲，陆嘉言就带着裴枝在校园里不紧不慢地逛。

裴枝发现医科大的梧桐好像更高大些，风一吹树叶就簌簌往下掉，如同一场雨。

路上时不时有人和陆嘉言打招呼，遇到几个看起来和他很熟的人还插科打诨地问起裴枝："新认识的？"

陆嘉言不太客气地嗤他："关你屁事！"

那人贱兮兮地笑。

裴枝这种事见得多，没什么情绪地开口："我是他妹妹。"

那人愣住，对上裴枝冷清的眼睛，说了句"不好意思"，就讪讪地走了。

等人走远，陆嘉言在旁边意有所指地"啧"了声："现在认哥挺熟练的。"

裴枝假装没听懂，朝他笑了笑："毕竟在一个户口本上啊。"

陆嘉言眼底的笑僵了一下，但转瞬又云淡风轻："看来我没白疼你。"

/ 029

两人没一会儿绕到实验楼前，陆嘉言接了个电话，这回是他导师。

裴枝等他打完电话，说："你快去吧，我一会儿就和室友回学校了。"

"那你路上注意安全。"陆嘉言走出去两步，又回头叫住转身要离开的裴枝，"国庆什么时候回去？"

裴枝想了下，只说还没定，学校可能有安排。

陆嘉言点头："行，定了和我说一声。"

目送陆嘉言走远，裴枝没去打扰小情侣腻歪，只在微信上和许挽乔说了声自己先走了。

她一个人乘地铁去了刺青店。

到的时候，李元明不在，店里只有另一个驻店文身师，叫卓柔淑。但这名字很难安到眼前这个红发、有六个耳洞的花臂女人身上。

预约文身的两个客人也到了。

裴枝和卓柔淑一人负责一个，在裴枝面前坐下的是个年轻女孩。

白色棉质连衣裙，很干净的一张脸，小鹿眼，仿佛一眼能看到底——看着就是那种一点疼便会哭鼻子的乖乖女，学人文身干吗？但裴枝什么也没说，只是问："想文什么？"

女孩从包里拿出一本速写本，翻到其中一页递给裴枝："文这个可以吗？"

裴枝垂眸看清纸上的内容后，皱了下眉间："你男朋友的？"

素白的纸上是女孩用铅笔写下的一个名字，一笔一画写得很工整，周围画了圈行星环绕，可以窥见少女虔诚的心事。

女孩害羞地点头。

裴枝站着，视线从上往下，平静地提醒她："一旦文了如果将来要洗，会很疼，还有很大可能洗不干净，你确定要文吗？"

她其实想问，值得吗？

女孩被她说得一怔，贝齿咬着下唇，犹豫了会儿，还是重重地点了点头："我要文。"

裴枝见女孩态度坚决，后知后觉自己抽哪门子风在这儿多管闲事。她自嘲地扯了下嘴角，给女孩要文的位置敷上麻药。

结束的时候女孩眼眶通红，全是疼的。

裴枝摘了手套起身,和她叮嘱文身后的一些注意事项。

女孩所有的勇气似乎在这场文身里耗尽了,看裴枝的眼神带着怯,付完钱就匆匆离开了这个她本不该踏入的地方。

卓柔淑解决了另一个客人的覆盖文身,走过来看见裴枝压在桌上的那张稿图,顿时乐起来:"别跟我说,这又是来文男朋友名字的?"

"嗯。"

"不是吧,我那个是刚分手,来洗前任名字的。"

"很讽刺吧。"裴枝讥笑了下,抓起桌上的手机,"我出去透透气。"

外面的天已经暗了,但路灯还没亮,昏得视野模糊。晚风流淌,好一个人间九月天。

裴枝走到巷口那家便利店买了一包烟,就这么靠在墙边慢吞吞地抽起来。

她知道的,邱忆柳锁骨那里就曾文过裴建柏的名字,还是他亲手文上的。

裴建柏没沾赌前,是南城小有名气的刺青师,行事恣意张扬,人长得又帅。那个年代人人活得单纯朴素,一旦有离经叛道的出现,谁都很难不被吸引。邱忆柳也没例外。

两人相遇在画展,一见钟情,爱得轰轰烈烈,可最后结局惨淡。

锁骨那里皮薄,文时所有的疼痛好像都能用爱化解,而等邱忆柳独自去洗的时候,只剩下对这个男人的极端厌恶。

挺可笑的。

巷口来往的人不少,各种各样的目光落在裴枝身上。

她像是没感觉到,自顾自地拿出手机,低头找到陈复的头像,点进去。

裴枝:晚上在哪儿?

隔了片刻,陈复发来一个定位:怎么了?你要过来吗?

裴枝没回。

沈听择和一群男生从饭店出来就瞥见仄暗的巷口有道熟悉的身影。

灯光映进他深邃狭长的眼睛里。

裴枝半张脸都陷在了小巷昏暗的光线里,娇红的唇咬着根香烟,看着漂亮又危险。

她低头看了会儿手机就把烟掐了,周围有人朝她吹口哨,她懒懒地看过来。

隔着一条马路,她好像看到他,又好像没有。

"怎么了?"梁逾文转头看见原本就在后面慢悠悠走着的人停下来了。

远处高楼遥立的路灯和霓虹灯连成一片,他站在那儿发呆,眼眸垂着看起来没什么精神,就像这个充满雾气的夜。

明天应该是个晴天。

梁逾文觉得有点奇怪,下意识顺着沈听择的目光看过去。可巷口空荡,什么也没有。

"没。"沈听择低低地回了句。

梁逾文打量他两眼:"那你干什么啊,刚才吃饭的时候就差把'别烦我'三个字写在脸上了。"

沈听择这回抬眼哼笑:"我有吗?"

梁逾文"喊"了声,不答反问:"那你还去酒吧不?"说着他指了下前面的大部队,隔壁宿舍那寿星被围在中间,一群男生闹哄哄地嚷着等会儿谁喝趴下谁是孙子。

沈听择想了想,挑眉笑道:"去啊,想见识一下认祖归宗。"

梁逾文还没反应过来,沈听择就已经抬脚往前走了。

半晌后,梁逾文跑着跟上去,笑骂——

"够损的。"

第二章 /
慢慢来，我们来日方长

裴枝回了趟学校。

宿舍里只有辛娟一个，许挽乔还没回来，温宁欣更是难见人影。

身上那点烟味其实早就被风吹散，但裴枝还是去洗了个澡。

陈复被裴枝没头没脑地吊了胃口，又一直没等到答复，连发了十几条微信过来。

裴枝看了会儿，吹干头发给那头回了句"一会儿到"。然后她把手机充上电就没再管，换了身衣服，又对着镜子化了个妆。

口红涂完，裴枝伸手把头发拨到一边，刚拿起耳钉要戴上，身后冷不丁传来辛娟的声音："我觉得你比温宁欣漂亮。"

裴枝一怔，转头就看见辛娟正在看她，手里还握着一支笔，眼神平静又认真。

宿舍静了半晌，裴枝回过神继续把耳钉戴好，没当回事地笑了下："是吗？"

辛娟点了点头，脸颊素净，她抿着唇，又问："你还要出去啊？"

裴枝"嗯"了声，把手机往包里放。

下一秒，辛娟脱口问道："去哪儿啊？"

裴枝动作倏地顿住，缓缓抬起眼看向辛娟。

辛娟似乎也发觉自己今天管得有点多了，声音不自在地找补："我的意思是十一点半有门禁，你别去太远的地方赶不回来，万一出什么事就不好了……"

裴枝盯着她淡淡地应下："知道了。"

裴枝打车到 Blank 的时候，是晚上九点半，酒吧夜场的气氛刚起来。有服务生领着她往里走,一路灯光迷离,重金属音乐就"躁"在耳边。

陈复先看见她。

裴枝走过去,在陈复腾出来的位置坐下。

这场局是陈复组的,为了庆祝他们车队拿奖。在场的有一半是生面孔,怀里搂着姑娘,但视线有意无意地钉在裴枝身上。

她从坐下就一言不发地喝酒,微仰的脖颈细白,淡青色血管若隐若现,红唇被酒浸得湿漉漉的,看起来脆弱又病态。

隔壁卡座已经有按捺不住过来搭讪的,裴枝只看一眼就知道是个老油条。她往沙发背上一靠,冷淡地勾勾嘴角,仰头问道:"想追我啊?"

头顶琥珀色的灯影落进她的瞳孔,清凌凌的,像蒙了层水雾。那四个字从她嘴里问出来就跟"你吃饭没"一个样,眼神单纯得要命。

那人明显愣了下,大概没料到她会把自己那点心思堂而皇之地说出来,但转念一想来酒吧玩得开也没什么稀奇,他要是对女人忸怩,传出去才惹人笑话。

想通后,他轻咳一声,又恢复成那副游刃有余的样子:"那美女赏个脸?"

裴枝对上他胜券在握的眼神不由得笑了下,下巴微抬,点着面前的酒示意他:"行啊,只要你能喝过我。"

这话一出,周围看热闹的人群瞬间爆发出起哄声。男人骨子里都是有征服欲的,比任何酒精都要上头。

陈复给了裴枝一个适可而止的眼神。

裴枝无所谓地笑笑,让他放心。

玩骰子拼酒这事除了运气,主要还是靠脑子。

开局裴枝任由那人给她倒,一杯又一杯,她乖乖地喝。

几把过后她差不多摸清了那人的路数,每次到他报假数的时候,裴枝就面无表情地叫他开。

再后来,那人越喝越急眼,脑子冒泡,已经完全被裴枝牵着鼻子走。

空酒瓶倒了很多,全是他喝的。

裴枝觉得赢得挺没劲的,等那人被朋友搀走后又自顾自地喝起来。

她的酒量早就练出来了,有几斤几两陈复知道,倒不担心她醉,只是提醒:"少喝点,真当白开水了?"

裴枝懒洋洋地睨他："舍不得你的酒啊？"

陈复笑骂她一句小没良心的，过了几秒口吻认真起来："心情不好？"

裴枝不置可否地挑眉。

"那喝爽没？"

裴枝想了想，确定今晚那点莫名其妙的情绪下去了，于是点头："还行。"

"也就今天你哥不在，不然他能让你这么喝？"

陈复感叹地笑道："不过谁让陆大少爷苦兮兮地要学医，一天到晚被困在实验室里，出来'嗨'都没机会。"

裴枝无声地笑了笑。

旁边车队那帮人玩到兴头，动静一阵闹过一阵。陈复陪裴枝坐了会儿，问她不走的话要不要过去玩玩。

裴枝没拒绝。

两人刚起身，喧闹中好像有人叫住他们。

两人脚步都停住，陈复率先回头，在看见两张陌生的面孔后，他不动声色地往前一步，把裴枝挡在身侧。

裴枝也转头去看。

隔着几步的距离外，站着两个男生，个高，长得都不赖。叫她名字的那个人裴枝没什么印象，但他后边的，裴枝一点也不陌生。

酒吧光影落拓，沈听择站在那儿有些不太真实。他好像喝了酒，衣角都坐得有点皱了，漆黑的眼眸被酒精勾出一点欲，是从没有过的性感。

他在看着她。

好像也只有她。

"真的是你啊，我刚刚在那边还以为自己看错了。"梁逾文眼睛一亮，拉着沈听择靠过来，笑眯眯地说，"我们在茗珂巷见过的。"

裴枝客套地笑了下："我记得。"

"哦对，还没介绍，我是金融一班的梁逾文。"说着他指了指沈听择，"他室友。"

"你好。"裴枝脸上的笑意敛了点，斟酌着开口，"找我是有什么事吗？"

"没，就是过来打个招呼。"梁逾文摆摆手，然后意味深长地往旁边瞥了眼，

/ 035

"你和朋友来的啊？"

沈听择眯眼看向从始至终站在裴枝身边的陈复。

裴枝只"嗯"了声，其他的并不打算多说。相顾无言几秒后，她错开视线，指尖随意指了个方向，态度算不上疏离，但也绝对不热情："那既然没事的话我们就先过去了。"

两人的背影很快融进人群消失不见。梁逾文胳膊顶了下沈听择，揶揄道："还看呢？"

散台那边刚好玩到大冒险，年轻男女爆发出一阵起哄声，很吵。沈听择手刚摸进口袋，想起烟被自己随手扔在桌上没拿，有点不爽地"啧"了声："没看。"

梁逾文一副"我信你才怪"的样子，嘴上却敷衍着："行行行，你没看，全是我看的好吧。"

顿了顿，他搭上沈听择的肩膀："不过可惜啊，人家懒得搭理我。"

他算是看明白了，裴枝那笑纯粹是出于基本的礼貌。

对谁都一样。

沈听择只当没听见，拂开他的手，面色倦淡地转身："走了。"

他们回到二楼卡座。

黑色玻璃台上又多了一排酒瓶，棕红色的瓶身还沾着冰雾。几个男生被罚了对瓶吹，这会儿正喝得脸红脖子粗，怀里不知道什么时候多了姑娘。

沈听择任由她们直勾勾地打量，坐回沙发边缘。

没什么光落在他身上，说不上颓还是放荡，垂下的眼睫影影绰绰，像要被所有人遗忘。

梁逾文看不下去他浪费这漫漫长夜，拎了两瓶酒走过去。

沈听择没动，低头在看手机上的信息。周围都暗，只有屏幕光线刺眼。

"不是兄弟，就你这张脸，说你睡过多少个我都信，"梁逾文目光扫过刚被他冷暴力赶走的女人，不太能理解地问，"要不要玩这么素啊？"

沈听择回过神。

手机被扔开，他的肘关节抵着膝盖抓了把头发，偏头不着调地笑了下："你逻辑主语反了。"

声音还带着点沙哑，坏得要死。

梁逾文一开始没琢磨出他的意思，反应过来后直接就炸了："你这话太欠了啊。"

绝对的降维打击。

沈听择也不反驳就是笑，他拿起面前的酒，随手在桌沿磕开瓶盖，仰头灌了几口。

他的视线从楼梯那儿往下，没落个实处，但梁逾文觉得他在看点什么。

徐东也拿着一瓶酒往这儿凑，自说自话地开了瓶酒："看什么呢？"

梁逾文和他碰了下，扬眉笑道："就随便看看呗。"

男生之间的话题不过就那几个，徐东抬起下巴朝楼下"喏"了声："看见那'吊带黑丝'没？"

沈听择跟没听见似的，无动于衷。

梁逾文顺着看了眼，一楼吧台前确实站着个打扮热辣的女孩，个子不算高，但露腰露腿显得比例很好，前凸后翘。

"眼熟吗？"徐东似笑非笑地问。

梁逾文辨认几秒后，有点品出味来了，问："隔壁班那学委啊？"

"兄弟眼神不错啊。"徐东竖起大拇指，然后意有所指地摇头，"平时学校里穿得跟仙女似的，没想到还挺会玩的。"

梁逾文意味不明地哼笑一声："你什么意思？"

徐东耸肩，露出一副"你懂的"的表情。

梁逾文学着沈听择的样儿，往沙发背上一靠，摇头惋惜："不太懂。"

徐东见他扫兴，拖腔拉调地"喊"了声："谁不知道她刚开学就踹了以前的男朋友，搭上了他们班那富二代。"

一瓶酒见底，沈听择懒洋洋地出声打断："我就不知道啊。"

徐东被噎了下，但只当沈听择是真不知道，更起劲地津津乐道起来："没事，那你现在知道了。我跟你们说啊，就这种女的，清高都是装的，其实最会钓了。"

沈听择偏头看他："她钓你了？"

徐东一愣，觉得沈听择的话莫名其妙："不是，这哪儿跟哪儿啊？我和她

/ 037

又不熟。"

"不熟啊——"沈听择把酒瓶往桌上一搁,那双看条狗都深情的眼睛满是讽刺,睨着徐东,"那你在背后说一女孩什么屁话?"

顿了顿,他轻嗤一声:"掉不掉价?"

陈复很早就开始玩车,不过当时只够格玩两个轮子的,买了辆重机,拉风是挺拉风的。后来高考完没多久就去考了驾照,拿着家里的钱组了现在这支车队,算不上商业车队,就一群兴趣相投的年轻人。

裴枝跟他们玩了几圈,酒又进肚五六杯,劲头也下去了,就打了声招呼坐到旁边。

微信上许挽乔刚给她发来几条语音,说了查寝的事,让她到时候去销假别对不上谎。

末了又问她什么时候回来,用不用下楼接她。

裴枝让许挽乔别等:还没结束,我带钥匙了。

那头很快发了个"OK"的表情包过来,话题转得也快,估计憋好久了:那个……陆嘉言真是你的哥哥啊?

裴枝知道许挽乔想问什么,一个姓裴,一个姓陆,长相看起来也确实是八竿子打不着的关系。

她忍着笑回:真哥哥,但不是亲的。

简单来说,就是异父异母的兄妹。

裴枝高一的时候邱忆柳就和裴建柏离婚了,那时裴建柏在外面欠了一屁股债,所以她没有悬念地被判给了邱忆柳。

她不清楚邱忆柳是怎么搭上陆牧的,只记得那年夏至,最闷热的傍晚,她被邱忆柳领着搬进了陆牧的房子。

那也是她第一次见陆嘉言这个便宜哥哥。

少年刚好放学回来,十六岁的年纪已经蹿得比陆牧高。书包很随意地背在右肩上,蓝白校服也没好好地穿着,拎在手里。

他看到家里突然多出来的两个人并没有惊讶,只淡漠地扫了眼,冷着张脸,一副拽得二五八万的样子。

裴枝觉得大少爷有脾气特别正常,她也没什么本事,就是能见人说人话,见鬼说鬼话,必要的时候还能装得很乖。

所以后来的很长一段时间他们就这样在同一个屋檐下井水不犯河水地过,裴枝原本以为这种微妙的平衡能够一直维持下去,但没想到最终是被她亲手打破的。

"想什么呢?"直到头顶的光亮被人遮了下,陈复在她旁边的空地方坐下,手里多出一瓶鲜牛奶。

裴枝回过神,摇了摇头:"没想。"

陈复不以为意,拆了吸管与牛奶一起递过来。

裴枝接住,牛奶的温热隔着纸盒传来,她喝了口问:"酒吧还有这个?"

"怎么可能,"陈复一脸"你没事吧"的样子觑了裴枝一眼,"小爷给你跑的腿。"

裴枝忽略掉他"中二"的自称,低低地"哦"了声,咬着吸管慢吞吞地喝。

陈复跷着二郎腿,从坐下来手机就没消停过,好友申请那里一连串的红点。

裴枝随意瞥了眼,哼笑一声打趣道:"真行,来者不拒啊。"

陈复也笑,吊儿郎当的:"那当然,老人不是说相遇即是缘嘛,姻缘到不了的做朋友也成。"

"别扯,我看到有人房卡都递过来了。"裴枝晃了晃快到底的牛奶,面不改色地问,"一起睡觉的朋友?"

陈复不要脸地又笑了会儿,像是想起来什么,扭头问裴枝:"对了,刚刚那两个你真认识啊?"

裴枝反应几秒,然后点头:"嗯,同学。"

朋友算不上。

"认识就行,"陈复耸肩放松下来,"搞得我还以为又是你的风流债找上门了。"

裴枝习惯了陈复这人狗嘴吐不出象牙,懒得搭理,扔下一句"我去趟洗手间"就起身走了。

酒吧光线都昏暗,唯独洗手间的灯亮得很。

白色吊灯顺着玻璃镜面蜿蜒,让一门之外那些隐秘的、刺激的东西慢慢见了光。

裴枝洗完手,看着旁边男厕所挤进去一对男女,但还没过几分钟,两人就一前一后地走出来,衣服皱着,面色却比吃了屎还难看。

洗手间的门开了又关,裴枝像什么都没看见般地收回视线,从洗手台上抽了张纸巾,一点点擦干净自己的手。

再抬头,墙壁上的镜面映出一张娇媚的脸,化了浓妆的她再也没有一点少女的青涩感,眼尾勾着,满身堕落的风情。

裴枝自嘲地扯了下嘴角,把那团湿纸扔进垃圾桶,推门离开。

外面DJ打碟的音浪又上一波高潮,轰轰作响,吵得裴枝头疼。她看了眼已经不早的时间,刚准备和陈复说一声先走了,不远处传来一道浑厚的男声:"……裴枝?"

裴枝打字动作一顿,随着声音抬眼。

两米开外站了个寸头男人,浑身腱子肉,灰色背心露出张牙舞爪的花臂。眉毛那儿断了一截,往下有道颜色很深的疤,像条吐着芯子的毒蛇攀伏在上面。

他背着光,笑容显得阴郁:"还真是你啊。"

手机被放回口袋,裴枝站直了身体却没搭腔,转身想走。

结果廖浩鹏几步就堵住了裴枝的去路,嗤笑出声:"装不认识就没意思了吧?"

裴枝低头看了眼被男人猛然攥住的手腕,这会儿已经泛起一点红。她掀起眼皮,冷漠而直白地睨向廖浩鹏:"放开。"

廖浩鹏不以为意地笑笑,手倒是松开了。他上下打量着裴枝,一副和她熟稔的口吻:"在北江念大学呢?"

裴枝用指腹蹭了下自己手腕,没什么情绪地挑起眼角:"关你什么事。"

"啧,你这话说得。"廖浩鹏嘴上不满,心里倒没当回事,"不过那事过后,我们在屁大点的南城愣是两年多没见着面,我就来北江跑趟货,这么大一城市居然碰上了,真够巧的。"

裴枝直接拂他面子:"巧不巧的你心里没数?"

廖浩鹏没想到裴枝脾气还是这么大,他不置可否地哼笑,转而提议:"来都来了,过去喝一杯聊聊?"

裴枝闻言抬起脸，嘴角淡淡地勾了下："有什么可聊的？聊你脸上这道疤哪儿来的吗？"

没人比她更清楚。

廖浩鹏先是一怔，反应过来后面色沉得像一汪死潭。

裴枝见状，也懒得和他再耗下去："让开。"

廖浩鹏瞧着裴枝不待见的模样，冷笑一声："怎么，急着回学校啊？"

裴枝平静地看着他，没说话。

"裴姐，装什么好学生啊？你以前可都是玩一整夜的，不记得了？"两人都太过了解彼此的痛处，一戳一个准。廖浩鹏下巴微抬，朝裴枝身后扬了扬，促狭地笑起来，"你男朋友知道你以前什么样吗？"

裴枝几乎在那一瞬猜到什么，她身体僵了下，回头就看见沈听择斜靠在不远处的走廊上。

他左手抓了件黑色冲锋衣，北面的LOGO醒目，微垂着头，有一下没一下地在玩打火机。领口露出的喉结性感，牙齿无意识地咬着下唇，吊儿郎当的样子很坏，但他站在这乌糟糟的夜场里，身上气质就是莫名干净。

裴枝不知道他听见多少，心底没来由地生出一股烦躁。她重新看向廖浩鹏，说的话带上几分凉薄："廖浩鹏，你要真觉得无聊，酒吧出门右转就是游乐场，别闲得一直拿以前说事。我那时候是给你多大的脸了，才会让你产生那种错觉？"

她压着那点火气说完，一刻都不想多留，快步从廖浩鹏旁边绕开，和沈听择擦肩而过。

顺着走廊一路走到酒吧后门口，迎面一阵穿堂风把裴枝今天晚上喝的酒吹醒了大半。她想起廖浩鹏的话，想起以前那些破事，只觉得自己是真的有毛病。

微信上陈复问她到哪儿去了，再不回来他就要报警了。

裴枝随便胡诌了一个理由，刚回完，就感觉身侧的冷风被人挡住。她偏头，瞥见沈听择不知道什么时候跟出来了，也和她一样，手肘支在路边的栏杆上。

路灯年久失修，暗黄的光线在不断下沉，细尘涌动，两人就这样隔着不到一米的距离对视。

他先开口，意有所指地问："朋友？"

裴枝移开眼,垂眸望着路灯下两人被拉长的影子,沉默一瞬后很轻地笑了,不答反问:"沈听择,你都听到了对吧?"

沈听择没吭声,裴枝就自顾自地继续说:"上次忘了告诉你,我也不是什么好人。"

金玉其外败絮其中。

夜好像又深了点,风更大了。沈听择手里的那件冲锋衣下摆被吹得扬起,拉链不经意擦过裴枝的手背,冰凉的金属质感从神经慢慢地传到了心脏。

裴枝看见沈听择笑了一下,然后在这个混乱的夜晚一点一点变清晰。

他说:"那正好,我们狼狈为奸。"

那晚后来的气氛有点微妙。

周围很静,路上空荡得几乎没有人,冷风流连在他们之间,无声涌动。

沈听择把手里的冲锋衣扬起,朝着裴枝。

裴枝一愣,抬眼看向他:"怎么了?"

夜还是那么黑,沈听择身上就一件单薄的卫衣,有风灌进去,勾出宽肩窄腰的轮廓。

他低垂着眼看她,声音在风里有种不真切的朦胧感:"你感冒还没好。"

裴枝想问他怎么知道,可话到嘴边又咽了回去。大概那天上课关窗的时候,他就看出来了。

见裴枝不接,沈听择也没什么情绪,只是把衣服扯了两下,抬手披到她的肩膀上。

有那么几秒裴枝是蒙的,只能感受到不算陌生的体温贴近她,从衣服到肌肤,都沾染了沈听择的味道。

很淡的木质香,接近森林里陈旧的树叶气息,偏冷感,可风一吹又满是鲜活。

他的呼吸也很近,一下又一下拂过她的后颈。

裴枝叫住转身要走的沈听择。

他回过头,斜下来的路灯刚好将他整个人分成两半,一半阴影,一半光亮。

"还有事?"沈听择耐着性子问。

裴枝摇头,看着他笑了下:"谢谢。"

沈听择撂下一句"不用"就走了。

月光拉长他离开的背影，直到一点一点消失不见。

后半夜又下了一场雨。

第二天裴枝醒的时候宿舍里很暗，灰蒙蒙的，但她摸到手机看了眼时间，已经上午九点半了。

她闭上眼想再睡会儿，可脑子却清醒得要命。

裴枝索性就没再赖着，翻身下床。

辛娟雷打不动地去图书馆学习，温宁欣一大早不知道去哪儿了，宿舍里只有许挽乔跷着腿在玩手机。

裴枝随手把头发夹到脑后，拿上洗漱用具往阳台走："怎么不开灯？"

许挽乔闻言摘了耳机，跟着过去，倚在门边和她说话："看你还在睡啊。"

顿了顿，她问："昨晚你几点回的啊？"

裴枝喝了口水，含糊道："一点多吧。"

具体几点她真记不清了，记忆就跟喝醉断片了一样，乱七八糟。

许挽乔"啧啧"两声："行啊你，翻墙回来的？"

裴枝没吭声，给她一个明知故问的眼神。

洗完脸裴枝才觉得整个人真的清醒过来，她往脸上抹了点水乳，转头就看见许挽乔正打量着搭在她椅背上的那件冲锋衣，满脸写着"你有问题"。

裴枝面无表情地走过去，直接把衣服拿走。

许挽乔这下更来劲了："你什么情况？这是男人的吧？"

裴枝没搭理她。

"谁的啊？"许挽乔八卦得要死，"你这是铁树开花了？"

裴枝长得是真漂亮，丢在美女一抓一大把的艺术学院，也足够出挑。只不过她平时冷着一张脸，看着就特别难追，更没见过她和哪个男生走得近一点。

"你才开花了呢。"裴枝有意无意地睨了眼许挽乔的脖子，"悠着点，别太激烈。"

许挽乔立马反应过来，她跑到镜子前照了照，脸色说不上是羞还是恼，反正很精彩。她拿出手机"噼里啪啦"打了一堆字，估计是发给宋砚辞的。

冲锋衣被椅背硌出一点皱褶，裴枝刚拍了两下，从口袋里掉出来一个打火机。

Zippo的标，机身泛着银色的光。

她弯腰捡起来，下一秒许挽乔咋咋呼呼的声音就响在耳边："这还不是男人的衣服？"

然后许挽乔迟疑地出声："等等……"

裴枝看了她一眼。

许挽乔把手机打开，在朋友圈里划拉几下，找到其中一条，递到裴枝眼前："这衣服不会是……沈听择的吧？"

她开学初加过几个卖校园卡的，里边商院的就占了一半。昨天她刷到一个男生过生日的朋友圈，照片里沈听择就穿着这件冲锋衣，拉链大敞，即使坐在角落，那股散漫的气质还是太扎眼，让人下意识地想去看他。

话说到这份上，裴枝觉得藏着掖着也没意思了，干脆承认："那就是吧。"

"你俩现在到底什么情况？"许挽乔压低了声问。

裴枝垂下眼睫，沉默了一瞬摇头："没情况。"

猜到许挽乔不信，她又补上一句："骗人是小狗。"

没给许挽乔刨根问底的机会，裴枝岔开话题："你有他微信吗？"

"干吗？"

"还他衣服啊。"

许挽乔遗憾地耸肩："你都没，我怎么可能有？"

裴枝搞不懂这中间有什么逻辑关系，只能低低地"哦"了声。

"要不然你问问温宁欣？她说不定有。"说着，许挽乔笑眯眯地撞了下裴枝的肩膀，"就看她肯不肯给你了。"

裴枝没说好也没说不好。

中午吃完饭，裴枝拿着衣服出门的时候，刚好撞上从外面回来的温宁欣。她后退两步避躲，高跟鞋踩得很响。

裴枝想到刚才许挽乔的提议，抿了抿唇，叫住温宁欣。

温宁欣一愣，指了指自己："叫我？"

裴枝点头，也懒得和她拐弯抹角，直接开门见山。

温宁欣以为自己听错了:"谁的?"

"沈听择。"

温宁欣追人追得高调,能加到沈听择的微信没什么奇怪的。

至少在裴枝看来是这样的。

可下一秒温宁欣像是被戳了痛处,别扭地移开眼,声音变闷:"我没他的微信。"

裴枝没料到是这个结果。

两人僵了几秒,她确定温宁欣没在撒谎,只能作罢。

结果刚走出去几步,温宁欣在身后又反过来叫住她:"你……找他有事?"

裴枝脚步一顿,转过身,对上她的眼睛,点了点头。

"我这儿有他室友的微信,你可以问问他。"温宁欣边说边从口袋里掏出手机,分享了一个微信好友过来,"梁逾文,他室友。"

裴枝听到熟悉的名字,没忍住挑了下眉。

她按了添加联系人后,朝温宁欣笑了一下:"谢谢。"

"没事。"

裴枝走到楼下的时候,微信显示梁逾文通过了她的好友申请。

她已经自报过家门,所以那边一副熟稔的样子,和她东拉西扯了几句,才问她是不是有事。

裴枝问了他们宿舍在哪儿。

那边回得也快:北校区4号楼。

裴枝垂眸看着这行字,莫名想到那天通识课下课,沈听择住北校区的话,那他根本没必要和她走同一条路。

梁逾文又问:什么事啊?

裴枝回过神,想了下回:沈听择在宿舍吗?

梁逾文:你找沈听择啊?他不在。

梁逾文:你要有事的话还是直接找他吧。

梁逾文直接把沈听择的微信推送过来。

纯黑的头像,任何多余的装饰都没有,微信昵称叫Pluto。

裴枝犹豫两秒,点了申请好友的按键。

他大概在忙,暂时没有通过。裴枝也无所谓,把手机放回口袋。

等到衣服洗干净,裴枝看见微信多了几条新消息,是沈听择通过了她的朋友验证请求——

9月27日 15:16

Pluto:以上是打招呼的内容。

你已添加 Pluto,现在可以开始聊天了。

跨江大桥边。

马路空旷,只有几辆摩托车开过的声浪喧嚣,从地面呼啸而过,然后在沈听择面前停下。

沈听择没抬头,就这么随意地倚着路边的一辆布加迪,整个人衬在背后雾蒙蒙的阴天里,右腿屈起抵住车胎,在看手机。

"等很久了?"许辙先跨下车,手里抓着"骚气"的红色头盔,走到沈听择面前。

后边的也都是熟面孔,跟着过来和沈听择打招呼。

沈听择和他们寒暄几句,才搭理许辙:"还行。"手里动作没停,发了条消息出去。又等了一会儿,结果那头还是没动静。

许辙见他脸色变得有点不爽,好奇地凑过来:"谁啊?盯半天了。"

沈听择比许辙快一步按掉手机,眼神冷淡,带点警告意味:"没谁。"

"啧,现在都对我有秘密了啊。"许辙拖腔拉调地说完,把头盔扔进车后座,然后散了几根烟出去。

递到沈听择面前的时候,沈听择只施舍般地看一眼,摆手没要。

许辙一脸稀奇:"戒了?"

沈听择站直了身体,把手机揣回兜里,转而摸出一盒薄荷糖,慢条斯理地剥了糖纸扔进嘴里,含糊地哼笑:"本来就没瘾。"

许辙朝旁边的人借了个火,吐出一圈烟雾,也懒懒地瞥沈听择,点评道:"得,就您洁身自好。"

他和沈听择都是那种圈子里的。

身边一群狐朋狗友多多少少沾点金钱惯出来的坏毛病、喝酒、泡妞、飙车，怎么浪荡潇洒怎么玩。

沈听择没多出淤泥而不染，但许辙总觉得他和他们不一样，说不上清醒还是颓废。

沈听择不置可否地笑。

两人再熟，许辙也不缺这点分寸，他没再八卦，转念想到点什么，问沈听择："浩子说国庆的时候南城那边有场拉力赛，过去看看吗？"

嘴里的薄荷糖被咬碎，凉意散开，沈听择沉默了一瞬抬头看他："哪儿？"

许辙只当他没听清，重复道："南城。"

江面轮船的汽笛声就鸣在耳边，沈听择慢悠悠地勾起嘴角："去啊，干吗不去？"

许辙一副"就等你这句话"的表情，抽完最后一口烟，眼底有跃跃欲试的光："成，我回头买机票。"

沈听择"嗯"了声。

该说的废话都说完了，许辙把主意打到沈听择靠着的那辆超跑上，和他商量："借我跑两圈呗？"

沈听择没吭声，直接把车钥匙扔给许辙："开完你去加油。"

许辙受宠若惊地接过，笑眯眯地朝沈听择敬了个礼："没问题。"

许辙离开之后，沈听择重新把手机拿出来。

微信没来得及退出，还停在刚刚的聊天界面上。

裴枝：我是裴枝。

Pluto：我知道。

聊天好像就到这里戛然而止。

沈听择低垂着眉眼，指尖搭在手机屏幕边，发了一个问号过去，然后下一秒上面的备注栏就变成了"对方正在输入中"。

沈听择直接看笑了。

等了不到半分钟，那边终于发来第二条消息：你现在有空吗？我把衣服还给你。

沈听择实话实说：我不在学校。

/ 047

没想到对面的人似乎对这件事还挺执着的，又提出一个折中的办法：如果你方便的话可以给个定位，我送过来。

沈听择抬头扫了眼他站的位置，才下午四点，路灯还没亮，江面看起来有种死气沉沉的灰寥。风沾着湿漉漉的水汽，像要把万物泡发。

和悬疑片开头的那种调调没差。

他想了半天，也没想出什么理由能说服他在天快要黑的时候把人叫到这种地方来，只能退一步让裴枝明天再找机会还。

顿了顿，他补上三个字：我不急。

隔了好久，那头才回一句：知道了。

许辙开了两圈过完瘾已经接近傍晚六点了。对岸高楼的霓虹灯亮起大半，洒在江面上波光粼粼的。

有人提议去聚一聚，沈听择那会儿正玩着《消消乐》，只差两步就能过关。不过他对这种输赢一向不在意，点掉再来一局的提示，把手机放回口袋："行啊，我请客。"

于是一群人浩浩荡荡地找了家烧烤店。

店在弄堂里，算是没拆的老民房翻新的，一盘盘用竹签串好的菜摞在保鲜柜里，倒还算干净。店面不是太宽敞，但因为天气缘故，顾客不多，就那么几桌人。

沈听择推门进去的时候，一眼就看到了坐在门口的裴枝。

黑白的棋盘格开衫，里面搭一件紧身吊带，胸口饱满，腰线要露不露的，隐没在桌子下面。长发被松散地扎成低丸子头，细窄的绑带勾出一截雪白的脖颈。

似乎是察觉到头顶的视线，裴枝抬起头。

彼此都在对方眼里看到惊讶。

但裴枝很快就若无其事地移开了眼，继续和对面坐着的男人谈笑风生。

许辙和老板看起来挺熟的，没一会儿就张罗着多加了两张椅子坐下。

七七八八点了满满一桌，许辙还觉得不够似的，笑嘻嘻地看向沈听择："既然今儿择哥请客，那咱几个就不客气了。"

其他人附和他。

沈听择瞥他一眼,笑了下:"吃不死你。"

男人凑一块儿侃南谈北,话不比女生少。沈听择就坐在一边,也不主动搭话,有人问到他的时候,才老神在在地回两句。

"哎,择哥,你不喝酒啊?"许辙吃到一半才发现沈听择手里捏着的是汽水。

沈听择低头在拨弄着易拉罐的环儿:"不然车你开回去啊?"

许辙慢半拍地反应过来:"哦哦。"

又一桌人吃完结账,从沈听择旁边经过的时候弄出一点动静,他偏头无意地看了眼,收回视线时突然停住。

裴枝没动对面那人递过来的烤串,自顾自地拿起桌边的奶茶,低头喝了几口。松开吸管的瞬间,她伸出舌头,把唇边沾上的白色奶盖慢慢舔掉。

沈听择的喉结不自觉地跟着滚动一下。

下一秒她似有所感地抬眸看过来,纤浓的睫毛颤了下,眼睛像是无声在问:怎么了?

旁边那群人又闹哄哄地开了个玩笑,沈听择跟没听见似的,鬼使神差地捞过自己的手机,点进那个几乎是置顶状态的聊天框,问:奶茶好喝吗?

同一时间裴枝搁在桌上的手机亮了下。

她放下奶茶,腾出手去看,屏幕微弱的光线映进她的瞳孔。

沈听择感觉能在那儿看见自己黑色的微信头像。

这种暗度陈仓的感觉真微妙。

沈听择勾勾嘴角,低头就看见裴枝的回复:嗯,挺好喝的。

紧接着又有条微信跳进来:你想尝吗?

时间静止了几秒,沈听择眉心一跳,他抬眼去看裴枝,却发现她也正盯着自己。

她今天应该化了淡妆,眉眼越发清冷,只是这一刻带了点恬静又柔和的笑意。

四目相对片刻,沈听择往后靠向塑料椅子,一条腿撑地,另一条没个正行地踩着桌下的横杠。他手微抬,举起汽水,隔空做了个和她碰杯的动作。

然后他仰头一饮而尽,随手将空罐捏扁扔进脚边的垃圾桶,砸出"咚"的一声闷响。

/ 049

一旁的许辙跟做贼似的被吓了一跳,转过头嗔他:"干吗啊择哥,轻拿轻放不懂吗?"

沈听择懒得搭理许辙,起身往外面的洗手台走。

外面天色已经暗得彻底,弄堂里树影斑驳,月光摇摇晃晃地打在青石板上,像被水洗过。

冷水从指缝流下,沈听择甩了下手,转身就看见裴枝抱着手臂站在不远处的那棵槐树下,单薄的身形被月色笼罩,眼底的信号很明显。

沈听择几步靠近,明知故问:"等我啊?"

裴枝挑眉:"早知道这么巧的话,我就把衣服带过来还你了。"

沈听择垂眸,对上裴枝清凌凌的眼睛:"是啊,真挺巧的。"

北江多大的一座城市,里面弯弯绕绕的弄堂更如黑色血管密布,没点缘分不可能遇得上。

裴枝想了想又问:"那你明天在学校吧?"

明天周一,大家应该都有课。

沈听择不出意料地点头。

裴枝得到肯定回答,继续道:"那你什么时候有空,我给你送……"

可话还没说完,眼前就覆了一道阴影。

沈听择突然又往前走了一步,弯腰凑近,温热的气息就这么直直地蹭过她的额头,他的手臂环着她的肩膀。

从侧面看,裴枝整个人几乎被他虚搂进怀。

裴枝下意识地想避躲,但身后是比她粗壮很多的树干,她根本退无可退。

"沈听择……"她不自在地喊了一声他的名字。

沈听择懒懒散散地在她耳边应着,然后下一秒把两人之间的距离拉回原点,手里跟变戏法似的多了一片叶子。

他声音没起什么波澜,仿佛刚才真就只是举手之劳,还不忘好心提醒:"下次别站在这种树下了,脏。"

裴枝凝视着他,两人无声对峙。

远处有一条狗看着两人探出头,但没叫几声,又冷得缩了回去,吠声呜咽着,堵在嗓子眼里,听起来有点儿可怜。

沈听择坦荡地任由裴枝看，眼底的笑意近乎纵容。过了很久他才好整以暇地回答裴枝上一个问题："我不是说过吗，不急。"

所以慢慢来。

我们来日方长。

裴枝回去的时候，陆嘉言已经结过账了。

大少爷屈在这狭窄的桌椅间倒也不嫌弃，正靠着椅背在回消息。见裴枝过来，陆嘉言扫了眼她面前没动几口的盘子："还吃吗？"

裴枝对这种东西不贪，尝过味就不想吃了。她摇头："走吧。"

"行。"陆嘉言把手机揣回口袋，拎着自己的外套站起身。

路过沈听择那桌时，裴枝垂眸和他碰了下视线。

头顶的灯泡亮着光，空气里还带点潮湿的黏糊劲，那么短短几秒里谁都没先移开眼。

直到走出烧烤店。

外头月朗星疏，穿堂风混着浓郁的桂花香，吹散两人身上的那股油烟味。

裴枝低头踩着影子在走，突然被陆嘉言扯着手臂换了一边。她奇怪地抬头，还没来得及问怎么了，就看见逼仄的弄堂里迎面走来两个醉汉。

她识趣地往旁边靠了靠，只当没看见。

两人又沉默地走出一段路，遇上巷口的红绿灯，陆嘉言停下脚步问："国庆什么时候回？"

红绿灯下面是一块LED显示屏，裴枝看了会儿，没再模棱两可地答："就30号下午吧。"

"一起走？"

裴枝捋了下被风吹乱的头发，偏头看着陆嘉言的眼睛两秒："随便。"

陆嘉言了解裴枝，她一般说这话真就是随便，或者准确来说，她对这种事根本不上心。

红灯变绿，他淡笑一声："那行，到时候我来安排。"

裴枝点头。

医科大和北江大学是两个方向，裴枝没让陆嘉言再送，两人就在这个路口

051

分道扬镳。

陆嘉言站在原地看着裴枝的背影融入川流不息的人群后,才转身离开。

裴枝也等到身后那道目光消失不见,却没继续往前走,而是拐了个弯。

大马路的车灯一点点被她抛在身后,脚下是经年累月的石砖缝隙,雨后青苔疯长,缠住了满地落叶。月光照进来,一片荒芜。

不远处有人靠着墙,黑色帽衫被风掐出精瘦的腰身,额前碎发耷拉下来戳着眉骨,五官凌厉又深邃。

裴枝走过去,看着沈听择那张脸在黑暗里清晰起来,开口问:"你找我?"

沈听择不置可否,就这么盯着她片刻笑了下:"胆子这么大啊。"

裴枝不太理解他这句没头没脑的话:"什么?"

沈听择又靠近一步,目光往下,嘴角的笑明显藏着坏劲,却又压不住那点张扬,放在一起很矛盾:"男人叫你来,你就来啊?"

裴枝安静了几秒,抬头看向他,清凌凌的一双眼睛变得特别无辜,跟真不懂似的:"你会把我怎么样吗?"

晚风吹过,沈听择没忍住在心里骂了句脏话。

下一秒裴枝后退拉开两人之间暧昧的距离,也往沈听择对面的墙上一靠,手插在口袋里,那截先前看不清的马甲线露了大半,黑色阔腿裤垂感很好,衬得她腿又长又直。

她下巴微抬,眼底的那点纯没了,冷着张脸,淡声提醒:"沈听择,我没你这么闲。"

言下之意,有事说事。

沈听择被面前的人甩了脸色也不恼,居高临下地看着她哼笑:"不闲就别来啊。"

说完他摊开掌心,一张印有裴枝姓名的校园卡就这么躺在那儿。

裴枝借着月光看清,愣住:"……怎么在你这儿?"

"你问我?"沈听择觉得好笑,漆黑的瞳孔审视着她,"不是你故意掉的吗?"

裴枝想不出自己是什么时候落下的,但也知道有些事只会越描越黑。她轻飘飘地否认一句,伸手去拿,指尖划过沈听择的掌心,没多少温度:"谢谢。"

"不用。"沈听择没当回事地应她一句,"走了。"

两人朝反方向擦肩而过。

周一久违地见了太阳,阳光温和地从窗户透进来,卷起人的困意。

讲台上老教授眉飞色舞地在讲西方雕塑史,从米开朗基罗到贾科梅蒂。

裴枝枕着手臂趴在桌上,一副没睡醒的样,面前摊着的课本草草标注了几处重点。

被点到名了,她倒是还能站起来扯两句。

等人坐下,许挽乔戳了戳她问:"昨晚没睡好啊?"

裴枝把脸埋进手臂,有气无力地"嗯"了声。

"怎么了?"

好一会儿,裴枝才摇头。

她不可能告诉许挽乔,她梦到沈听择了。

梦里还是在那条昏暗的巷子,沈听择也还是那身衣服,他叼着一根棒棒糖,靠在墙边,只是领口有点松散地垮着,锁骨性感,那模样像极了咬着烟,落拓不羁。

而她却不再站在他的对面,而是被他搂在了怀里。

两人沉沉地对视很久之后,她伸手勾走了他齿间那根棒棒糖,踮脚亲上去。耳边似乎还有他的低笑,他捏着她的下巴,抓着她的手,按到身后的墙上,反客为主地一点点加深,微酸中带点甜的橙子味在彼此的口腔里化开。

很深,也特别用力,两人的呼吸缠在一起,越来越重。模糊的视线里有他起伏的胸口,绷紧的下颌线,唇舌交缠的触感也都无比清晰。

裴枝完完全全是被惊醒的,在凌晨两点十七分。

她在和沈听择接吻。

真的疯了。

裴枝生怕一闭眼又是那些乱七八糟的画面,就这样挨到天亮。

结果耳边许挽乔接着在问:"沈听择衣服那事怎么说的?"

裴枝一口气堵着,声音都带了点不自知的冷硬:"还没说。"

许挽乔不疑有他,"哦"了声,没再多问。

然而下课回到宿舍后温宁欣又过来问裴枝加上沈听择的微信没，裴枝刚要敷衍两句，旁边的辛娟插了句嘴："怎么了吗？"

许挽乔不以为意："喏，还人家衣服喽。"

辛娟这才看到还搭在裴枝椅背上的那件男士冲锋衣，她迟疑地问："这是……沈听择的？"

许挽乔一听这话乐了，和她当初问的话一模一样。

裴枝却没什么情绪，只看了辛娟一眼，淡淡地"嗯"了声算作回应。

到了中午吃饭，许挽乔说想去新食堂吃黄焖排骨，裴枝无所谓，就陪着她去。结果紧赶慢赶到了那儿，还是卖完了。

许挽乔不死心地问打饭阿姨："真的没有了吗？"

打饭阿姨摆摆手，操着一口不算标准的普通话："没有了咧小姑娘，下次想吃要赶早啊。"

两人只能随便点了份馄饨，吃完从食堂出来的时候，裴枝看见微信上多了一条新消息。

Pluto：下午七八节课我有空，西操篮球场。

裴枝脚步放得慢了点，牙齿细细地咬着下唇，腾出手回他：好。

下午五六节刚好没课，裴枝补了一觉才感觉活过来了。

她洗了把脸，拿上沈听择的衣服出门。

三点的太阳不算太烈，但晒久了还是有点发烫。裴枝从背阴的图书馆后面绕到西校区的操场，绿白交错的篮球场就在眼前。

这会儿篮球场上人不少，形形色色，可裴枝还是一眼就看见了那道颀长的身影。

沈听择穿着一件宽松的黑色球服，露出的手臂肌肉线条流畅。阳光洒在他柔软的黑发上，风一吹，露出光洁的额头，跑动间全是少年的意气风发。

裴枝在旁边坐了会儿，他们那场球才结束。

她看见梁逾文大剌剌地撩起衣服擦汗，引来周围几个女孩的窃窃私语。

但沈听择明显没那心思，他只用手背抹了把汗，似有所感地回头，将裴枝打量的视线抓了个正着。

他勾唇笑了下，刚要走过来，一个女孩跑上前挡住了他的路。

具体说了什么裴枝听不见,她只能看见沈听择偏头听完,神情算不上冷漠,但隔着老远还是能感受到疏离。他随手指了个方向,好像是对着她的,也可能不是。

那个女孩最后一脸失望地走开,手里那瓶水也没能送出去。

阳光被遮住,沈听择走到了裴枝面前。他没让裴枝站起来,自顾自地在她身边坐下,手肘懒散地搭着膝盖,问她:"等很久了?"

裴枝把抱着的衣服还给沈听择:"没,就一会儿。"

沈听择接过,视线落在她手里那瓶还没开封的矿泉水,和她商量:"借我喝两口?"

裴枝觉得莫名其妙,有些话就这样脱口而出:"刚刚不是有人给你送吗?"

沈听择闻言顿了下,然后漫不经心地笑开,腔调拖得很慢:"你都看见了啊。"

裴枝别过眼,突然觉得九月末的太阳还有点灼人。

沈听择肩膀往裴枝那儿倾,压低了声问:"原来谢我这么多回,就嘴上说说啊?"尾音勾起,带着点不满。

话说到这份上,裴枝也懒得再和他争辩什么,把那瓶水扔进他怀里:"给你。"

沈听择淡笑着接住,三两下拧开瓶盖,仰头灌了几口。大概是真渴了,他喝得有点急,几滴水顺着他的喉结往下滚。

裴枝错开视线。

那边梁逾文也看见裴枝了,过来和她打完招呼,似笑非笑地问:"你也来看打球啊?"

裴枝不想扯太多,就模棱两可地"嗯"了声。

两人又当着沈听择的面聊了会儿,直到许挽乔一个电话把裴枝叫回去。

梁逾文目送裴枝离开,撞了下沈听择的肩膀:"这水是谁的?"

沈听择睨他一眼:"关你什么事。"

梁逾文贱兮兮地"哟"了声,凑到面前问:"那借我也喝口呗?"

沈听择撂下一句"自己买去",头也不回地走了。

第三章 /
带我去你那儿吧

九月很快走到头,国庆如期而至。

陆嘉言订的是下午四点的机票,但碰上雨天延飞了近一个小时,落地南城已经晚上七点半。

暮色晦暗,远处城市的霓虹灯闪烁,在雨雾中有种朦胧的美感。裴枝是学艺术的,对这种画面没什么抵抗力,拿出手机拍了张照片。

镜头定格的声音惊动了陆嘉言,他侧眸问裴枝怎么了。

"没事。"裴枝摇头,把手机收回口袋。

陆牧派来接他们的车也刚好停下。

司机姓张,是个四十出头的中年男人。他麻利地把两人的行李箱放进车后备箱,又尽心尽力地帮他们拉开车门。

裴枝不太适应地说了句"谢谢"。

雨天路堵,开一米踩两次刹车。窗外是缓慢倒退的车流,被雨水拉成模糊的影子,电台里应景地放着苦情歌。

裴枝手肘支着窗沿发呆,而另一边陆嘉言几乎是和她同样的姿势,但状态更懒散,有一搭没一搭地在跟司机聊着天。

他们看起来挺熟的,相处起来也没那么僵,从时政新闻到日常生活都能扯两句。

二十分钟后,车子开进小区。

进门灯火通明,邱忆柳坐在客厅沙发上看电视,一身墨绿色的针织裙,风韵犹存,长发被随意绾成发髻。看见玄关处的两人,她起身迎过来:"回来了啊。"

裴枝点头，叫了声"妈"。

陆牧没过多久也从书房下来，摘了眼镜，整个人看起来儒雅慈爱。

"陆叔叔好。"裴枝主动问候。

陆牧笑着颔首，招呼她赶快去吃饭，随后转头看见陆嘉言那副跟没见着人似的冷淡样，忍不住皱眉："哑巴了？回来了也不知道打招呼？"

陆嘉言闻言默不作声地绕到冰箱前，打开拿了罐饮料。罐身那抹标志性的野兽爪痕被他握进掌心，他大刺刺地往饭桌前一坐，然后才搭理陆牧："哦，我妈没教。"

顿了顿，他又像是想到什么，一脸抱歉地看向邱忆柳："不好意思啊，邱阿姨，没说你。"

客厅安静，这话落入在场每个人的耳里都清清楚楚。

陆牧脸色变得有点难看。

邱忆柳在旁边也有些不自在地搓了下手。

只有裴枝一脸平静。

她对他们以前那些乱七八糟的狗血事一点兴趣也没有，只知道陆牧能有今天的地位身价，八成是因为陆嘉言他妈。

简单来说就是，陆牧入赘。

陆嘉言他妈是正儿八经的豪门千金，家里有矿的那种，但因为先天心脏病，生下陆嘉言没几年就去世了。

陆牧分到了大半家产，加上他不错的经商头脑，生意越做越大，一跃变成人人尊敬的陆总。

"没事的……"邱忆柳挤出一抹笑，朝陆嘉言摆摆手，然后推着陆牧往饭桌那儿走，低眉软语地打圆场，"嘉言刚回来你跟他计较什么呀，快吃饭吧，再不吃待会儿就要凉了。"

裴枝走过去在邱忆柳旁边落座。

看着一桌诡异的气氛，她倒是无所谓，低头吃着自己碗里的。

吃完饭陆嘉言就和他高中那帮朋友出去鬼混了，临走前问裴枝去不去，裴枝有点犯懒地摇头。

她陪邱忆柳看了会儿电视，就上楼洗澡了。

洗完澡吹头发对裴枝来说是件挺麻烦的事，费时又费力。她的耐心一向不太好，吹到半干就关了吹风机，由着微湿的头发垂在肩头，留下水痕。

她拿起手机，看见微信上多了个小红点。

是微信运动的点赞。

借着房间里冷白的灯光，裴枝觉得沈听择的头像其实是有星点在的，可放大了看又只剩一片黑。

裴枝索性没当回事。

第二天裴枝睡到自然醒。

家里大人都不在，她洗漱完下楼的时候正好碰见从外面回来的陆嘉言。

估计是"浪"了一整夜，他看起来有些不修边幅，身上那件藏青色卫衣被洇湿了一小块，沾着秋雨的寒气。他手里拎着两个塑料袋，里面是打包盒。

"起了啊。"他神态自若地绕到饭桌前，把打包盒放下，"正好来吃早饭。"

裴枝顺手把头发扎了个低马尾，迟疑地问："你买的？"

盖子掀开，是热气腾腾的豆腐汤。香菜漂在最上面，还淋了层红艳艳的辣油。

陆嘉言"嗯"了声："你不是说这家味儿正吗？"

裴枝不记得自己说过这话，一碗豆腐汤，哪有味儿正不正的讲究。

但她还是笑了笑："谢谢。"

陆嘉言没陪她吃，挺嫌弃自己身上夜场带出来的那股烟酒味。但他拿了衣服冲完澡出来，又是干干净净一少年。

他倒了杯温水喝："今天有什么安排没？"

裴枝把餐余收拾好，回他："夏晚棠约我逛街。"

"就你们那届理科班的黑马？"陆嘉言比裴枝高两届，两人都在南城附中读的，他对夏晚棠这个人有点印象。

"嗯。"

"要我送你吗？"

"不用，坐地铁过去方便。"

"行。"陆嘉言没再说什么，只叮嘱她注意安全，就回房补觉去了。

裴枝和夏晚棠约在中午见面。

南城不算传统意义上的江南水乡，但雨季总是特别长，天色有时候阴郁得让人分不清白天黑夜。

裴枝从地铁站出来，视野里就积了几朵乌云，预报的雷阵雨将下不下。她没走几步就看见坐在餐厅里的夏晚棠，后者隔着玻璃朝她招招手。

夏晚棠和裴枝一样，属于明艳类的大美女，穿条纯白的裙子都带点妖气。一头利落的锁骨发，直径五厘米的素圈耳环，大红唇，就差没把"姐不好惹"写脸上了。

"好久不见啊，裴姐。"夏晚棠笑眯眯地看着裴枝坐下，把菜单递给她。

裴枝回视夏晚棠一眼："你比我大好吧。"

夏晚棠因为生源地的问题，晚了一年读书，年龄也就整整比裴枝大了一岁。但两人不打不相识之后，她习惯了"裴姐裴姐"地喊。

"怎么样啊？北江那儿还适应吗？"夏晚棠撑着下巴问。

两人当初的高考分数都够得上北江大学的录取分数线，夏晚棠更是那年附中理科班为数不多分数高过一中状元的，现在还在学校荣誉榜上挂着，但她最后选择了留在南城，其中原因裴枝识趣地没问。

家家有本难念的经。

裴枝翻着菜单，要了一份西冷牛排和一杯荔枝可尔必思："挺好的。你呢？"

夏晚棠耸肩往椅背上一靠，大言不惭地说道："就姐这张脸，当然是混得风生水起啊。"

裴枝意有所指地笑了笑："高中那些就没考虑考虑的？"

夏晚棠呛她："那都是革命友谊，别玷污。"

"行，"裴枝学着她的调调，"革命友谊。"

前不久才喝了一碗豆腐汤，裴枝没什么胃口，牛排切得七七八八，进肚却没几块。

夏晚棠见状还以为她减肥，大惊小怪得不得了。

裴枝好笑地否认："犯不着。"

她知道自己几斤几两，也从来不追求那种极致的瘦，有点肉挺好的，关键长对了地方，她可舍不得掉。

她解释:"我吃了早饭过来的。"

夏晚棠更稀奇了:"不是裴姐,太阳从西边出来了?你八百年没吃过早饭了吧?"

高中那会儿苦,一分钟恨不得掰成十分钟用。裴枝又是美术生,专业和文化课两手抓,每天睡都睡不醒,踩着点进校,根本没时间吃早饭。

裴枝咬着吸管,感受荔枝的沁甜从喉咙滑下去:"陆嘉言从外面买了带回来的。"

夏晚棠神色微顿,但也就一眨眼的工夫:"陆嘉言也回南城了?"

"嗯。"

裴枝的话音刚落,一窗之隔的外面人群四散,闷雷轰响在天空,豆大的雨点砸了下来。

"又下雨了。"夏晚棠见怪不怪地抱怨一句,继续吃盘子里的意面。

等到两人在商场里逛了几圈出来,这场声势浩大的雷阵雨才潦草收场。路边桂花树被打得七零八落,只留下最后一缕沁香。

夏晚棠倚在二楼观景台前,跟不怕冷似的,头发都被吹得粘在脸颊:"上一次吹这么爽还是毕业前,在高中那天台吧?"

裴枝也走过去,眺望远处的夜景:"嗯。"

明明距离高考完的那个夏天不算久,可是回忆起来,却好像很遥远。

裴枝一直不太喜欢夏天,不是热的缘故,而是因为夏天终究是特殊的。重组家庭、高考、毕业,成年前所有重大的人生转折都发生在夏天,无处可藏的炎热和不止的蝉鸣都意味着和过去说再见,生活一点一点推着她往前走,马不停蹄。

两人就这么放空地待到华灯初上,夏晚棠晚上还有事,和裴枝在地铁口分别,约定下次再见。

裴枝目送她离开,站在街头,突然不想太早回去。一个人慢悠悠地在城中晃了会儿,路过一家便利店,她推门进去。

店里亮堂,除了正在收拾货架的收银员没有其他人。裴枝拿了一瓶乌龙茶,刚要喊收银员结账,自动门开了又关。

她似有所感地转头,愣了愣。

外面是刚下过雨的黄昏夜，走进店的人浑身湿漉，快要与身后乌沉的雨幕融为一体。黑色短袖贴在身上，单手插着兜，弯腰时颈间那条银质锁骨链荡了下来，一小块暗红的血渍在灯光下格外刺眼。

放浪形骸又颓靡，满是矛盾。

沈听择低着头，垂着漆黑的眼睫，声音很淡："拿包万宝路。"

像是从天而降的人，出现在她眼前。

裴枝无意识地往后退了一步，发出一点响动，惊扰了正在发呆的那人。他慢吞吞地抬头，看了她一眼。

直到这一刻，裴枝才彻底看清他额角的那道伤痕，洇着几滴没化开的血，看得出对方下手一点也不轻。

收银员跑过来，没听清地又问一遍："要哪个？"

沈听择闻言淡漠地收回视线，就像两人不认识，低声重复："万宝路。"

"好嘞。"收银员从烟柜里拿出一包给沈听择，他很快付完钱就走了。

整个过程不足一分钟。

裴枝攥着手里那瓶发凉的乌龙茶回过神，也递给收银员："麻烦结账。"

走出便利店，裴枝朝四周张望一眼，刚才的人早就不见踪影。

又像是她的错觉。

她自嘲地笑了下，按照指示牌往回走。

从城中那片居民楼经过时，四下无人，家家户户都在忙着烧晚饭，突然一颗玻璃弹珠滚到她脚边。裴枝脚步一顿，抬头看到坡道上站了个小男孩，有点眼熟，但裴枝一时想不起来。

她没有当热心市民的习惯，只把玻璃弹珠踩停，不让它继续往下滚，抬脚要走。

那小男孩突然两步跑过来，对着她喊："你妈妈不检点，羞羞羞！"

裴枝闻言一怔，等他跑到近前，才开口问："你说什么？"

"我妈妈说你们家里有好多男人，你妈不要脸……"小男孩还小，说话没什么逻辑，但颠来倒去差不多是这么个意思。

裴枝眉头皱起，插在口袋里的手紧了下，摸到刚刚从餐厅顺走的糖，蹲下身看着小男孩，声音平静地问："喏，姐姐给你一颗糖，告诉姐姐你妈妈是谁好不好？"

小男孩看向她手里包装精致的糖，歪着脑袋想了会儿，一把抢过剥开糖纸往嘴里塞，结果没过两秒，五官全都皱在了一起，吐都来不及："好酸……你是坏人……"

裴枝站直身体，居高临下地看着他哭，眉眼比头顶月色还冷清："小朋友，以后记住，糖可以乱吃——"

顿了顿，她温和地笑了下："但话不可以乱讲。"

小男孩对上她冷冰冰的眼睛，哭得更凶了。裴枝被吵得烦了，下一秒从单元楼那儿跑出来一个女人，嘴里还在嚷着："安安怎么啦？"

裴枝看过去，女人那张脸在路灯下慢慢清晰，有些人和事一瞬间在脑子里串了起来。

那女人哄了小男孩几句，脾气刚要发作，抬眼看见站得笔直的裴枝，一时愣神了："……裴枝？"

"王阿姨，好久不见。"

她和邱忆柳没搬进富人区之前，就住在这一片。那时候裴建柏欠了一身赌债，放高利贷的人要不到钱，就找到了她们母女的门上。邱忆柳没办法，在打零工的情况下，又租了一间出租屋，靠着年轻时学的针灸手艺，能赚一点是一点。

可这事在邻里那些女人嘴里传着传着，邱忆柳就变成了给钱就能睡的女人，说裴枝和她妈一个样，小小年纪就会勾三搭四。

她不是没有做过挣扎，可笑地想为邱忆柳辩解，但根本没人在乎，她们只相信自己看见的，那些从邱忆柳家里进进出出的男人。

邱忆柳更是从小给她灌输忍忍就能过去的思想，甚至还怪她自讨苦吃。

以至于后来被人戳着脊梁骨骂，她也麻木了。不去争，不去反抗，都随便了。

王寻芳从惊讶中抽神，又变成市井女人那副泼样："你给安安吃什么了？他要是有什么事，我第一个饶不了你。"

裴枝睨着她冷笑一声："一颗柠檬糖而已，死不了。"

"你………"王寻芳一时气急，那些陈词滥调又被翻出来骂。

裴枝就安静地听她说，末了饶有兴致地问："说完了？"

王寻芳没吭声。

裴枝一米七出头，身高压着王寻芳，眼里没多少温度："王阿姨，我妈就算脏，也比你的嘴干净。"

说完，她一脚踢开安安的玻璃弹珠，留下背后骂骂咧咧的王寻芳。

但没走出几步路，刚刚消失不见的人再一次出现在她贫瘠的视野里。

昏黄的路灯下，少年低垂着头，指间夹了一簇微弱的猩红，明明灭灭。身形单薄，夜色笼罩在他身上，意气风发被淹没。

意识到他在等她，裴枝走过去。

等她走近，沈听择屈起食指点了点烟灰，没再送回嘴边，随手掐了。

"你怎么在这里？"裴枝看着他的眼睛问。

沈听择还是没骨头似的靠着路灯，也不嫌脏，他抬手指了下自己身后："你不是怕黑吗？"

这片居民楼年久失修，路灯早坏了大半，再往前一百米的路完全是黑的。

裴枝的心脏在那一刹那颤了颤，喉咙发紧，又问："你跟人打架了？"

沈听择没什么情绪地"嗯"了声。

夜风越来越大，从沈听择短袖下摆灌进去，他偏头轻咳一声。

下一秒，裴枝伸手拉住他的手腕。

沈听择一愣，感受到女孩掌心的温度："干吗啊？"

"买药。"

沈听择就这么任由裴枝拉着他，穿过两条小巷。街景一点点倒退，夜色还是那么浓，全世界都快要模糊。

裴枝在一家药店前停下。

她松开手，让沈听择在门口稍等，自己熟门熟路地走进去，买了一堆药。

出来后发现沈听择坐在路边的长椅上，手肘抵着膝盖在打电话，身侧的路灯在他脸上拓出一圈淡淡的阴影。状态说不出的懒散，五分钟里他就回了两句话。

她等他挂了电话才走过去。

沈听择抬头看到她，神情变了点。

裴枝拆着手里的酒精棉片："自己能处理吗？"

沈听择还是那个姿势,腰颓废地弯着,偏头看她:"好像不能。"

他的伤好几处在脸上,他看不见。

晚风呼啸,周围不算安静,掩过两个人靠得有点近的呼吸。

裴枝垂眸认真地处理着,察觉到沈听择皱了下眉,她擦药的动作一顿。

"疼啊?"

"还行。"沈听择笑了下,没当回事。

裴枝"哦"了声,继续手上的动作,只是这回有意识地放得更轻一点。

额角的伤没一会儿就处理完了,她看了沈听择一眼,直接伸手,用指腹贴着他的下颌,将他的脸侧向光更亮的那边,继续上药。

然后她就听见沈听择闷笑了一声:"你还真是……"

但他没说完,又静了下来,目光很沉地盯着她。

裴枝由着他看。

直到所有的伤口都处理好,裴枝把沾了血的棉签收进塑料袋,走几步扔到路边的垃圾桶里。转身看见沈听择动了下,背靠着长椅,腿随意地撑在地上。

他手里捏着那包万宝路,低头在玩打火机,暗红的火苗时不时窜出来,摇摇晃晃地映着他那张冷淡的脸。

连脸上那几道伤痕都变得性感。

有些人还真是,越伤越迷人。

裴枝脚步顿住。

这一秒的她没想过和他再有什么交集,更不会知道,是眼前这个叫沈听择的男人,让她生,又陪她死。

大概她的视线明显了点,沈听择抬眼看过来。隔着不到一米的距离,他身上那点堕落的劲好像过去了,很平静地问她:"要走吗?"

裴枝用行动回答了他。她重新在沈听择身旁坐下,然后伸手拿过他那包红万,自顾自地抖出一根,细细地咬着。

沈听择纵容着她的举动,只笑了下问:"又干吗啊?"

裴枝没说话,往前倾了点,扶住沈听择的手臂,再慢慢低下头去,就着他手里的打火机点燃。

烟雾流淌,裴枝仰头看向月亮,残缺的一轮,光线惨淡。沈听择也给自己点了一根，两人就这样很静地抽了会儿。

"沈听择。"她突然叫他。

"嗯。"

"你来南城做什么？"

裴枝听许挽乔提过，沈听择是北江人。

他不属于这里的。

如果是来玩，又怎么会搞得一身伤？

沈听择闻言掸烟灰的动作一滞，他懒散地侧过头，眼眸漆黑："你想知道啊？"

裴枝不置可否："就问问。"

沈听择笑得更深了，衬着背后昏黄的天，好看得要死。他声音也不颓了，漫不经心地带点哼笑："来找你啊。"

半真半假。

裴枝盯着他好一会儿，低低地"哦"了声，明显不信。

那晚后来沈听择把她送到了小区门口。裴枝没说再见，只看了眼他身上单薄的短袖，提醒一句："你早点回，晚上凉。"

南城就是这种天，昼夜温差分分钟让人感冒。

沈听择笑了下点头："知道了。"

目送裴枝消失，沈听择转身走出一段路，打了辆出租车。

"师傅，去希尔顿酒店。"

许辙刚洗完澡出来，就看见酒店房间的门打开着，他吓得以为进贼了，结果转头看见沈听择大刺刺地坐在他套房的沙发上，姿态散漫。

"你怎么来……"许辙走过去，在看到沈听择脸上挂的彩后，话锋愣是一转，"你干什么去了？"

沈听择还在低着头回消息，不以为意地笑了声："处理了点事。"

许辙了然地点点头，揽过沈听择的肩膀，一副兄弟情深的模样："不过你一个人去打架也太不够意思了吧？下次这种事好叫上我。"

沈听择终于舍得看他一眼："行啊，到时候你多少再给我整点烟花爆竹，助助兴。"

许辙拍拍胸口应下,然后凑到沈听择近前眯着眼打量几秒,朝他吹了口气:"但择哥啊,这药是谁给你上的?"

"我自己。"沈听择口吻还是那么淡,眼睛都不带眨一下。

许辙闻言直接嗤他:"骗鬼呢?"

这祖宗只要不是吊着最后一口气,是绝对不会去管的,放任伤疤自己愈合。

沈听择懒得再和许辙扯,收了手机站起来,从口袋里拿出两张票按在桌上:"东西给你带到了,走了。"

国庆第四天裴枝接到陈复的电话,他问她有没有兴趣出来玩。

那会儿裴枝刚睡醒,脑子转不过弯,脸埋在被子里,声音很闷:"哪个酒吧大白天开门啊?"

陈复那儿背景有点吵:"不是酒吧,是咱开发区这边组织了一个拉力赛。"

顿了顿他补充道:"你哥也来。"

裴枝半天没吭声,最后轻轻"嗯"了声。

她以前没少拿陈复的重机过瘾,不可否认,那种风从耳边呼啸,肾上腺素飙升的感觉是真的爽。

有些东西是骨子里的,磨不掉。

等裴枝起床收拾好下楼,就和陆嘉言打了个照面。他应该跟陈复通过电话了,只问了她一句可以走了没,裴枝点头。

两人从市区出发,国庆期间路上堵了半天,直到开上高架,陆嘉言才将油门踩到底,超跑的声浪响过,拉风得要死。

他们赶在中午之前到了拉力赛场地。

裴枝刚下车,路边的尖叫呐喊声就冲破了天,汽车引擎的轰鸣声混在里面。太阳正当烈,尘土飞扬,再没波澜的心绪都能被这场面激出点躁动来。

陈复在不远处朝他们招手。

裴枝用手遮了下太阳,和陆嘉言一块儿走过去,指着下边的赛道问:"开始了?"

陈复摇头:"还没,下午才开始。"

"哦。"

一行人先去附近找了个馆子，吃到一半夏晚棠也来了。

想都不用想肯定是陈复这个交际花喊过来的。

他们高中的时候彼此都熟悉，真要说起比较生疏的，就只有夏晚棠和陆嘉言两个人。

夏晚棠打完一圈招呼，才看向陆嘉言，垂在裙边的手紧了紧："陆学长，好久不见。"

陆嘉言抬眼，目光很淡地在她脸上停留两秒，客套地笑道："你好。"

一顿饭吃下来还算舒坦，全程基本都是陈复在讲，从他们车队到今天这场拉力赛。陆嘉言偶尔搭腔两句，但从他放弃做领航员那天起，对这方面的涉猎已经没那么多了，有些话题显得陌生。

裴枝就靠着椅子玩手机，一个小游戏硬是玩了几遍才过。她的耐心耗尽，刚要关掉手机，微信通知栏跳出一条消息。

Pluto：[图片]

裴枝顺手点开，然后愣住。

照片里的女人生得高挑，肩上搭了件西装外套，遮住大片雪白的肌肤。吊带长裙只单侧开着衩，黑色细带缠在腿根上，往下露出骨肉匀称的腿。

长发被风吹得有点乱，神色淡漠又懒倦，背后是红黑的赛道。

极致的色彩碰撞在一起，视觉效果很强烈。

而那张脸和手机屏幕映出的重叠。

裴枝：嗯？

那头回得快：A区观众席。

裴枝盯着这条消息看了会儿，借口出去一趟。

这会儿正值饭点，观众席没人。

裴枝扫视一圈，没看见沈听择。她刚想问他人呢，一道阴影从身后压过来。

她转身，不出意外地看见单手插着兜的沈听择。

那天晚上的沈听择好像不复存在了。正午的阳光打下来，照在他的身上，头发柔软，嘴角还勾着淡笑，站在那儿整个人干净又亮堂。

他懒洋洋地笑："第二次了。"

裴枝不懂:"什么?"

"我叫你来啊。"沈听择往前一步,抵着裴枝的脚尖,微微俯下身,"这么听话?"

热气拂过裴枝的侧脸,她脸不红心不跳地和他对视,目光在他已经结了痂的伤口睃巡,然后缓慢地笑道:"沈听择,你也很听话啊。"

她又一次轻轻地挑起他的下颌:"有听我的话,每天上药。"

裴枝没待一会儿就先走了。

她甚至不知道自己为什么要来见沈听择。没有任何借口,只是单纯地在阳光刚好的午后见了一面。

不过想见就见了。

人这一生如果非要纠结那么多的理由,那活着挺累的。

她回去的时候,其他人都差不多酒足饭饱了。陈复关心她:"去哪儿了啊?这么久。"

裴枝坐下,抿了口果汁也没打算瞒着:"遇到一个同学,聊了几句。"

"大学的?"

"嗯。"

陈复听到这话乐了,一拍桌子笑道:"你说巧了是不是,我刚刚去上厕所,也碰着一大学同学了。"

夏晚棠正好在补口红,被他闹出来的动静吓了一跳,手一抖口红从嘴角歪了出去。她没好气地拿纸擦掉,白眼直接扫过去:"陈复你有毛病啊?有话不能好好说,拍桌子干吗?"

陈复见状讪笑两声:"激动了,你理解理解。"

夏晚棠一副"理解你大爷"的表情,脸臭得很。

两人高中时期闹惯了,裴枝就在旁边笑笑。

陈复又自顾自地说起来:"不过人家那几个是北江正儿八经的阔少,和咱们还是有区别的。"

陈家虽然在南城数一数二,但放到北江上流那个圈子里,根本排不上号。再退一万步说,他们其实只堪堪够着了入场券。

有些阶层摆在那儿，就是不想让人跨过去的。

在旁边沉默很久的陆嘉言突然笑了下，好整以暇地纠正他："是你，别带上我。"

陈复扭头看陆嘉言那张有点欠的脸，敷衍地耍嘴皮子："得，忘了您也是大少爷。"

陆嘉言哼笑一声，低头继续玩他的游戏。

夏晚棠补好妆，把镜子合上放进包里："合着这桌就我一普通百姓是吧？"

"还有我。"

陆嘉言一愣，抬头看向出声的裴枝。

她细细地咬着那杯橙汁的吸管，眉眼从始至终没什么波动，冷冷清清的，说这话似乎没觉得不妥。

陈复第一个喊她，满腔不以为然："言哥的不就是你的吗？他可是把你当亲妹妹的，我说得对吧，言哥？"

不知道是哪个字戳到了陆嘉言的痛处，他的脸色在一瞬间沉下去，但两秒后又变回云淡风轻的模样，手随意地搭在裴枝的椅背上："嗯。"

裴枝歪头看他，像在辨认真假。

陆嘉言坦荡荡由着她打量。

坐他俩对面的夏晚棠抿了抿唇，没说话。

几个人又坐了会儿，等到下午两点出头，才结账往观众席去。

十月的太阳还有点热，照在身上暖烘烘的。

沈听择晃着步子跟许辙往外走的时候，一眼就看见了人群中的裴枝。

她脱了西装外套拿在手里，肩膀大片肌肤裸露，白得晃眼。吊带长裙掐得腰很细，一只手就能握住。

他刚要默契地装作不认识，结果许辙已经过去和人家朋友勾肩搭背上了。

"来，介绍一下，这是我们学校计算机系的，陈复。"

说起来许辙能和陈复认识，实在算巧合。新生入学后被安排到机房学习实验室安全理论，碰上计算机专业的在上机，两人那天撞了衫，都是公子哥，穿的还是国外一小众潮牌，一来二去他们就成了朋友。

沈听择抬眸，逆着头顶的太阳看清了陈复的脸，眼底多出一点意味深长的笑意。

陈复也明显认出他了:"哎,你不是那个……"半天没想出来,他把求助的目光转向裴枝。

当着其他人的面,裴枝一点也没避讳,就这么直勾勾地盯着沈听择笑:"嗯,我大学同学,沈听择。"

上次在Blank,陈复和沈听择见过。

旁边的夏晚棠对大乱炖的局面有点蒙,弄清楚后第一次觉得六人定律真神奇。

明明八竿子打不着的几个人居然都认识。

陆嘉言也简单做了个自我介绍。

互相寒暄几句后一群人就算朋友了。

时间也走到比赛点。

拉力赛是分赛段进行的,采用间隔发车的方式,以每个车组完成全部特殊路段比赛的时间和在行驶路段所受处罚时间累计,计算最终成绩,时间越短排名越前。

南城是这场拉力赛的最后一站,特意选在近郊的开发区,除了几座工业园,就是崎岖的沙石路。

不远处的大屏幕上滚动播报着截止目前的赛车手成绩排行,前几名累计用时咬得很紧,几秒之差,所以陈复他们算是赶上了这场有看点的决胜局。

又一辆红黑相间的赛车漂移过弯,裴枝撑着栏杆在看下面漫天黄土。没一会儿感觉到有人靠近,她小幅度地偏头。

沈听择递过来一瓶水。

裴枝没接,挑眉笑问:"干吗啊?"

"还你的。"

他说的是篮球场那瓶水。

裴枝"哦"了声,没矫情地拧开喝了两口,朝他扬眉:"谢谢。"

红唇被水沾湿,在太阳底下潋滟。

沈听择看着她的侧脸,低头笑了下。

旁边陈复和许辙聊得尽兴,转眼话题到了冠军花落谁家。两人各执一词,谁都说服不了谁。

陈复过来问裴枝:"裴姐,你赌谁会赢啊?"

裴枝捏着水瓶,随意地扫了眼大屏幕上的车队信息,回答他:"就那个吧,FNR 车队的。"

陈复闻言一怔,没想到她给的答案是这个,试图解释给她听:"FNR 没多少人看好,资金和训练这些都比不上别人……"

裴枝不置可否地淡笑:"说不定呢。"

许辙也在问沈听择看好哪个,沈听择垂着眼睑,似笑非笑地指了个车队标志。

许辙顺着看过去——

FNR。

最后比赛结果确实出乎很多人意料。

有望拿第一的 SX 车队在超级短道走错路线被罚时三十秒,直接无缘冠军。而许辙支持的 TZ 赛车手和领航员的配合不知道出了什么问题,在坡道翻车。

爆冷门获胜的就是 FNR 车队。

陈复不敢置信地看了看总排名,又看向裴枝,却见她脸色始终平静,一点不惊讶。

裴枝拍了拍陈复的肩膀,淡定地笑道:"一切皆有可能。"

她的微信个性签名这么多年没变过,是句英文——

Death is the only certainty in the life.

有些人大概会解读消极,认为死亡是人生必然的事。但她觉得,人生只有死亡这一件是概率百分之百的事,其他的都有可能。

事在人为。

比赛结束将近下午五点,夕阳摇摇欲坠在地平线上,染红半边天。

陈复特别自觉地担起东道主的责任,提议一起去吃顿火锅,问了几个人都没意见,他转向裴枝。

裴枝无所谓地耸肩:"去啊。"

他们常吃的那家火锅店在市中心,好在大家都是开车来的,过去倒也不麻烦。

裴枝跟着陆嘉言往停车场走,余光往后瞥了几次,但又什么也没有。

直到坐上车,陆嘉言看她眉头轻皱着,边发动车子边问:"怎么了?"

裴枝摇头:"没事。"

她可能有点敏感了。

到火锅店门口的时候,夏晚棠说想喝奶茶,要拉着裴枝一起去买。

裴枝没拒绝,顺带问了几个男人要喝什么酒。

奶茶店在这条街的街尾,饭点来买的人不少。

夏晚棠在小程序上点了单,就倚在等候区那儿等,裴枝也懒洋洋地靠着墙。

两人都是一等一的大美女,往路边一站就吸引了不少视线。

有男生被同伴怂恿着过来要微信,青涩的脸上藏不住紧张和期待。

裴枝抬眸不冷不热地看一眼,然后尽量温和地笑了下:"抱歉啊。"

夏晚棠在旁边看得乐呵呵的,等人走了之后,她戳戳裴枝的肩膀,不怀好意地笑:"真有魅力啊,小男生哎。"

裴枝睨她一眼:"你要?早说啊,我帮你加。"

夏晚棠想也没想地否认:"我可没说,我不喜欢弟弟。"

"哦——"裴枝拖长了调,"那喜欢哥哥啊?"

"哥哥"两个字落入夏晚棠耳中,像是某种禁忌,她神情顿时有点僵。好在下一秒奶茶叫号,她如释重负地拿着手机过去取。

裴枝没当回事,等她提着杯奶茶回来,两人往便利店走去。

"对了,问你呢,那个大帅哥真是你同学啊?"夏晚棠像是突然想到这茬,看着裴枝问。

"大帅哥?"

"就沈听择。"顿了顿夏晚棠补上一句,"是叫这名吧?"

裴枝点头:"嗯。"

"'嗯'是什么意思啊?他是叫这名,还是你同学?"

裴枝觉得夏晚棠纯粹没话找话,她淡声道:"都是。"

这回轮到夏晚棠"哦"了声,接着又问:"你们两个很熟?"

裴枝一怔,不知道夏晚棠为什么这样认为,想了想给出一个模棱两可的答案:"还行。"

她和沈听择熟吗？

也许吧。

他目睹过她的难堪，她也见过他的颓废。

算是扯平了。

便利店的门近在眼前，但身后有人叫住裴枝。男声混在熙熙攘攘的街头，还是异常响亮。

裴枝回头，就看见便利店旁边的台阶上蹲着一个光头，腰圆肩阔，脖子上挂着条大金链子。

夏晚棠凑到裴枝耳边低声问："这人你认识吗？"

裴枝眉头皱起来，一时想不起来。

光头能理解贵人多忘事，掸了掸烟灰站起身，从台阶走下来："你也回南城啦？"

裴枝捕捉到他话里的字眼，神情放冷："也回？"

"啊，是廖哥。"光头边摸鼻子，边笑着解释，"他国庆前去北江，回来提到你了。"

裴枝兜里的手机响了下，是陆嘉言问她买好没，拿不拿得动。她看了一眼把手机收回去，侧头让夏晚棠先去便利店。

夏晚棠不放心地用眼神示意。

她是不知道裴枝以前那些事的，当初认识也是因为她单方面目睹了裴枝在学校走廊教训几个嘴巴不干净的女生。

裴枝一个人站在那儿，一点也不怵地看着面前抱团的女生。谁都有脾气，她就欣赏裴枝身上那股说不出的劲儿。

裴枝摇摇头。

等夏晚棠离开后，她冷眼看向光头，对着这张脸，慢慢有了点印象："他说我什么了？"

"也没说什么，就说你找了个男朋友，过得还挺好的。"

裴枝都能想象出廖浩鹏说这话时嘲讽的表情，她轻嗤一声，和光头没了什么沟通的欲望，转身就走。

结果光头在背后喊道："哎，裴枝，廖哥前两天被人打进医院了，你既然

/ 073

回来了有空去看看他啊？"

光头是在南城老城区那边混的，后来并不知道裴枝和廖浩鹏闹得有多难看，以为他们还是朋友。

裴枝闻言脚步一顿："他被人打了？"

廖浩鹏在道上混了这么多年，从来都只有他打人的份。

光头重重地点头："嗯，具体细节我不清楚，但伤得还挺重。"

裴枝沉默了一瞬，撂下一句没死就行。

"你……"光头还想说什么，裴枝已经走进便利店，消失不见。

裴枝刚把一扎啤酒放到收银台上结完账，门口陆嘉言大步走过来。

外套应该是脱在火锅店了，他身上就一件白色短袖。他顺手接过，低眸问："你怎么不回我消息？"

裴枝乖乖地让他拎，拉着夏晚棠跟上去，实话实说："我刚刚碰见乌兴德了。"

乌兴德就是那光头。

陆嘉言整个人怔住，回头把她上下打量一遍："有事没事？"

"没事。"

夏晚棠听着两人跟打哑谜一样的对话，默不作声地往后退了点。

等回到火锅店的时候，锅底已经上了。

腾腾的热气溢满整个包厢，几个男人凑在一起谈笑风生，个个都长得不赖，画面挺养眼的。

他们推门进去时，沈听择抬了下眸。

裴枝对他看过来的目光照单全收，淡淡地回视一眼，在陆嘉言手边的空位落座。

陆嘉言把烫过的碗筷推到裴枝面前，坐他对面的许辙已经跟着陈复改了口，殷勤地问："言哥，你喝哪个？"

他两只手分别拿了罐百威和瓦伦丁。

陆嘉言头也没抬，摆手："我不喝，酒精过敏。"

陈复趁机揶揄他："忘了说，我们言哥可是滴酒不沾的'三好青年'。"

陆嘉言在桌底踢了陈复一脚,笑骂滚蛋。

许辙的手尴尬地悬在空中,要收不收的。

裴枝见状起身拿了罐瓦伦丁,淡笑道:"谢谢。"

菜很快上齐。

许辙涮着毛肚,注意到坐在裴枝旁边的夏晚棠,好奇地问:"你是南城大学的啊?"

夏晚棠没想到自己会变成话题中心,愣了愣点头:"……嗯。"

"什么专业啊?"

"飞行器制造工程。"

许辙听到后直接脱口而出一句:"造飞机的啊?你怎么会选这个专业?"

夏晚棠点点头:"很酷不是吗?"

南城大学也算国内TOP级的大学,夏晚棠又是凭实力考进去的。许辙看她的目光都崇高起来,举着酒杯敬她:"酷死了!"

裴枝在旁边咬着鱼丸笑。当时夏晚棠告诉她自己录取了这个专业时,她第一个反应也是,挺酷的。

没人可以规定女孩适合学什么专业,又有哪些专业是未来就业安稳的。

谁都只活一次。

陆嘉言喝着杯里的饮料,和其他人一样去看夏晚棠。她那张脸埋在辣锅的雾气里,眉眼弯着,染上漂亮的绯红。

似乎是察觉到他的视线了,夏晚棠转过来,可只看一眼又匆忙移开。

气氛再一次热络,陈复也有感而发:"要我说啊,在座的各位将来都可能为祖国航空事业添砖加瓦。"

"裴姐你能帮着设计图纸,我计算机的不用多说,许辙也是,材料物理对口,择哥啊……就负责投钱。"

他转了一圈,只剩下陆嘉言"无所事事"。

陆嘉言也笑着睨他,一副洗耳恭听的模样。

陈复憋了半天:"你还是好好救死扶伤吧。"

许辙过来和他碰杯,笑着附和道:"祝我们都有光明的未来。"

裴枝抬眼就看到沈听择也在笑,咬着下唇笑意不太明显。包厢里暖黄的光很衬他，正是青涩和成熟交替的年纪，他喉结滚动的弧度都带点让人上瘾的味道。

玻璃杯碰撞在一起，声音清脆。虽然陈复的玩笑话谁也没当真，但这晚的月亮见证了一群年轻人的热血和意气风发。

往后的任何一天他们都不会再比今天更年轻了。

一顿饭吃到结尾，裴枝发现沈听择动筷子的次数很少。他应该不怎么吃辣，大概也不吃香菜。很多时候他都在喝酒，但脖颈那儿还是冷白一片，连半点红色都没透出来。

整个人往夜色里一站，显得更冷淡了。

陈复还在嚷着要转场，被陆嘉言一把塞进代驾的车里。夏晚棠也喝了点酒，裴枝就拜托陆嘉言先送夏晚棠回去。

陆嘉言没说什么，只叮嘱裴枝在这儿等他回来。裴枝点点头，目送车子开走，转身却看见沈听择站在不远处，外套没穿，就搭在臂弯间。

她几步走过去，踩在沈听择面前的台阶上，轻声问："你不走吗？"

沈听择居高临下地看着裴枝，低低地"嗯"了声。

两人在门口没站一会儿，碰上一个路过的阿婆，挎着一篮玫瑰花，操着南城方言，只有裴枝能听懂。

沈听择就靠在旁边看两人交流。

没一会儿裴枝就摆摆手，用普通话回她："阿婆，你搞错了，他是我的同学。"

阿婆又说了几句，反正沈听择也不懂。等人离开了，他才随意地问起："怎么了？"

裴枝踮起脚和沈听择平视："你想知道吗？"

"不能说吗？"

裴枝摇头，又盯着他好一会儿，然后突然跨了两阶，视线从上往下地俯视他，很轻地笑了下才开口："阿婆说你是我的男朋友。"

沈听择闻言眼皮倏地一跳，抬头对上裴枝的眼睛。看她眼尾因为酒精溢出的一点红，看她清凌凌的眼睛里染着月色，一脸平静的天真样儿。

今晚的月亮好像不太明朗，蒙着厚厚的云层，星星也藏起来了。

明天大概又有一场雨。

沈听择好半天没给反应,裴枝就安静地等着。直到沈听择哑着声问:"裴枝,你在钓我吗?"

第二天果然下了一场雨。

裴枝窝在房间里大半天,对着窗外淅淅沥沥的雨写生。直到傍晚停了雨,她才起身下楼。

家里没人,只有何姨在做家务。

裴枝从冰箱里拿了罐饮料,问:"我妈呢?"

"她陪陆先生去参加一个应酬了。"何姨擦干净手,把裴枝手里的冰饮料换成温水,面露疑惑,"她没跟你说吗?"

裴枝愣了下,想起自己的手机还扔在床头充电。她接过水杯,转身就往房间走。

被静音的手机上果然有几条新消息。

邱忆柳确实在一个小时前跟她说了这事,裴枝扫了眼,回了一句"知道了"。而最新的一通未接电话,是两分钟前裴建柏打来的。

裴枝刚要当作没看见,结果下一秒裴建柏的电话又进来,连名带姓的三个字亮在屏幕上有点讽刺。

她低头沉默了一瞬,划过接通:"喂。"

裴建柏那边还是一如既往的吵,隔着电话裴枝都能想象到乌烟瘴气的场景。

"刚刚怎么不接我的电话?"

裴枝实话实说:"手机在充电,没看见。"

裴建柏倒也没跟她纠缠这事,窸窸窣窣的一阵响动后,他应该是找了个安静的地儿,才开口:"你奶奶住院了。"

裴枝闻言握着手机的手一紧:"出什么事了?"

"还不是怪这狗屁的下雨天,老太太非说你国庆回来了,要看看你。结果她刚出门,就不小心摔了一跤。"

大概是感受到了裴枝的低气压,裴建柏继续道:"但你可以放心,不严重,医生说只有软组织受伤。"

/ 077

"不过呢，就是这医药费你得先垫一下，你知道爸爸的，一时半会儿拿不出这么多……"

裴枝很久没说话，裴建柏还以为她挂了，从耳边拿开手机一看却还在通话界面。他疑惑地问："你听到我说话没？"

又过了两秒裴枝平静到甚至带点冷漠的声音传过来："我没钱。"

"什么？"

裴枝重复一遍。

裴建柏瞬间不乐意了，又怕其他人听见，浑厚的声音刻意压在听筒里显得狰狞："你没钱？当我傻是吧？陆家有的就是钱。"

裴枝走到窗边，看着暮色里渐起的灯红酒绿，淡声回道："你也说了，那是陆家的。"

两头僵持着，裴建柏皱眉："你给还是不给？"

裴枝视线慢慢地不聚焦了，她笑了一下不答反问："奶奶怎么知道我国庆回南城了？"

她没和老太太说。

裴建柏果然支吾了，裴枝就替他说："你跟踪我，然后哪天喝多说漏嘴了，对吧？"

她那天在停车场看到的应该就是裴建柏。

那头没声了，裴枝连嗤笑都懒得，直接问："奶奶在哪个医院？"

"市一院。"

裴枝把电话挂掉。

她换了身衣服，路过客厅时，何姨叫住她："马上吃饭了，去哪儿啊？"

裴枝随便扯了个理由，往外走。

晚风里浮动着潮湿，地上又积起大大小小的水坑。裴枝在市一医院下车，鼻息间萦绕着浓郁的消毒水味。

她按照裴建柏发来的信息找到病房，推门进去的时候老太太正和隔壁床的小伙子聊天。头发花白，身上穿着蓝色病号服，一把嶙峋的骨头凸起，精气神看着倒是不错。

回头见到裴枝，老太太明显惊讶得不行："……小枝？"

裴枝走过去："奶奶。"

确认真是自己孙女后，老太太又激动起来："你怎么来啦？"

"我来看看你，"裴枝低垂着眉眼，握上老太太的手，"怎么这么不当心啊？"

"一把年纪了，腿脚不利索很正常，没事的，你别担心。"老太太笑呵呵地说完，又像是想到什么，语气变得小心翼翼，"是你爸……跟你说的吧？"

裴枝点头。

老太太叹了口气。

她这辈子也不知道是造的什么孽，养了这么个儿子。年纪轻轻的时候就不学好，扔了铁饭碗说要搞什么艺术。成家之后还碰那种东西，好好的一个家就这样被他折腾没了。

裴枝陪了老太太一会儿，收到裴建柏的短信。她打开手机，看了一眼，淡漠地收回口袋。

老太太见状推着她走："你要忙就去吧，医院也不能多待。"

"那我明天有空再来看你。"

"哎，好。"

裴枝出了病房，沿着楼梯下到一楼，往医院后面的小巷走。

从出门到现在已经将近一个小时，天色已经暗了，路灯映在地面坑坑洼洼的水坑里，晕开点点昏黄。

裴建柏早就等在那儿了，脚边堆着两三个烟头，嘴里还叼着一根，烟雾浓得模糊了他的脸。

裴枝走过去，神情淡漠："钱已经转给你了，还有什么事？"

裴建柏见了她这副面无表情的死样就压不住脾气，拿开嘴里的烟往地上一扔，三两下踩灭："你说什么事？我问你要的是两万块，你就给两千块是什么意思？"

他一开口那股酒味就混着烟草味往裴枝脸上拍，她下意识地后退。

喘过一点气，裴枝抬眼看向裴建柏："我去问过医生了，奶奶的医药费只要两千块。"

裴建柏没想到她会干这事，一时间怒火和羞恼冲上脑门，想也没想地抬手，巴掌像过去无数的夜晚那样落下，清脆的一声回荡在空无一人的小巷里。

"多给一点你会死啊？我是你老子，拿点钱赡养我天经地义，我以前好吃好喝地供你，现在长能耐是吧？还是觉得跟着你妈，真就爬上枝头变凤凰了？别忘了你身上流着的是我裴建柏的血！"

裴枝被打得偏了头，舌尖似乎舔到一点血腥味。她用指腹拭了下嘴角，笑得没什么情绪："裴建柏，我说过的，多一分钱我也不会给你。"

说完裴枝转身要走，下一秒感觉手臂被扯住。整个人被推入黑暗，那种熟悉的无力感再次席卷，连痛都快要掩盖。

不知道过了多久，那些拳脚突然消失。裴枝吃力地撑起身，就看见一道高大的身影从巷口冲过来。

他拎着裴建柏的衣领一拳砸在裴建柏的脸上，浑身上下充满了骇人的戾气。

裴建柏被变故打蒙，往后踉跄几步，摸着迅速肿胀的嘴角，破口大骂："谁啊……"但话没说完，又彻彻底底地挨了几拳，每一下都带着狠劲。

裴枝看着那人在路灯下绷紧的侧脸，过了好一会儿才很淡地开口，声音带着点不易察觉的颤抖："沈听择，够了。"

沈听择像是置若罔闻，还在动手。

裴建柏却听出名堂来了，他目眦欲裂地瞪着裴枝："找男人打老子是吧？"

说着他想去抄巷子里废弃的铁棍，结果手还没碰到，又被沈听择拽回来，变本加厉。

裴建柏被揍到还不了手，开始吼她："裴枝，你个白眼狼想看我被打死吗？啊？"

裴枝无动于衷地看着。

沈听择额头青筋都暴起："你再骂她一句试试？"

最后沈听择把裴建柏甩在地上，牵过裴枝的手，头也没回地走出小巷。

雨后的风沾上湿冷，医院后面这条马路没什么人，路边的树在月色下显得寂寥。

两人走出一段路，沈听择感觉自己的袖子被拉了一下。他回头，看见裴枝停下了脚步。

她背着光，皮肤还是那么白，嘴角的瘀红刺眼得要死，站在风里，仿佛下一秒就要被吹走。

一双眼睛还是漂亮，却空洞得让人心疼。裴枝低低地笑了，然后仰头凑近他的耳边，一字一句地问："你要做救世主吗？沈听择。"

后来的很多年沈听择都记得那晚。

风也不吹了，全世界都安静。沈听择直视着那双眼睛回答："我只救你。"

他们走到了沈听择的那辆车前。

裴枝对接下来要发生的事不难猜，却还是问："你要带我去哪儿？"

沈听择打开车门："你想去哪儿，我就带你去哪儿。"

裴枝坐上去，系安全带的时候不小心碰到伤口，她忍住没皱眉，语气稀松平常地说："沈听择，带我回你那儿吧。"

她今晚第三次叫他的全名。

沈听择说："好。"

沈听择在南城有套公寓，这是裴枝没想到的。

一路上电梯进门，裴枝跟在沈听择的后面。他按亮玄关处的灯，照得室内亮堂。极简的黑白风格，看着很冷清。

就和他这个人一样。

而落地窗外，是灯火辉煌的繁华夜景。

沈听择把回来路上买的药放到裴枝面前，垂眸看她，眉眼那点戾气还没消，哑着嗓音问："要我帮你吗？"

"不用，我自己可以。"说着，裴枝已经自顾自地拿起药往身上抹，动作熟练，就像重复过无数遍。

客厅里一下变得很静，静得呼吸可闻。

沈听择一言不发地坐在旁边看着她，看着她将外套拉开，露出里面那件短款针织背心，细腰不堪一握，皮肤白得过分。

裴建柏明显是清楚哪里不容易被人发现，留的瘀痕都很隐蔽，却都很深。

沈听择就这么看了会儿，突然克制不住地骂了一句脏话。

他搁在桌上的手机不断地响动，消息从锁屏界面上跳出来。

许辙：人呢？

许辙：买个粥买到西伯利亚啦？我要饿死了啊，大哥。

许辙：我拍了拍"Pluto"。

裴枝瞥了眼："不回吗？"

沈听择不耐烦地俯身拿过手机，打字：有事，给你叫了外卖。

然后随手关了静音。

"许辙怎么了？"

沈听择手肘抵着膝盖，偏头看裴枝："急性肠胃炎。"

"是因为昨天的火锅吗？"

沈听择知道她在想什么，轻嗤地笑了声："是他娇气。"

"哦。"

四周又静了下来，夜黑得更厉害了。

沈听择忽然出声，声音又低又哑："那他呢？"

"谁？"裴枝反应过来，"我爸。"

沈听择皱眉："他为什么打你？"

裴枝擦药的动作顿住，转向沈听择，嘴角勾起很淡的一抹笑。

"打人非得需要理由吗？"

早在很久之前，她就问过自己这个问题。

她的爸爸为什么要打她，明明她已经尽力去做一个乖孩子？

记忆里裴建柏赌输了回来会打她，喝多了也会，又或是像今天这样。

哪有那么多动手的借口。

等裴枝处理完那些深深浅浅的伤痕，把棉签递给沈听择。他手臂那儿也有被裴建柏伤到的一道口子，不长，但冒着血珠，得处理一下。

"我不用。"沈听择淡淡地拒绝，指间夹了根烟，但没抽，就这么无声地燃着。

裴枝觉得他其实并不喜欢抽烟。

见他不动，她就自己上手。两人靠得近了，彼此身上温热的体温再也无法忽视。

裴枝低头时垂落的发丝擦过沈听择手臂，纤细柔软的腰肢和他仅隔一层布料，暧昧的、躁动的全在白炽灯下见了光。

沈听择任由她弄，视线垂着。烟快要烧到尽头的时候，他拉着她的手站起来。

"干吗？"

"跟我去报警。"

裴枝笑了，眼底映着头顶的光："沈听择，你知道你在做什么吗？"

他垂着眼，声音还是哑："救世主，你说的。"

最后派出所也没去成。

沈听择帮裴枝把外套穿好，又给她倒了杯温水，低声问："要走吗？"

裴枝喝水的动作一顿，慢吞吞地抬起头。唇被浸润，她舔了下问："你这里连空房间都没有吗？"

沈听择以为自己听错了："你再说一遍。"

"没听见就算了。"裴枝不依他，把玻璃杯放到桌上，淡声道，"我去找酒店住。"

说着她起身，但刚走出去一步，就被沈听择扯着手腕拉回沙发。

裴枝用手肘撑了下，坐起身时瞥见沈听择缓慢滚动的喉结，他叫她："裴枝。"

她轻轻地应了一声。

窗外好像又下雨了，雨点砸在玻璃窗上，碎裂两半，水痕一路蜿蜒而下。

沈听择很沉地看着她，声音不哑了，带点懒散，就这样直接问出来——

"知不知道你在干什么啊？"

裴枝抬头看了看他，又垂下："我不想回去。"

那个不能称之为家的地方。

两人就这样沉默了好一会儿。

沈听择败下阵来，声音轻得像是自言自语："真是拿你没办法。"

沈听择的公寓不算大，两室一厅。平时他不住，就堆些杂物，蒙了层灰。

裴枝跟在他后面，瞥见角落椅子上搭着一件蓝白的校服，胸前校徽印着南城一中的字样。

她没忍住问："这是你的啊？"

沈听择抬头，没什么情绪地"嗯"了声。

南城附中和一中都是重点高中，这么多年了，还在"卷生卷死"，没个结果。

如今更是撇开了一本上线率不比，每年高考放榜后比的都是国家重点高校的录取情况。

裴枝就算对这些事再不关心，但待在特定的环境里难免会有耳闻。她环着手臂倚在门框上，细细地打量沈听择："那喜报上怎么没见过你的名字啊？"

沈听择动作没停，低着头："我读了一年半就转走了。"

"哦。"裴枝没再多问。

房间里又安静下来。沈听择没管她，走到卧室里抱了一床被子过来。他个子高，弯腰铺床倒也不嫌麻烦，袖子被他挽到手肘，露出的小臂线条很流畅。

这个房子里好像都是沈听择的味道，冷清又蓬勃，充满矛盾。

收拾好之后，沈听择问她："饿吗？"

裴枝很乖地点了下头，她傍晚六点多出的门，到现在还没吃饭。

"馄饨吃吗？"

"……你煮吗？"裴枝不太相信沈听择会做这些。

但他只是不咸不淡地"嗯"了声。

裴枝是真饿了，一碗馄饨吃得没剩几个。

她要洗碗，沈听择没让。

等裴枝歇了会儿没那么饱后，他去房间拿了套自己干净的衣服给裴枝："介意吗？"

裴枝摇头接过："谢谢。"

她被沈听择领着进浴室："热水往右转，洗发水和沐浴露都在搁置架上，有事……叫我。"

"嗯。"

沈听择带上门出去了。

裴枝脱了衣服，水温调到合适的温度。她站在淋浴喷头下，让温水流过肌肤，小心地避开涂了药的地方，又拿起搁置架上的沐浴露，薄荷柑橘的，类似沈听择身上的那种味道。

干净到让人上瘾。

她洗得有点久，等走出浴室，就看见沈听择衣服还没换，靠在门边的墙上发呆。

听见动静，他微微抬眼，一愣。

裴枝身上穿着他那件薄款卫衣，长度刚过腿根，领口露出的一小片皮肤雪白，又泛着一点被热水冲洗过的红。

他喉咙有点发紧，声音微哑，问她："裤子呢？"

裴枝看他，眼底还湿漉："太大了，会往下掉。"

"有抽绳可以调节松紧的。"

"我不会。"

沈听择有几秒没说话，再开口时呼吸莫名有点重："我帮你弄。"

"哦。"

裴枝又折回浴室，把他那条运动裤套上，松松垮垮的，不像样子。走到沈听择面前时，她还特意给他看，像要证明她没有说谎。

沈听择看着她，浴室里的雾气还没散开，几秒后，他低头两三下帮裴枝把裤子系好。

安顿完裴枝，沈听择自己也拿上衣服往浴室里走。

男人洗澡就是要快一点，裴枝刚找到一部有点兴趣的电影，浴室门就被人从里面拉开，涌出薄薄的凉气。

沈听择单手擦着头发走出来，一身黑色的绸质睡衣，垂感很好，勾出他介于少年到男人之间的高大身形。

他抓起手机看了眼，自然地走到裴枝身边坐下。

裴枝从电视那儿分了点视线过去，忽然想起，半个小时前沈听择进厨房的那会儿。

她看着沈听择站在电磁炉前，身形高大，遮了一半光。他动作熟练地开火煮馄饨，窗外夜色昏沉，南城的雨一如既往地下个没完，明早醒来大概又是满地黄叶。

裴枝选的是部悬疑爱情片，色调灰蒙，偶有亮色突显，反而更让人觉得压抑。

旁边沈听择玩了会手机也靠着沙发看起来，不过整个人兴致缺缺，一副打发时间的姿态，只在电影结束的时候问她："你觉得好看？"

裴枝无所谓地点头："还行。"

打发时间而已。

裴枝一觉睡到第二天早上八点。

她睁眼看到陌生的房间还有点恍惚,缓了会儿才回过神。洗漱完走进客厅发现沈听择还没起,她也没当回事,顺带给他叫了一份早饭就从他家离开。

停了雨,外面的天还阴着。整座城市已经忙碌起来,马路川流不息,商家陆续开店营业,挤公交的学生和上班族一同挤在八点半的街头。

裴枝随手拦了一辆出租车,开往市一院。

老太太应该刚醒,躺在病床上发呆。

裴枝拎着医院楼下买的薏米粥,走到跟前:"奶奶。"

"小枝来啦,这么早啊……"老太太一看孙女来了,笑容特别明显,但在看到裴枝嘴角的伤后,眉头顿时皱起来,"这是怎么搞的哟?痛不痛啊?"

"没事的,奶奶,我不小心磕到的。"

老太太年纪是大了,但有些事心里门清。她没装傻,眼睛瞪着,语气激动:"你别蒙我,是不是又是你爸干的事儿?"

裴枝沉默着。

下一秒,说曹操曹操到。

裴建柏用耳朵夹着手机从病房门口进来,嗓门很大,惹得护士跑过来提醒他保持安静。他不好意思地打了个手势,声音压低了一会儿,但很快又被电话那头激得扬声。

"是你当初和我打包票说,投三万,一个月能翻倍……"

"现在告诉我人家跑路了?"

"你当我的钱是大风刮来的?我不管,你到期要是不把该我的那份钱拿来,我们走着瞧!"

他怒气冲冲地挂了电话,抬眼看见站在病床前的裴枝,惊讶过后是更汹涌的怒火。

但碍着老太太在这儿,他不好发作,假模假样地放下给老太太买的馒头,拉着裴枝就往外走。

老太太想阻止,但裴枝只是朝她温和地笑了一下:"奶奶,你先吃早饭,我一会儿就回来啊。"

"唉……"

她的话还没来得及说出口，父女俩就消失在病房门口。

裴建柏拽着裴枝在走廊尽头的楼梯间停下，惊动了在那儿抽烟的男人。

那人目光淡淡地扫过来，探究地在裴枝身上停留几秒，然后又从容地收回，慢悠悠地把那根烟抽完，才离开。

裴建柏没当回事，等人走后一把甩开裴枝。力道有点大，裴枝没站稳，连他自己都被牵扯着昨天的伤口作痛。

他倒吸了一口气，嘴里骂骂咧咧起来。

裴枝连忙扶着楼梯稳住身体，置若罔闻，冷笑一声："要找我算账啊？"

不提这茬还行，一想到昨晚的事裴建柏便气红了脸，暴力因子又在躁动，但手还没来得及扬起，就被裴枝死死按住。她微抬下颌，眉眼平静冷漠："裴建柏，你真的以为我不会还手吗？"

裴建柏闻言愣住，就在那几秒里，裴枝反手甩开他。她比裴建柏矮了一个头，但两人对峙起来她又反过来压着他。

裴枝往后退一步，原话奉还给他："是，我身上确实永远流着你的血，但你是你，我是我。"

裴建柏不说话，她就继续："现在没有我妈给你收拾烂摊子了，你欠的一屁股债想让谁帮你还？奶奶吗？"

气氛很僵，裴枝看着裴建柏红了又白的脸色，没再说下去，径直转身，推门出去的瞬间撞上一道目光。

裴建柏跟着看到那双眼睛，昨晚的屈辱汹涌而来，他像个炸药桶，一点就炸。他冲上去想报仇，裴枝没拉住。

眼看那一拳就要砸在沈听择的脸上，他侧了下，拳头堪堪从他嘴角擦过。

裴枝皱眉叫了他一声。

沈听择用指腹拭过嘴角，偏头看她，压低了声地笑道："睡完就跑啊，小没良心。"

旁边有路过的护士想来拉架，但怵于剑拔弩张的气氛，只能跑去找保安。

裴建柏撒了点气，听到这话停住动作，转头看向裴枝，又看了看面前的沈听择，面露嘲讽地嗤道："呵，他还真是你男人啊，裴枝，看来是真长能耐了，小小年纪就睡人家里去了。你好的不学,净学些不害臊的是吧?要点脸。"

裴枝咬着唇没说话,在保安赶来前拉着沈听择走开,两人顺着楼梯一直走到负一楼。

没出去,就这么站在昏暗的楼梯间。

裴枝伸手去碰了碰沈听择那道新伤,淡声质问:"你刚刚为什么不躲?"

沈听择垂眸盯着她,明明前一分钟她的亲生父亲才说过那样恶毒的话,她却像个没事人一样。

他反手握住,裴枝一怔。

他们不是没有牵过手,但没有哪一刻像现在这样。

较着劲,却暧昧得要死。

两人靠得近,沈听择几乎把裴枝抱在了怀里,她身上还带着和自己一样的味道。

他不答反问:"那你呢,为什么不还手?"

裴枝沉默了,她就知道,沈听择果然听见了。

沈听择压着她又问:"裴枝,你到底想怎样?"

裴枝抬头迎上他的视线,一双狐狸眼尽是清冷的笑意:"你说呢?"

静了很长一段时间,可细数又不过那么几秒。沈听择低下头,很慢地说着:"裴枝,你别找亲。"

再后来两人一个往东,一个往西,去了不同的病房。

许辙老神在在地跷着腿,因为是单人间没顾忌,手机游戏的声音开得巨大。

沈听择把出院手续扔在他身上:"走了。"

许辙头都没抬,不满地哼哼:"这就走啦?我住一天酒店也是这么多钱,还不如住这儿,顺便把病治好。"

沈听择睨他,嗤笑一声:"你确实有病。"

哪个正常人把医院当酒店住。

许辙也笑,游戏结束后,他收了手机站起来,刚走到沈听择跟前,眉头就皱在一起:"你昨晚到哪儿去混了?"

沈听择莫名其妙:"混什么?"

"一股女人味啊。"

裴枝回到病房门口,就看见老太太站在那儿等着,满脸担心。她若无其事地走过去,摸了摸还满着的粥,笑着嗔道:"怎么不喝啊?一会儿冷了。"

老太太没吭声,抓着她的手看了又看,才松口气,又问起裴建柏:"你爸呢?"

"不知道。"

老太太一想到混账儿子干的事,再看自己孙女那张漂亮脸蛋上受的伤,整个人又气又无奈,重重地叹了口气说:"小枝啊,你呢就跟着妈妈好好过日子,不用担心奶奶这边,知道吗?"

裴枝闻言一怔,抬头对上老太太那双混浊的眼睛,里面有个小小的她。

"奶奶……"

"好孩子,听话。"

走出医院的时候,天空意外地拨云见日。裴枝被太阳刺了下眼睛,她不适地偏头,视线就这么落到从门诊大楼拐出来的两个人身上。

许辙看见裴枝难掩惊奇,隔着老远就和她打招呼:"裴枝,你怎么也在这里?生病啦?"

裴枝迎着许辙的目光,然后瞥了眼走在后面的沈听择。昨晚给她的那件黑色卫衣被他套在了身上,领口宽松,露出的青筋一直连到锁骨那儿,有一点点薄红。

是她弄的,在那较着劲的半分钟里。

他的唇到底还是没有落下,只懒散地弯了脖颈,在她耳边低叹:"饶了我。"

但也就那一眼,裴枝淡定地收回视线,就像两人从没见过一样。她朝许辙客套地笑了下,没避讳什么:"来看我奶奶。"

许辙又问:"老人家没事吧?"

"没事。"

许辙嘴上说着"那就好",没察觉到异样,热心得不得了:"你现在是要回家吗?"

裴枝点头。

"那我们送你吧,"许辙指了指沈听择,"他开车来的。"

裴枝下意识地拒绝:"不用。"

"医院门口不好打车……"

许辙还想说什么,被沈听择冷淡的声音打断:"走吧。"

许辙以为他在催自己走,又有点不满:"知道你那车子不让女人坐,那裴枝能一样吗?小气死了。"

沈听择懒得搭理许辙,他慢悠悠地掀起眼皮,看向裴枝:"我是叫你走。"

最后裴枝没能拗过两人,沈听择把她送到了小区门口。

等人下了车,沈听择没急着走,摇下车窗,看向窗外。

许辙就坐旁边,看出点名堂了,只道:"连人家在哪里你都知道啊。"

沈听择没应。

车里倏地安静下来,许辙也不笑了。他双手垫在脑后,枕着椅背,看向挡风玻璃外那道秾纤合度的身影,意有所指地问:"说说吧,你怎么想的?"

沈听择好一会儿没说话。

许辙转头去看他,还是那副漫不经心的调调,"浪"得快要没边。

"是不是想钓啊?"

沈听择又沉默了几秒否认:"不是。"

但许辙不以为然。

他习惯了沈听择没有钓女人的心思,就是想不明白这人洁身自好个什么劲。

像他们这种出身的,以后的事根本轮不到自己做主,该联姻联姻。所以身边朋友别说妞了,玩得更花都大有人在。

"过两天回去,你家老爷子要过八十大寿了吧?"

意识到许辙在和自己说话,沈听择回过神,低低地"嗯"了声。

许辙在旁边幸灾乐祸:"有些事也该轮到你了。"

沈听择没说话,就这么静静地发了一会儿呆,开车离开。

裴枝进门前还特意拿手机的前置镜头看了下自己的脸,印痕还在,但红得不明显了。

邱忆柳在阳台上摆弄她的那些花花草草，听到动静，和裴枝打了个照面。

"回来啦？"

"嗯。"

"听何姨说你昨天晚上没在家睡啊？去哪儿了？"

裴枝倒了杯水喝，面不改色地回答："夏晚棠找我，太晚了我就住她那儿了。"

邱忆柳是知道夏晚棠这样一个人的，不疑有他："以后不回来和妈妈说一声。桌上有银耳汤，去喝了吧。"

"知道了。"裴枝应下，转身刚要往餐桌走，就撞上陆嘉言的视线。

他不知道什么时候从房里出来的，头发有点乱，就抱着手臂倚在门边看着她。

裴枝想要错开他，结果被他长腿一伸，挡住了去路。她抬起头："干吗？"

陆嘉言居高临下地盯着她："脸上的伤怎么弄的？"

裴枝不知道他是怎么看出来的，愣了下，搬出先前那套说辞："不小心磕的。"

结果下一秒陆嘉言直接伸手抬起裴枝的下巴，神情变冷："裴枝，你别跟我说谎。"

他指腹的微凉传来，裴枝有点僵。

不远处邱忆柳背对着他们在浇花，没注意到这边。

裴枝深吸一口气，别开脸，态度也算不上多好："陆嘉言，你能不能别管？"

陆嘉言的手就这样悬在空中。

他又盯着裴枝几秒，突然笑了："我管得还少吗？"

裴枝被他逼得后退两步，背就这么贴上了玻璃移门，发出很细碎的响动。

不过隔着一段距离，邱忆柳没在意，但她随时可能会转身。

裴枝抬眼无声地瞪他，他就照单全收。

陆嘉言沉声问："是那个畜生干的？"

裴枝知道他指的是谁，两人又僵持了一会儿，她挣开陆嘉言："不关你的事。"

陆嘉言没防备，被她那股力推得往后退，声音终于惊动了阳台上的邱忆柳。

/ 091

她放下水壶，擦着手走过来，看到陆嘉言还挺惊讶的："嘉言在家啊？"

裴枝已经走到餐桌前坐下，跟个没事人一样。

陆嘉言眉眼压着不爽，抓了抓自己的头发："嗯，刚醒。"

"那正好，阿姨煮了银耳汤，一起喝点吧。"

"不用。"陆嘉言想也没想地拒绝，说完大概是觉得太拂邱忆柳的面子了，又生硬地撂下一句"还有点事"就转身回房。

"这孩子……"邱忆柳只当他忙，边叹边在裴枝对面坐下。

看她有一下没一下地搅着碗里的银耳，还以为是凉了不好吃，邱忆柳连忙提议："妈妈去帮你热一下？"

说着她要去拿裴枝面前的瓷碗，被裴枝按住手。

邱忆柳不解地看着裴枝："怎么了？"

"妈，"裴枝慢吞吞地抬头，"你做这些事有想过别人领不领情吗？"

邱忆柳整个人一愣，但很快反应过来裴枝的意思。她稍显局促地笑了笑："说什么呢？"

"你没必要迁就任何人。"

邱忆柳没想过裴枝会说出这种话，女人的直觉让她察觉到一点不对劲，紧张地问："你怎么了？是不是出什么事了？"

母女俩一站一坐，裴枝对上邱忆柳探究的眼睛，平静地笑了下，然后摇头："没事，你别多想。"

"可是……"

"妈，我昨晚没睡好，回房间再睡会儿啊。"裴枝打断她，等走到楼梯那儿，又停下脚步，"还有个事，我明天就回去。"

"不跟嘉言一起走啦？"

"嗯，他没必要跟着我赶。"

邱忆柳知道他们都有自己的事要忙，只叮嘱一句："行吧，你到时候一个人注意安全。"

裴枝没说谎，昨天晚上她确实没睡好。

那会儿她满脑子都不太清醒。

现在想想裴建柏其实说得不错，小小年纪就睡人家里去了，还是身高一米八七各方面发育都特别正常的男同学家里。

真是够疯的。

那天下午裴枝蒙着被子睡了很久。

再醒来的时候天色将暗未暗，朦朦胧胧。裴枝把返程的机票买了，然后换了身衣服出门。

南城到了这个时候，秋意已经浓得化不开，道路两边梧桐黄了大半，晚风一吹，叶子簌簌地往下掉。

附中旁边有个小型夜市，裴枝以前没少去。距离说远不远，说近不近，她也没打车，就一个人慢慢地晃了过去。

傍晚六点多，还没到夜市完全热闹起来的点，但摊位早已张罗起来，明亮的灯泡悬挂着，烤架上的食物"嗞嗞"冒油，卖相很好，香味也飘满整条街。

来来往往的很多是小情侣，黏黏糊糊的。

裴枝买了两串烤鱿鱼刚坐下没吃几口，放在兜里的手机就响了起来。

是夏晚棠。

她划开，夏晚棠平静的声音很快从那头传来："裴姐，在忙吗？"

"还行。"

"那能来派出所捞一下我吗？"

裴枝只怔了两秒，也没问发生了什么，只叫她等着。

挂了电话，裴枝看着烤鱿鱼上面都能反光的油，突然没了什么胃口，她用纸包起来扔进垃圾桶，起身离开。

这个点不太好打车，等裴枝赶到派出所已经近七点。夏晚棠坐在大厅里，刚拿出烟盒，被旁边的民警呵住："哎，这里禁止吸烟，收起来。"

夏晚棠烦躁地把烟放回去，抬眼看见裴枝走进来。

裴枝扫了眼坐在另一侧的男人，脸上青肿了一大块，模样狼狈。她心里顿时有了点数，扬起下巴，问夏晚棠："你干的？"

"嗯。"

那男人裴枝听夏晚棠提过，是她一大学同学。男人轰轰烈烈地追了夏晚棠很久，她明确拒绝过，但他偏偏觉得她在欲擒故纵。

"讹了你多少？"

夏晚棠掌心摊开,比了个五。

"五百?"

"五千。"

裴枝乐了:"真不要脸。"

民警对这种事见得多,知道裴枝是来捞人的,也没多废话,把来龙去脉告知一遍:"我们调取了部分监控,确实是这位女士先动的手。如果对方执意要追究,我们可能会采取拘留。"

言下之意,能私下和解就赶紧和解,该赔就赔。

裴枝点头,表示自己知道了。

如果夏晚棠能预料事情会这样收场,那她绝对不会叫裴枝来。

她亲眼看着裴枝什么也没说,就在众目睽睽之下又甩了那男人三个耳光,然后直接赔了一万,让他滚蛋。

走出派出所,晚风迎面吹来,夏晚棠偏头看裴枝:"裴姐,你真的好拽啊。"

裴枝两步走下台阶,无所谓地笑了笑。

夏晚棠想起两人真正意义上的第一面,是在学校天台上。

那时候她压力大得要命,有好几次看着楼底,想着跳下去一了百了。

裴枝那天说了挺多话,但只有一句让夏晚棠记到今天,她说——

"谁不是踩着自己的阴暗面往上爬,过去了,你就赢了。"

相顾无言后,夏晚棠问裴枝在想什么。

裴枝摇头,语气平静:"没什么,就在想你今天要是真弄伤了他,我该上哪儿去给你找律师。"

夏晚棠闻言愣了愣,然后笑了,笑着笑着眼睛又有点湿。她走过去和裴枝并肩:"裴姐,谢谢。"

"客气。"

"钱我下个月助学金到账了还你。"

"随便。"

两人走到派出所门口,就看见陈复的车停在路边,人就坐在驾驶座上,轮廓隐在黑暗里,看不太清。

"你叫他来的?"裴枝问。

夏晚棠皱了下眉，摇头："不是。"

然后裴枝好像有点懂了："那他应该是找你有事，过去看看？"

夏晚棠有点犹豫："你呢？"

"我想到还有点事，就先走了。"

裴枝走得干脆，自然不知道那晚后来发生了什么。

而到第二天一早天刚亮的时候，她就带着行李一个人打车去了机场。

候机、检票、登机都很顺利，只是临起飞前陆嘉言给裴枝打来电话。

她不接，他就一直打。

裴枝最后没办法，只能接通。

那头的声音压得低："邱阿姨说你今天回北江？"

"嗯，学校有点事，我就提前走了。没来得及和你说，抱歉。"

那头沉默了好一会儿，直到有空姐来提醒裴枝关手机，他才再次开口，像是笑了，带着自嘲的讽意："裴枝，你真行。"

这通电话只持续了三十五秒就被陆嘉言挂断，裴枝退出通话界面，刚准备关机，看到微信也跳出一条新消息。

Pluto：你走了？

裴枝垂眸几秒，只当没看见，长按关机。

飞机很快升入云端，机舱外南城慢慢模糊成了影，然后消失不见。

第四章 /
要不要赌一次？跟我

国庆七天假期一过，军训如期而至。

北江天气干燥，没那么多雨。十月份的太阳虽温和但也刺眼，站在操场上晒一会儿还有点热。

主席台上是党委书记在做军训动员，语调高亢，措辞激昂，听得人热血沸腾。

裴枝压低了帽檐，垂着脑袋在数地上的草。

身后许挽乔戳了戳她的腰窝，跟说悄悄话似的："你知道我们和哪几个专业是一个团吗？"

大学军训以专业班级为连，十连为一个团。学校总共东西南北四个操场，每个团占一角，谁也不扰谁。

裴枝头还是没抬，兴致缺缺地顺着问："哪几个专业？"

"计算机、数统和金融。"

台上领导的长篇大论刚好结束，霎时掌声雷动，裴枝不以为意地"哦"了声。

直到授予完班旗，各连的教官才把人往场地带。裴枝所在的雕塑系是三团七连，安排在西操场。

等排着队走过去的时候，其他几连已经在了。都是偏理科的专业，乌泱泱的一群男生，穿着迷彩服，迎着太阳。

有种酒旗风暖少年狂的感觉。

裴枝走得不快，跟在一群女生后面，那些细碎的交谈就这样飘进耳里。

"你快看五连最后一排那个男生，好帅啊！"

"真的好帅啊！救命，比我昨天刷到的那个军人小哥哥还帅……"

"你认识吗？好想去要个联系方式啊。"

下一秒，有人泼她们冷水："别想了，那是沈听择。"

"就金融系那个？"

"嗯。"

"他不是还没女朋友吗？"

"……那你也没戏。"

教官吹了声哨让遵守纪律，那群女生才停止窃窃私语。

而裴枝也在那一瞬懒懒地抬起头。

那么大的南城都能见面，可回校后这是她看沈听择的第一眼。

一群男生里，只有沈听择散漫得没个正行。他就站在那片暖洋洋的光影里，帽子拿在手里，迷彩服也不好好穿，拉链敞着。这会儿操场上风还挺大的，吹乱他额前碎发和衣摆，眉眼是天生的骄矜和恣肆。

果不其然没一会儿教官就板着个脸走到沈听择面前，说了什么裴枝听不见，但应该是让他把衣服穿好，顺带拿他在军训第一天立自己的威信。

沈听择比教官还高出半个头，他眼皮垂耷着，被当众训完脸上也没有一点难堪，只很淡地哼笑了下，然后伸手照做。

许挽乔见着这一幕，也觉得稀奇："沈听择这么好管啊。"

裴枝收回视线，不置可否。

军训的前两天都是一些最基本的立定稍息、正步、队列训练，运动量虽然不大，但一天站下来还是挺累的。

晚上回了宿舍许挽乔跷着腿在那儿按摩，裴枝靠着椅背玩手机。

朋友圈里被今天傍晚的粉色晚霞刷了屏，霞光灿烂，像是一场大火弥漫天际，不同的角度，却是同一片极致的浪漫。

她挨个儿点了赞，却在刷到一个黑色头像时，顿住。

沈听择也分享了一张照片。

如果不是朋友圈刷到，那个黑色头像早在那天过后就被消息覆盖，在裴枝的生活里销声匿迹。

裴枝想起那会儿是刚下训，操场上不少人都在对着晚霞拍照，许挽乔也拉着她停下来。她对这种事没什么兴趣,就站在旁边安静地等许挽乔拍,然后莫名和不远处的沈听择对上了眼。

他应该也在等人,迷彩服的外套被脱了搭在臂弯间,只穿着里面那件短袖,贴合肩膀,肌肉线条隐约。

那张脸是真的很正。

可隔着大半个操场,他们的对视只持续了五秒。

沈听择等的人到了,他就平静地移开眼。

背影很快消失在漫天晚霞里。

再后来,裴枝也跟着许挽乔往另一个方向离开。

裴枝以为她和沈听择的所有关系就这样心照不宣地断在了南城,可她不会知道,有些事早已注定。

军训到第八天的时候,北江的天气突然一反常态,气温升到了25℃,在深秋季节,跟回光返照似的。

太阳悬在头顶,迷彩服厚重不透气,裹了一上午让人闷得难受。

许挽乔趁着中间休息的时候跑去便利店买了瓶冰水,灌下去几口才觉得活过来。她握着水瓶朝裴枝扬了扬,刚想问裴枝要不要喝,就发觉裴枝的脸色透着不正常的白,近乎透明。

"你怎么了?"许挽乔摸了摸裴枝的手,在这种艳阳天却钻心地凉。

裴枝摇头说不出话,靠着操场边的树荫蹲下,努力想要缓过小腹传来的那阵绞痛,可眉头都快皱在一起了,也没好过一星半点。

熟悉的痛感快要把她吞没。

视野里的事物开始虚化又清晰,裴枝撑着膝盖想要站起来,可心脏一阵猛烈的跳动之后,眼前彻底发黑。

四周兵荒马乱一瞬,许挽乔被突如其来的变故吓住,等回过神想要去扶裴枝,就看见有人穿过人群,先她一步,把晕倒在地的裴枝拦腰抱起。

那人一张脸阴沉着,径直和她擦肩而过。

这场景一直到很多年后,许挽乔都感慨得要死。

裴枝又做了那个梦。

或者准确来说，那根本不是梦境。

一丝光从舞蹈室的玻璃窗里透出，有女孩穿着白色长裙站在镜子前，跟着音乐翩翩起舞。裴枝就倚着墙等她结束，两人一起关灯离开。

直到画面一转，女孩浑身是伤地躺在一条望不到尽头的小巷里。

"不是叫你把裴枝那个贱人约出来的吗？人呢？"

"你敢骗我们，找死吗？"

裴枝站在巷口听着，想也没想地报了警。

她那时候觉得这是自己这辈子做的最正确的事。

可梦境结束的那一秒，是一只从天台掉落的、沾满了血的芭蕾舞鞋。

裴枝惊醒，睁眼是苍白的天花板，空气里充满了消毒水的味道。

记忆回笼，她知道自己进了医院。

窗外已经一片漆黑，她左手在打着点滴，病房里很静，没有第二个人。

裴枝挣扎着刚坐起来，有护士端着药推门进来。

护士打量她一眼："醒了？感觉怎么样？"

裴枝点头，说好多了，然后想去拿床头的手机，就听见护士自顾自地笑起来："小姑娘，等你男朋友回来了，你跟他好好科普一下，什么是痛经和低血糖，告诉他下次别急得这么兴师动众。"

护士话里包含的信息量太多，裴枝动作顿住，消化了好一会儿，才愣怔地问："我……男朋友？"

不是许挽乔送她来的医院吗？

护士好笑地看她："嗯，不然呢？他可是因为你，兴师动众地把我们妇科主任叫过来了，那紧张样儿……"

护士的话还没说完，病房门口传来一点动静，紧接着门被人推开。

沈听择从外面走进来，手里拎着一份粥。

他身上没再穿那件丑不拉几的迷彩服，而是换了一件自己的外套，身形高瘦，整个人看起来干净利落。

护士见说曹操曹操到，笑着给了裴枝一个眼神，识趣地拿上东西离开。

房间一下陷入安静。

裴枝看着沈听择，迟疑地问："是你送我来的医院？"

"嗯。"沈听择不以为意地应了声，拉了一把椅子坐到裴枝床侧，两条长腿屈着，先给裴枝倒了杯水，然后慢条斯理地揭开保温盒的盖子，将其推到她面前，"还有没有哪里不舒服？"

裴枝抿了口水，摇头："没有。"

"那行，吃吧。"

他买的是皮蛋瘦肉粥，上面漂着点葱花，看着卖相很好。但裴枝没什么胃口，只吃了小半碗就不想吃了。

沈听择环着手臂看她："再吃点。"

"饱了。"

"要我喂你？"

僵持几秒，裴枝妥协地又吃了三分之一，沈听择才饶过她。

吃完饭，裴枝伸手去够床头的手机，指尖还没碰到，沈听择俯身过来。

他的掌心很轻地覆在裴枝的手背上，带点干燥的热。

气氛有点微妙，裴枝抬眸看他一眼，然后接过他递来的手机，说了句"谢谢"。

沈听择漫不经心地应了声，然后像是想起什么补上一句："你哥刚才打了个电话，我帮你接了，他说一会儿过来。"

"哦。"裴枝接过，点开通话记录，确实看见陆嘉言的名字在最上面。

陆嘉言的"一会儿"很快，在裴枝刚回完许挽乔的消息后，他就出现在了眼前，像是急着赶过来的样子，黑色卫衣有点皱，裹着外面的夜风。

他问怎么回事，裴枝耸肩笑了下："就老毛病。"

陆嘉言学医，也清楚裴枝的身体，见确实没有大碍，才放心下来。

后来的一段时间两个男人就一左一右地待着，病房里很安静，裴枝也就任由他们去。

她没问陆嘉言怎么会知道自己进医院的事，她猜应该是许挽乔说的。

这段时间宋砚辞在和陆嘉言做研究，走得近了，许挽乔也跟着加了陆嘉言的微信。

等两瓶葡萄糖全部挂完，陆嘉言先离开。

裴枝跟着沈听择回学校。

他的车就停在医院门口,一辆黑色库里南,算不上多低调。

裴枝走到沈听择拉开的车门前,刚想上去,被沈听择挡住。

他抬眼看着裴枝,她不明所以。

两人就在没有路灯的一侧对峙,光线昏暗,拉扯着两个人的呼吸。

沈听择好笑地问:"把我当司机啊?"

裴枝刚要否认,就看见沈听择慢慢地低声笑了下,一副认了的模样:"也行。"说完他俯身从后座把要拿的东西拿出来,然后反手关上车门,扬起下巴点了下副驾驶座,"你坐那儿。"

裴枝没拒绝。

一路开进学校,沈听择在裴枝宿舍楼下停了车。这会儿已经晚上十点了,只有夜风流淌,没什么人。

裴枝把衣服还给沈听择,说了句谢谢转身想走,结果手腕被沈听择拉了一下。

但他力度没控制好,裴枝有点踉跄,沈听择连忙伸手扶了一把她的腰。

两人一下又靠得很近,他的气息就更重。

在病房的时候裴枝就感觉到了,他应该是抽过烟的,身上混着薄荷和烟草的味道,却一点也不难闻。

她抬头,呼吸有点不稳:"还有事吗?"

沈听择就这么垂眸看着她,不答反问:"你在躲我吗?"

宿舍楼下静得厉害。

裴枝垂着眼睫,目光落在被沈听择抓着的手腕上。她那儿的皮肤有点薄,又刚挂完点滴,血管透出很淡的青色。

她说没躲,沈听择又问:"那你为什么不回我的微信?"

夜风铺天盖地,吹在裴枝身上。她很缓地抬头,眼眶被吹得有点红,就这么盯着沈听择。

她不说话,他也没放。

两人就这样僵持了好一会儿。

直到裴枝没头没尾地叫他名字,声音很低地问:"这世界上怎么可能会有救世主啊？"

沈听择愣住，但只有一瞬，他想也没想地把人拉进怀里。这回比刚刚近多了，体温彻底贴着体温，裴枝的腰和后颈都被他用手掌桎梏住。

他在她耳边笑了笑："谁说没有？"

"裴枝，要不要赌一次？跟我。"

裴枝回到宿舍的时候，其他三个人都还没睡，像是专门等着她一样。

温宁欣靠着门，先和她打照面："回来了？"

裴枝"嗯"了声。

"好点没？"

"还行。"

"听说多喝红糖有用，放你桌上了。"

一句话也没个主语，但裴枝不傻，听得出温宁欣那点别扭的心思。她抿唇笑了笑："谢谢。"

温宁欣轻哼："不用。"

辛娟是环科院的，在北操场训练，但也第一时间知道了这事。她拿出一袋类似茶包的东西给裴枝，声音小小的，带点笑意："这是我们家那边缓解痛经的偏方，挺有用的，你可以试一下。"

裴枝接过，道了句谢。

许挽乔见她回来，游戏也不玩了，拉着她上上下下仔细瞧了一遍，才松口气："你今天吓死我了，怎么好端端地会晕倒啊？"

她下午没跟着去医院，不清楚具体情况。

裴枝捏了下她的手让她放心："没事，就是痛经，还有点低血糖。"

"痛经怎么不早说？"许挽乔不满地皱起眉，跟个小大人似的，"裴枝你逞什么能啊？"

裴枝摇头，特别无辜："我吃了药的。"

她也没想到这回会这么严重。

"吃药有什么用。"许挽乔嗔她，但重话舍不得说，"明天你也别训了，请个假吧。"

裴枝不置可否："再说吧。"

这点小毛病根本算不了什么，今天是个意外，她也不知道自己怎么越活越娇气了。

宿舍安静了一会儿。

裴枝把外套脱了，刚要把没剩几格电的手机充上，突然听见温宁欣问："你和沈听择在一起了？"

声音不大，语气也平淡得就像随口一问，但宛如扔在宿舍里的一枚炸弹。

裴枝闻言一怔，手上动作顿住，转身看她："谁说的？"

温宁欣一副"我没瞎"的姿态靠在椅背上，双手环胸："你俩要是真谈了呢，就跟我说一声，没什么大不了的。"

裴枝更加不明所以，将视线转向许挽乔。

许挽乔轻咳一声，打开手机翻了翻，递给裴枝看，小声解释："今天下午是沈听择把你抱走的。"

末了，她补充一句："当着西操场所有人的面。"

裴枝闻言皱了下眉，低头去看那些被人拍下的照片。

大学军训不收手机，所以事发的那几分钟里很多人在看热闹，拍的照片各个角度都有。

裴枝大半张脸被沈听择按在怀里，看不太清，而她身上那件外套灌了风，空荡地缠住沈听择的手臂。

暧昧的、旖旎的，好像全部见了光。

任谁看了都觉得他们之间有点什么。

很少参与她们这种聊天的辛娟也适时在旁边插了一句："沈听择后来还因为擅自离队被教官记了名。"

裴枝又有一瞬愣怔，反应过来后她把手机还给许挽乔，低头无奈地笑了笑："我说我们没在一起，你们信吗？"

温宁欣自然是不信的，可抬头对上裴枝笑得很平静的眼睛，冷嘲的话一下子就那么堵在了喉咙口出不来。

辛娟也盯着裴枝，眼底不动声色地闪过很多情绪。

裴枝猜到了这种场面，无所谓地任她们想，拿上自己的衣服往浴室走。门关上,她打开花洒,汩汩热水很快流出。

一片升腾的雾气里,裴枝靠着墙壁想起今晚在宿舍楼下,沈听择问她要不要赌一次,跟他。

那会儿她仍在沈听择怀里,整个人被烫得有点发软,也记得那一瞬的心跳,被风吹得好乱。

回过神后她微仰起头迎上沈听择的目光,很淡地笑道:"救世主可没这么好当。"

然后她就看见沈听择嘴角勾起的弧度很明显,眉眼间陡然生出几分意气风发的轻佻。

他说:"不信你可以试试。"

第二天裴枝没请假,照常起床。

收拾好下楼,还没走到操场,她就感受到了来自四面八方的窥探目光,女生间偶尔的议论还传到了裴枝的耳边。

虽然不难听,但多多少少带点敌意。

许挽乔早料到了这盛况,在旁边幸灾乐祸:"叫你请一天假了,偏不听,现在这滋味好受啊?"

裴枝皮笑肉不笑地附和一句:"确实不好受,怪我,不听老人言。"

许挽乔听出裴枝在那儿阴阳怪气,顿时乐了,笑着闹着要去挠裴枝的痒。

裴枝拍掉她的手:"走了,你不是还要买早饭吗?"

许挽乔差点忘了这茬,看一眼时间,着急忙慌地拉着裴枝往食堂走去。

食堂这个时候人不少,大部分是穿着迷彩服的大一新生,赶着开始训练前吃早饭。

许挽乔在卖馅饼的窗口前排队,裴枝不爱吃那个,就漫无目的地转了一圈,然后在进门那地方买了一盒牛奶,还温着。

刚准备付钱,她听见身后传来熟悉的说笑声。

"你昨晚几点睡的啊?困成这个样子,想女人了啊?"

回他的是懒得不行的一个"滚"字。

裴枝输完支付密码,转身看见梁逾文那张笑脸。他旁边还站着一个人,就套了件白 T 恤，垂着头跟没睡醒一样，迷彩服抓在手里。

人来人往的，裴枝并没有过去打招呼的欲望，想当作没看见地错过，结果梁逾文眼尖，直接叫住了她。

裴枝只能停下脚步，等两人走到面前。

视线交汇，短暂的对视。

男人眼眸漆黑，还盛着倦怠，但在看清裴枝的那一秒，勾出一点撩人的笑意。

梁逾文和裴枝寒暄两句，倒是没问起她昨天的事。

许挽乔那边应该是买好了，没找到她人，就给她发来一条微信，问她在哪儿。

裴枝说自己过去找她。

梁逾文目送裴枝的身影消失在人群中，转头去看沈听择，就发现他的目光还停着。

"眼神收收。"

梁逾文憋着笑的声音钻进耳里，沈听择挑眉，漫不经心地哼了声，照做。

他这人就是这样，哪怕干了多浪荡的事，也能一副面不改色的散漫样儿。

梁逾文更像是得了多大的乐趣，笑得越发放肆，拱了下沈听择的手臂，凑近他问："哎，不是我说，你该不会是追不到吧？"

沈听择闻言冷淡地瞥他一眼，懒得搭理。

裴枝找到许挽乔的时候，她正拿着一块热乎的馅饼干瞪眼，被烫得下不了口，嘴里抱怨着："食堂也没必要弄得这么新鲜吧？"

裴枝闷着笑附和她。

许挽乔见一时半会儿吃不到，索性先将其放回塑料袋，准备等冷点再说。她拉着裴枝往食堂外面去："先走吧，等会儿别迟到了。"

这个点从食堂到西操场的那条校道上稀稀落落地散着人，许挽乔和裴枝有一搭没一搭地聊着天，快到操场的时候，许挽乔的手机响了下。

是宋砚辞。

她让裴枝帮忙拿一下饼，自己腾出手去接。

裴枝伸手接过，就站在原地百无聊赖地等。过了没一会儿，她的视线突然错开面前接电话的许挽乔，看见了不远处走来的沈听择。

秋风萧瑟，迷彩服被他搭在左肩上，T 恤下摆扬起。他径直往她这儿走，在距离两步的地方,隔着毫不知情的许挽乔,倾身往裴枝手心塞了点东西。

塑料包装有点硌手。

是巧克力。

全程不过几秒,裴枝低下头,只能捕捉到一只迅速抽离的手。指节修长,青筋在冷白的皮下若隐若现,一如既往的带着点欲。

再抬头时,他已经收回手,嘴角的笑恣意又嚣张,一边往后退着,一边朝她挥手。

那一瞬间,整个世界都像在明亮的光晕里倒退。

裴枝感觉自己的心跳狠狠地漏了一拍。

直到几秒过后,许挽乔的声音在耳边响起:"……裴枝?"

她才骤然回过神,面不改色地应声:"嗯,你说什么?"

"怎么了?发什么呆啊?"许挽乔疑惑地打量她,顺着她的视线转身看过去,但除了三三两两的人,没有什么特别的。

沈听择已经走了。

裴枝摇头:"没事。"

"哦。"许挽乔将信将疑,又继续聊接电话之前没说完的话题,"你跟我说实话呗,你和沈听择现在到底什么情况啊?"

猝不及防又听到沈听择的名字,裴枝总觉得有种很微妙的感觉在血液里冲撞,手仍插在口袋里,垂着眸,也还是昨晚那句说辞:"真的没情况。"

许挽乔不死心地换了种问法:"那他是在追你吧?"

下一秒,裴枝的手机响动了下,她借口低头去看。

Pluto:吃了,别再犯低血糖。

那天过后裴枝的军训就跟掺了水的海绵,软趴趴的。每次碰到高强度的训练,教官就把她赶到旁边歇着去,生怕她再晕倒,自己要担责。

气温也开始一阵冷过一阵。

军训结营那天,只有8℃。太阳被云层遮住,风也大,白日昏沉得像还没亮透。

裴枝把外套里面的单衣换成了毛衣,站在队列里,听后面几个女孩抱怨好冷。她微垂着头,心不在焉的,眉眼倦怏。

因为是军训最后一天了,所以整个操场上的氛围都有点散。

直到许挽乔突然戳了她一下,提醒道:"裴枝,教官点你名了。"

裴枝回过神,不轻不重地应一句到。

许挽乔打量着她:"怎么啦?看你好没精神啊,是不是又不舒服了?"

裴枝闻言慢吞吞地偏头看她,扯唇笑了下:"哪有这么娇气?"

许挽乔不以为然地哼道:"那你自己说说,也不知道是谁开学三个月不到,发过一次烧,还进过一次医院?"

裴枝没话反驳她的阴阳怪气,无奈地笑着去捏了下她的腰:"你盼点我好。"

许挽乔呛她:"那你就别让我们担心啊,知不知道当时你在我面前晕过去的时候有多吓人?"

裴枝没吭声,许挽乔就继续给她描绘:"你就跟一片树叶似的,感觉风一吹就要没了。我刚要去跟教官说,结果沈听择过来一把将你抱走了。"

裴枝还是沉默着,直到她说完才扯出一抹淡笑:"知道了,我就是昨晚没睡好,以后不会让你们担心。"

如果可以,谁不想健健康康地活着,无病无灾。

可那有多难啊。

许挽乔将信将疑地"哦"了声,趁着教官过去和团长汇报的间隙,又和裴枝说起晚上温宁欣过生日的事。

"不过据说还有挺多人去,开学初学生会招新她不是进了嘛,就把大家凑一块儿吃了。"

裴枝没什么情绪地点头,表示知道了。

许挽乔又犯难:"那我们是不是要买个礼物,总不能空着手去吧?可感觉公主也不缺什么。"

虽然知道温宁欣不会在意她们送什么,但说到底还是礼节问题。

裴枝抬头看了眼温宁欣站的方向,低丸子头束在帽子下,脊背挺得直,听说她从小练舞,体态没得挑。

"她不是喜欢'无名浪潮'嘛,我这儿有两张票,送她正好。"

"无名浪潮"是年初爆火的一支乐队,下个月他们在北江有巡演。

/ 107

许挽乔没想到裴枝有这种好东西，顿时又惊又叹："'无名浪潮'的票哎，你哪儿搞来的？"

"朋友送的。"

裴枝到现在还记得国庆收假后没几天，陈复拿票过来时的那副颓废样儿。

她问他为什么不要了？

他当时的原话好像是这么说的——

"想要的人都不要了，我留着有什么用？"

许挽乔还想说点什么，可才发出几个音，就突然噤了声，紧接着被周围渐起的细小躁动覆盖。

裴枝不明所以地顺着她的目光往前看，然后也微微愣住。

从操场入口走进来一道熟悉的身影，沈听择应该是起晚了，衣服套得有点乱，但脚下步子还是一如既往的散漫。他绕过五连的方阵，不紧不慢地朝七连这儿走，直到在裴枝面前停下。

所有人的注意力都被他吸引。

但沈听择像是没感觉，又可能没睡醒，神情很淡。他耷着眼皮，拉过裴枝的手，从口袋里拿出一个东西往她掌心里放。

确定她拿稳后，他又一言不发地转身就走。

全程不到半分钟。

两人明明连一句交流都没有，可透出来的氛围却又比什么都说了还让人心痒。

周围顿时一阵起哄。

教官闻声归队，用不怒自威的声音叫住沈听择："那个同学，干吗呢？"

沈听择反应过来是在说自己，脚步顿住，神情更松动一点。他抬起头，笑得漫不经心又有点嚣张，声音扬高了说："报告教官，走错了。"

围观的人群拉长尾音地"喊"了声。

好在最后一天了教官也懒得和他计较，只沉声命令："赶紧回你自己的队伍。"

等人离开以后，许挽乔也顾不得教官就在前面，八卦得要死："他给的什么啊？"

裴枝把掌心摊开给她看。

是两片暖贴，小小的，塑料包装袋上还残留一点他的余温。

什么意思一目了然。

许挽乔见状狠狠地"啧"了声，说："活该沈听择这么招女孩啊，他是真'会'啊。"

裴枝低下头盯着暖贴两秒，不置可否地笑了笑。

没人知道的是，其实这样的事从那天给巧克力之后就不间断地在发生。

有时候在人来人往的教学楼走廊上，有时候在人潮拥挤的食堂里，还有时候在无人知晓的转角。

他们更像擦肩而过的陌路人，却又背着全世界暗度陈仓。

军训结营仪式圆满结束的时候，夜幕也随之降临。

温宁欣出手阔绰，订的是市中心一家高档酒店。裴枝、许挽乔和辛娟三人打车过去碰上了晚高峰，到那儿将近六点半。

一下车就有打着红领结的服务生迎上来，许挽乔报了包厢号。

裴枝刚要跟着走进去，余光看见距离旋转门一米外的墙边站了个人在接电话。那件她不陌生的北面冲锋衣，运动裤抽绳很随意地垂了一小截，浑身有股招人的劲儿，她知道那是他骨子里的东西。

路边不断有车驶过，近光灯轮流间歇扫过，光影快要模糊他的五官。

没两秒他挂了电话，有个穿米色大衣的女孩从餐厅里走出来，熟稔地在他面前停下，仰着头跟他说话。他一开始还会很淡地敷衍，到后来视线不知道落在哪儿，整个人状态都变了点。

说不上的那种感觉。

叶眠忍不住地问："听择哥，你在听我说话吗？"

沈听择从空转的旋转门收回视线，刚才在那儿的人已经进去了。他偏头，不太在意地笑了下："抱歉啊，你说什么？"

叶眠大抵是知道他的脾性的，对自己被忽视这事也没多恼，但还是把真正想说的压了下去，改口道："我说走吧，爷爷在里面等你。"

"行。"

裴枝她们推门进去的时候，偌大的圆桌边已经围了很多人。生日拉旗悬着，彩灯和气球飘在天花板上,气氛浓烈又热闹。

她扫了眼,在场有几张生面孔,其余的,见过但叫不上名字。

温宁欣今天盛装打扮过,一条纯白色羊毛裙,极窄的亮片花边衬得她明媚漂亮。她坐在最中间,看见她们三个,笑着招手:"来啦?刚刚还说呢,就差你们了。"

许挽乔笑了笑解释:"路上堵车。"

裴枝附和一句,顺手把装了票的礼盒递给温宁欣:"生日快乐。"

温宁欣掂着重量,好奇地问:"什么啊?"

说话间她已经拆开,在看见票上"无名浪潮"四个烫金大字后,脸上有不加掩饰的惊喜:"你怎么知道我……"

裴枝没什么情绪地淡笑:"你喜欢就好。"

温宁欣回她一个娇俏的笑容:"很喜欢,谢谢。"

送完礼物,三人在仅剩的空位上落座。

裴枝能感觉到挺多打量的视线落在她身上,不论男女。但她照单全收,对要和她碰杯的倒也来者不拒。

辛娟开学这么久大把时间泡在图书馆,还是第一次面对这种社交,整个人显得拘束,基本就安安静静地吃着菜。

只有许挽乔还挺活跃,一顿饭吃下来和其中一个商院的女生相谈甚欢,还互相加了好友。

临近结束,裴枝觉得有点闷,起身去了趟洗手间。

高档酒店连洗手间的装修都要讲究一点,里外隔开,洗手台上点着香薰,没有一丝异味。梳妆镜被擦得一尘不染,明净得映出镜子里的人影。

"哎,想不到温宁欣和裴枝关系还挺好的,我可是听说之前温宁欣当众向沈听择告白过,被拒绝了。"

"说不准她们表面一套背地一套,都是演的,关上宿舍门谁知道闹得有多僵呢。"

"也是。"

"不过沈听择是在追裴枝吗?他喜欢这样的?"

有个女生好像说了句方言,语气满是不屑:"侬哪晓得啊,要我说,裴枝也就长得漂亮点,她们这种美术生应该都挺会玩的。"

"我也觉得。说到这个,我之前有几次在校门口看到她下车,两辆不一样的豪车。"

"懂的都懂。"

几人聊到兴致最高的时候,其中一人神情倏地僵在脸上。她旁边的朋友还不明所以,问她怎么了。

结果转头就看见半开的门边,裴枝双手环胸倚着,眉眼带着冷淡的嘲意。

她走到洗手池前,拧开水龙头,微凉的水从她指缝间漏下,她微微侧眸,视线和镜子里的人撞上:"对我的事这么上心啊。"

那几个人背后嚼舌根被抓了个正着,脸色都不算好看,瞪着眼不说话。

"想知道我和沈听择的关系?"裴枝洗完,伸手关了水龙头,抽出几张纸巾慢条斯理地擦着手,顿了顿,漫不经心地低笑,"可是关你们屁事啊。"

说完,她转身走出洗手间,顺手将湿透的纸团扔进垃圾桶,发出"哐当"一声。

酒店走廊厚铺的地毯柔软,头顶吊着欧式水晶灯,光线影绰,有那么一瞬间裴枝以为自己眼花了。

她停下脚步,看向不远处的沈听择。

他站在走廊尽头,那儿的窗开着,夜风灌进来。他指间夹着根烟,像是在这儿专门等她。

见她出来,他又极其自然地掐掉。

裴枝还没来得及开口,就听见他说:"你先别过来。"

她疑惑地看着他,站在原地等了好几秒,沈听择才朝她走过来,低声解释:"烟味太重。"

裴枝看了眼,他今天好像是抽得有点凶,但更莫名其妙自己有什么不能闻的,毕竟她也沾这玩意。

她抬眼:"我不介意的。"

沈听择懒懒地看她一眼,有点执拗地说:"我介意。"

"哦。"裴枝想了想,又补上一句,"那你少抽点。"

闻言,沈听择掐烟的动作顿住,掀起眼皮,然后慢条斯理地笑起来:"管我啊?"

裴枝别开眼："不是。"

沈听择没了烟就靠在墙上无聊地玩着打火机，他只是笑，也不反驳，紧接着又像是想到什么，下巴微抬，问她："刚刚在门口你又装不认识啊？"

裴枝没想到他也看见自己了，但脑海里浮现出别的女孩的身影，觉得好笑："你不是在忙吗？"

沈听择很快反应过来，嘴角的笑更加清晰："又看见了啊。"

裴枝没否认地"嗯"了声。

沈听择见状笑得更闷，语气明显带着无奈："怎么每回都被你碰上啊？"

没给裴枝说话的机会，他又说："那是我堂妹，今晚我爷爷在这儿过八十大寿。"

意识到沈听择在解释什么，裴枝总觉得有些东西悄然坠落。她盯着沈听择的眼睛，叫他的名字："沈听择。"

他回应："嗯。"

然后她就这么脱口而出："他们都说你在追我。"

沈听择闻言先是愣了几秒，然后垂着眸，特别认真地思考了一会儿："好像有这个说法。"

"那你是吗？"裴枝没移开目光。

沈听择好像笑了下，低低的，抓得耳热，又把问题抛回给她："那你给追吗？"

一窗之外是霓虹闪烁纸醉金迷，沈听择背对着，笑着，站在车水马龙里。

余光瞥见洗手间的门开了又关，裴枝倏地感觉那点脆弱的东西彻底碎了。她往沈听择身前走了一步，抬手轻轻地扯着他的衣领，牛头不对马嘴地说："沈听择，我今天喝酒了。"

沈听择没动，任由她闹，顺着她的话问："那醉了吗？"

"好像有点。"裴枝踮起脚，又靠近了点，凑到沈听择耳边，很慢很轻地说，"所以我今天说的话做的事，不算数的。"

沈听择刚想问她要做什么不算数，就感觉微凉湿软的唇贴上了他的，轻得一塌糊涂，蜻蜓点水般。

几乎是下一刻沈听择喉结猛烈滚动，手比大脑先给出反应，扣紧了裴枝的腰把人往墙上压，右手垫着她的后脑勺，拉开两人间的距离。

少年那种滚烫鲜活的呼吸喘在耳边，他声音一下变得好哑，低沉地问："裴枝，知道你在干什么吗？"

裴枝就这样被他压在墙上，今晚的唇妆被蹭花了，眼眸像被蒙上一层水雾："你不是说我在钓你吗？"

有一根弦在这个夜晚断得很彻底。

沈听择看着裴枝，伸手抬起她的下颌，重新吻了上去。

和她的浅尝辄止不同，沈听择来真的。

裴枝清晰地感觉到他的薄唇一寸寸磨过她的，像令人上瘾的毒药。

今晚好像特别适合庆祝，靠近走廊的那个包厢也在过生日，鼓掌欢呼的声音只差一点就要盖过两人的心跳。

一下又一下，青涩而莽撞。

湿濡的气息纠缠在一起，裴枝闭上了眼，等到再次睁开的时候洗手间那几道身影早就无影无踪。

那晚更深的时候又降了点温。

但高楼危塔的灯火依旧炽热，透过玻璃，照得酒店顶楼那间包厢很亮。水晶吊灯下那片推杯换盏一直持续到沈听择重新拉开门走进，坐下，也没有停止。

他那件外套早就脱掉了，只穿一件宽松的灰色卫衣。也许是包厢里氛围高涨，连空气都带点热，他半露的锁骨透出一点红，很薄。左手肘随意在椅背上找了个支点，散漫地往后靠着，好像周围喧闹的一切都与他无关。

右手指尖就搭在屏幕边缘，微信亮起的光线忽明忽暗，他垂着眼在回消息，神情专注。

叶眠总觉得沈听择中途出去一趟再回来，整个人变了点。

可哪里不一样了她说不出，只是直白地感受着他坐在那儿，懒懒散散的，没说一字半句，却连喉结滚动的弧度都沾上了浪荡，和一点她从没见过的欲望。

他微信列表上红色未读的消息很多，但他好像只在意置顶的那个。

对方不回，他就饶有兴致地等。

那会是他的欲望吗？

/ 113

叶眠不得而知。

直到耳边把酒言欢的话题又过一轮，叶眠看见沈听择抬手按了下后颈，身上那股劲更懒散了。

不知道那头发来什么，他靠着椅背，垂眸看了会儿，没回，直接起身拿起椅背上的外套。右手都摸到桌边的烟盒了，可他像是突然想起什么，嘴角自顾自地勾着笑了下，把手收回。

旁边有人问沈听择去哪儿，他脚步没停，只懒洋洋地撂下一句"有点事"。那人和他应该挺熟的，一听这话开始嬉皮笑脸地闹他别是去找女人了。

叶眠下意识地去看沈听择的反应，然后只觉得脑子"嗡"了一下。

那一幕就像电影镜头的慢放，一桌之隔的大人们还在戴着面具惺惺作态，包厢里仍旧乌烟瘴气。

沈听择转过了身，不紧不慢地向门口倒退着，侧了点角度，连下颌线条都比之前要张扬。身段足够挺拔，从上往下地遮住光亮。

他一点也不在乎自己可能成为焦点，眉尾上挑着，声音被喧嚣盖过，只能看清他用口型慢悠悠地吐出的两个字——

你猜。

坏到骨子里的浑蛋样儿，让人看一眼都想跟他走。

叶眠没能免俗，身体比意识更快一步给出反应，起身跟了出去。

推开包厢的门，沈听择径直走向电梯。

叶眠和他就这么隔着不远不近的距离，好在旁边有包厢散场，一伙人拥出来，沈听择没注意到她。或者更准确地说，他的心思根本不在这儿。

他低着头拨了个电话出去，随手按了下行键，扎眼的红色数字最后停在B1。

"在哪儿啊？"沈听择单手持着手机，刚低低问出声，脚步就顿住。

地下停车场里亮着昏沉的照明灯光，空空荡荡的，只有冷寂的风从各个出口流连。

裴枝就站在几米开外，抱臂半倚着墙柱，长发被风吹得有点乱了，穿一件低调的黑色大衣，整个人快要融进暗色里。她不说话，只晃了晃手机朝沈听择示意，眉眼被那点微弱光亮衬出生人勿近的信号。

唯独只纵容着他的靠近。

两人在昏暗的光线中对视几秒。

沈听择走过去,伸手帮裴枝把折进衣领的发丝抚顺:"什么时候结束的?"

裴枝摇头纠正他:"没结束,他们去唱K了。"

"那你不去吗?"

"好多不认识的人,没意思。"裴枝还靠着墙,真像一副喝多了的模样。说完她打量起沈听择身上那件单薄得要命的卫衣,问他冷不冷。

沈听择说不冷,但裴枝明显不相信。他见状也只笑了下,直接把人拉进怀里。

裴枝没防备,手机险些掉在地上,只差的那一点是被沈听择捞住的。他一手隔着大衣揽她的腰,一手还有空闲把玩她滑落的手机。

该死的游刃有余。

传过来的体温也足够温热,热得裴枝心口发烫,连带着她脑子的那点根本不足以让她醉的酒精,在这个夜晚"噼里啪啦"地焚起一把烈火。

也不知道烧的是谁。

耳边只剩下沈听择气定神闲的声音:"这样信了吗?"

裴枝哪还有理由不信。

沈听择把手机放回她的口袋,紧接着又问:"我是谁?"

裴枝看他一眼,觉得莫名其妙,但还是顺从地报了他的名字。

沈听择点头:"分得清就行。"

来不及想明白沈听择话里的意思,裴枝就感觉整个人被沈听择带着往后了点。不同于她一开始主观行为上的半靠墙,这会儿的她是被沈听择压着的,她的后脑勺垫在他的掌心,抵着墙,下巴也被轻轻抬起——

"那我再问,现在没有别人了,还给亲吗?"

裴枝从听清到回神,好像很久,但细数不过几秒。她僵硬地抬头,对上他还算温柔的眼睛,只觉得喉咙发紧,脑子里冒泡的酒精已经被烧得干干净净,没有哪一刻会比现在更清醒。

原来他什么都知道啊。

停车场静得厉害,她不吭声,他也不逼她,任由气氛凝固。直到入口有辆车开着杀千刀的远光灯驶进,那束强光将凝滞的僵局划开一道口子。

/ 115

裴枝本能要躲,下一秒就感觉有只手覆上了她的眼皮,视野暗下去。更贴近的距离,在这个无人问津的角落里,成了开场的信号。

沈听择的气息为所欲为地纠缠上来,一句含混不清的话碎在车轮碾地的刺耳声里,像某种虔诚的祷词,更像最无可奈何的求饶。

他说:"就不该给你选的。"

那辆车打着左转灯开远了,裴枝看不见,唯一能感知的只有沈听择。

只有他。

像从看她第一眼就克制的事,此刻如蒙大赦。他用指腹细细地摩挲着裴枝的下巴,想让她痒,却坏心思地圈着她的腰不让躲。唇上的力道有点儿凶,吻了会儿,他又像大发慈悲的猎人,放轻,他松了她下巴那只手和她十指相扣着,缠得很紧,举过头顶撑在墙面上。

灰尘只管簌落,热吻中的两人浑然不知。

吻到最后,裴枝再也受不住力地向前倾,贴着他,身体软得不行,只能趴在沈听择的肩头,边喘边骂他浑蛋。

沈听择对此照单全收,没出声,就抱着她安抚。等到她情绪平静下来了,他才把人带上车,俯身帮她系好安全带。

一脚油门驶出停车场。

那夜再后来,裴枝在沈听择车上点了一根烟,是他的万宝路。

外面又下了雨,开不了窗,烟味就这么散过去,在狭隘的空间里,两人就像同抽了一根烟。火星明明灭灭,窗外的灯光照进来,被水汽雾化,旖旎得快要死掉。

沈听择一言不发地受着,单手控着方向盘疾驰,直到车子平稳地停在宿舍楼下,他才抬手拿过那根烟,就着她微潮的咬痕,无比自然地放进自己的嘴里。

那变成了他们最隐晦的第三次接吻。

接下来要对峙还是摊牌,裴枝分不清。

车门还锁着,雨刮器停了,只有烟雾在缓缓升腾。

他的左手还搭在方向盘上,指尖有一下没一下地轻敲,算是无意识的小动作。等那根烟燃到尽头,沈听择摁灭在车载烟灰缸里,偏头看她:"酒醒了吗?"

裴枝不想说话,就点头。

"那来聊聊追你这事儿。"

沈听择的声音偏哑,在淅淅沥沥的雨声里仿佛开了混响,让裴枝心口一跳。宣判摇摇欲坠。

裴枝下意识地想逃,但沈听择不让。

"你今晚做了哪些事不算数我不管,你现在喜不喜欢我也无所谓,你要想拿我铺路呢,也行,我认。"沈听择靠着椅背,慢条斯理地说,一字一句逼得裴枝听清楚,"追你是我一个人的事。但有一点,裴枝。"他终于舍得停顿,瞳孔里淬了一点远处的万家灯火,鲜活的情绪冲破阈值。

那是一种势在必得。

"你拒绝不了我的。"

温宁欣她们后来玩到凌晨才回,无论酒量好的差的差不多都在那条线上了,沾床就睡,失眠的只有裴枝一个人。

北江的雨也难得下了一整夜,但不妨碍第二天太阳照常升起。

就像大梦一场,日子还在继续过。

宿舍里那股酒味直到中午才散。裴枝一个人去上完课,回到宿舍看见许挽乔醒了,正趴在阳台上发呆。

而温宁欣的床位不知道什么时候空的。

"她刚走,说马上到校庆,去大艺团联排了。"许挽乔注意到裴枝多打包的一份饭,解释完,又笑了下,"真佩服她。"

裴枝知道许挽乔在感慨什么。

温宁欣好像总是很忙,让人羡慕她用不完的精力。

就像太阳,热烈而永不落幕。

裴枝垂下眼睫,很低地"嗯"了声算作回应,把多余的一份扔进垃圾桶。然后泡一杯蜂蜜水给许挽乔,再拿上刚从便利店买的牛奶,也走到阳台上,和她并肩:"难受吗?"

许挽乔捧着水杯灌了几口,摇头又点头:"是不得劲。"

"第一回吧?"

"什么?"

"喝这么多。"

"我酒量很差的样子吗？"

"还成。"裴枝轻笑，把牛奶递给许挽乔，想起什么似的问她，"昨晚宋砚辞的电话都打到我这儿了，你醒后回了他没？"

上午十一点五十八分，正逢午休时间，学校里外都静得厉害。这句话问完许挽乔沉默了很久，久到裴枝以为她没听见。

直到指针绕过十二点整那刻，两个人的声音同时响起，被风吹着重叠到一块儿。

"他应该是担心你出什么事……"

"他来找我了，九点多的时候。"

那个午后，裴枝又一次看见了许挽乔颈后的深红色吻痕，鲜艳得近乎刺眼。

"他弄的？"

"嗯。"许挽乔点头。

宋砚辞吮过的地方好像还在发烫，那会儿他抱她很紧，身上的消毒水味还很重，看样子是从实验室匆匆赶过来的。

她问他来干什么，他只说来看看你。

每个字都纯情得要死，可没人知道他们故事的开始，是少儿不宜，偷尝禁果。

再到后来，他们相拥过很多夜晚，他给她痛苦，也让她欢愉，醉生梦死。

许挽乔分不清这到底是不是爱情，但这么多年也懒得去深究，就这么放任着纠缠着，一直到今天。

手里那瓶牛奶很快见底，许挽乔感觉整个人状态好点儿了，肚子里的饿感就随之明显。她折回宿舍桌子前，刚拆了一次性筷子的包装，手机振动，微信进来一条信息。

她把筷子咬着，腾出手去看。过了会儿，她转向正靠在椅背上玩手机的裴枝："等会儿去体育馆吗？"

裴枝兴致缺缺的，连头也没抬："去体育馆干吗？"

"今天下午有篮球赛，"许挽乔朝她晃了晃手机，笑意明显，"商学院对自动化学院。"

果不其然裴枝的动作一顿，掀起眼皮："商学院？"

许挽乔憋着笑点头，肯定道："嗯，商学院，金融专业打上半场。"

眼看着屏幕上的贪吃蛇被吃掉，裴枝睫毛颤了颤，好一会儿才懒洋洋地笑："行啊。"

篮球赛在下午两点半。

裴枝补了个觉才有种活过来的感觉，简单收拾了一下和许挽乔出门。

一场秋雨过后，连阳光都湿漉漉的，透过梧桐树斑驳成影，碎金子般落满校道。路过便利店的时候，许挽乔停了下："要不要进去买点水？"

裴枝淡淡地瞥她一眼，意有所指地扬了扬下巴："你喝？"

许挽乔不置可否地笑："嗯，我喝。"

"行。"裴枝跟着进去，但就靠在收银台前等。她整个人还是有点儿困，耷着眼皮正出神，突然听见身后有人提自己的名字，隐隐约约的，夹在一片小声的议论里，内容不算好听。

她慢吞吞地回头，走入视线的是那几张不算陌生的面孔。

裴枝好笑地勾勾嘴角，等人走到面前了，才好整以暇地打断："昨天晚上还没看明白啊？"

那几个女生是真的被她吓了一跳，反应过来后一个个看着裴枝的神情比调色盘都精彩。

"沈听择就喜欢我这种的，"裴枝本来就高她们一头，这会儿没多收敛，红艳艳的唇翕张，一字一句地往外蹦，"喜欢得要死。"

许挽乔挑完几瓶水走过来结账的时候，正好看见那几个女生离开的背影。她好奇地看了看她们，大概是认出来了，又转向裴枝："找你的啊？"

裴枝环着双臂，没当回事地摇头。

体育馆在靠近东校区那边，两人到的时候，场子已经热了。看台上三三两两地坐着人，鲜红的横幅拉在那儿，自然光从四面八方照进馆内，明亮宽敞。

"挽乔，这儿！"

不远处有人朝许挽乔挥手，裴枝闻声看过去，认出那就是许挽乔昨晚聊上的姑娘，穿一件灰糯的毛衣，气质看起来挺温柔的。

许挽乔连忙应下，拉着裴枝走过去，热络地介绍："这是金融二班的严昭月。"

严昭月朝裴枝莞尔:"你好。"

"你好,我是裴枝。"

严昭月不好意思地笑笑:"我知道你。"

裴枝有点意外:"知道我?"

"嗯,军训的时候……"

有些话点到为止。

裴枝笑笑没说话,跟着严昭月在看台视野最好的第一排坐下。不远处的体育馆大屏上显示着时间14:20,离球赛开始还有十分钟。

球场边缘站着一群身穿火红色球衣的男生,热身的热身,聊天的聊天。

梁逾文边转脚踝,边看向坐在板凳上的沈听择,没好气地"啧"他:"你也起来动动,一会儿就比赛了。"

沈听择不以为意,手肘还撑着膝盖在玩手机,身体前倾的幅度散漫,大剌剌地露出背后黑色的10号数字:"用不着。"

见说不动这祖宗,梁逾文也懒得再费口舌,换了个话题说起别的:"哎,你知道咱们院今儿的啦啦队长是谁吗?"

沈听择不搭理,他就自问自答:"就上回在酒吧徐东说过的那个,二班学委,是不是特有缘分?"

说着,他抬眼扫向看台,本意是想找严昭月,但目光不知道看到了谁,眉尾上挑得厉害,胳膊去抵身旁的沈听择,语气含笑:"快看,谁来了。"

沈听择这回舍得给反应了。他似有所感地抬眸,就这么在汹涌的人群里对上一双勾人的狐狸眼。

裴枝比他先看过来,直白地盯着他,嘴角的笑明媚晃眼,多看一眼都让人无力招架。可她好像觉得还不够,举起手机,勾着手指朝他晃了晃。

下一秒,沈听择握在掌心的手机传来振动。他低头划开锁屏,是置顶那个头像发来的:10号球员,祝你honor to the end(为了荣誉坚持到最后).

是祝福,也是挑衅。

14:29,哨声响起,球员正式上场。

吴闵行是自动化学院篮球队队长,双手插着兜走在最前面,黑色发带束着,那张脸长得不赖，迎面和沈听择对上的时候，看台有一阵不小的骚动。

许挽乔见状碰了碰裴枝的手肘，揶揄地问："你觉得哪队能赢？"

裴枝闻言也不上套，就懒懒地抬眸给她一个眼神。

"肯定是商院啦。"反倒是严昭月笑嘻嘻地接过许挽乔的话茬，"拜托，那可是沈听择哎。"

听到这话，裴枝心口莫名一跳，转头看向球场中央的沈听择。

比赛已经开始，明亮的灯光洒下来，沈听择整个人被火红球衣衬得挺拔，带球游走的动作干净又利落。

但自动化学院防沈听择也严，他还没来得及跑进三分线，吴闵行就已经迅速挡在了沈听择面前。

一黑一红，在场中三分线那儿对峙上。

沈听择运着球想要向左突进三分线，但吴闵行反应也快，及时侧身拦住。

气氛开始变得胶着。

裴枝对着沈听择的侧脸，看他弯腰运球，骨节分明的五指抓着篮球，下颌线条绷得紧。

吴闵行张开双臂，一副随时准备防他投篮的模样。但吴闵行没有想到的是，下一秒，沈听择忽然扬眉朝他笑了下。

狂得不行，又带着点漫不经心。

他还直视着吴闵行，目不斜视地将球重重往后一抛——

"梁逾文，接球。"

全场观众的焦点本来都在沈听择身上，没人注意到梁逾文的走位，只在沈听择落音的那一瞬看见有道火红的身影蹿出去，对上吴闵行愣住的眼睛，跳起接球，转身，三步上篮。

全场安静了五秒，随着篮球砸地，震耳欲聋的尖叫声也响了起来。

梁逾文在一片喧嚣中跑过去和沈听择击掌碰肩，然后两人笑着，边往后退，边默契十足地朝自动化学院的方向摇头吹了声流氓哨。

开局就被摆了一道，吴闵行脸色有点难看。他沉着脸把队友召集起来，匆忙开了个小会。

直到场上球权交换。

/ 121

自动化学院发球，球传到吴闵行手上，他带球过半场，进攻猛烈，商学院严防死守，两队的比分开始紧咬。

而等比赛打到第二节，就连裴枝都看明白了，吴闵行在单防沈听择，沈听择几次进球都被打下。

吴闵行的动作不算太干净。

隔着不远不近的距离，裴枝能听见梁逾文的骂声："故意的吧？打不过就玩阴的啊！"

相比之下，沈听择倒还是那副淡定样儿，神情没什么变化，抬手撩了把汗湿的碎发，撑着膝盖在观察场上局势。

眼看梁逾文运球过半场的时候被对方的两人防守，球轻易地被抢走，场上局势对调，他们距离篮筐越来越近，沈听择朝队员做了个手势，然后迅速从左后方绕过去追上，在球抛起的同时，起身一个盖帽将球硬生生扣下。

上半场比赛在还剩十秒的时候陷入了僵局。

球被沈听择重新控回手上，吴闵行紧随其后拦在了他面前，两人一下又变成了之前的对立局面。吴闵行朝他拍拍手，眼神挑衅。

时间一分一秒流逝，沈听择微不可察地皱了下眉，没再和吴闵行耗。他借一个假动作，骗过吴闵行的眼睛，然后直接在三分线外向上纵跃起，身体往后仰，手里的篮球在半空中划过一道极其漂亮的弧线。

哨响吹彻，篮球应声稳稳入筐。

后仰式跳投，一个完美的压哨球。

全场瞬间沸腾。

体育竞技好像就是这样，总有种能激起热血的魔力。平时在同一个教室里上课也不见得会打招呼的大学同学，此刻却会因为这该死的集体荣誉感而欢呼呐喊。

"商学院威武"的喊声此起彼伏，而其中男声更多。他们是懂球的，所以没人不服沈听择这波操作。

许挽乔也忍不住跟着喊，严昭月更是激动得快要喊劈了嗓子。

这还没完。

体育馆灯光明亮，裴枝垂眸看见场中央那个身穿10号球服的男生右手握拳，倒退着，像古罗马角斗士那样，以大拇指作刃，从脖颈的右侧滑向左侧。

米勒带领步行者逆风翻盘的经典动作。

他眉眼间是不加遮掩的恣肆和轻狂，身上火红的球衣胜过所有赤色，像烙铁，滚烫。

少年理应这么意气风发。

骨子里的骄傲谁也夺不走，连血液都鲜活自由。

裴枝的心脏在这一刻跳个不停，体育馆的氛围也热烈得到了顶点，让人澎湃不已。

许挽乔还在大发感慨，严昭月已经到下边给商学院队友送水去了，但是没一会儿裴枝就看见沈听择从人群中走出来。

他的火红球服早被汗浸湿，贴在身上，透出宽肩窄腰的轮廓。小臂那儿也沾了几滴汗，氤着头顶银白的光，是属于少年那种直白的、鲜活的欲，特别性感。

沈听择不顾如潮的目光走到裴枝面前，薄唇懒散地勾起弧度，嗓音因为刚刚剧烈运动完带了点儿哑："借你吉言了。"

许挽乔听不懂，但裴枝懂。

她抬眼，和沈听择对视，感受着他身上蓬勃的热气，心跳已经飞快，但面上还是冷冷清清地笑："恭喜啊。"

沈听择也笑，还有汗顺着额角往下流。他随手指了下裴枝脚边的矿泉水瓶："借我喝两口？"

裴枝低头，看向那瓶许挽乔塞给她的水。不同于上次，这会儿她已经开了封，喝得只剩下小半瓶。

沈听择什么意思昭然若揭。

不用偏头裴枝都能感觉到四周投来和许挽乔一样八卦的眼神。

她垂下睫毛，像是思考了会儿，再抬头的时候面不改色地将那瓶水递过去。

沈听择挑眉笑了下，接过，无视那些落在身上的视线，兀自拧开瓶盖，仰头喝起来。他的唇覆在裴枝曾喝过的地方上，喉结滚动，一下又一下。

有幸目睹了这一幕的许挽乔在很多年后给出评价。

这两个人，要么谈一辈子恋爱，要么搞一辈子的暧昧。

他们活该是绝配，天生一对。

/ 123

第五章 /
是爱不得却无法拒绝的人

沈听择慢悠悠地将剩下的水喝完，末了还假模假样地拧好瓶盖，还给她。

"多谢。"

裴枝回他一句："不用谢。"

两人的每个动作都心照不宣地维持在礼貌客套的边缘，却又摇摇欲坠。

下半场比赛已经开始，沈听择没上，就坐在裴枝旁边的空位观赛。他腿长，脚踩着看台之间的阶梯，露出一截骨骼线清晰的脚踝，手机在右掌心里转动。

有挺多消息进来的，但他兴致缺缺，懒得回，到最后直接把手机关成静音。

场上又进一球，人声鼎沸，三点半的太阳偏移，在沈听择鼻尖那儿落了点金色的光。裴枝散在肩头的发也被照拂到，发梢泛起一点亮泽，有风吹着，无声地扫过他的手臂。

沈听择偏头看她一眼："头发这么长了啊！"

但四周太闹，裴枝根本没听见这句话。

商学院最后赢得毫无悬念。

梁逾文早知道沈听择在看台上，比赛一结束就跑过来，看见他身边的裴枝也不惊讶，笑着打了个招呼，只对着许挽乔这张陌生面孔停了下。

跟他一起过来的严昭月忙介绍两人认识。

听到许挽乔是裴枝的室友，梁逾文没再见外，勾着沈听择的肩膀转向三个女生，笑嘻嘻地说道："等会儿他请客吃饭，一起吧？"

沈听择在梁逾文过来的时候就起身了，靠着看台前边的栏杆，环着手臂不置可否。

严昭月耸肩表示自己没意见，这里面只有许挽乔和他们不太熟，但她对这种事向来无所谓，觉得就一块儿吃顿饭没什么大不了的。

只剩下裴枝没表态。

裴枝掀起眼皮，发现沈听择正垂眸看着自己，他神情很淡，让人看不出他在想什么。

她迎上他的目光笑了一下："我都行。"

十月底的北江已经介于秋冬之间，夜幕也降临得特别早。考虑到明天还有课，一伙人没赶去太远的地方，就在离学校最近的那条步行街，找了家烤肉店。

这个点出来吃饭的人不少，一大半还是他们学校的。烤肉店在那条街的街尾，一路走过去，碰见好几个熟人。

临到烤肉店门口，沈听择没急着进去，他随口叫住梁逾文。

梁逾文闻声停下脚步，其他人也回过头齐刷刷地看他。

沈听择见众人反应这么大，手插着兜，轻笑了声，话是对梁逾文说的："你带她们先进去，要喝什么，我去买。"

梁逾文本来想说和沈听择一起去的，但转念想到他也走的话，剩下两个女生可能会不自在。

毕竟裴枝和许挽乔只认识他俩。

于是他干脆一口应下："行，那麻烦沈老板，两罐百事可乐，谢谢。"

和他们同行的另外三个男生也纷纷响应，其中一个叫董博的男生更是拍拍胸脯说要去帮忙。

沈听择对此无所谓，他乐意就由着他去，然后下巴微抬侧向裴枝那儿："你们呢？"

许挽乔揣着心里那点小九九，没跟沈听择客气，想了想说要瓶椰汁就行。

严昭月笑着婉拒了，说不爱喝饮料。

又只剩裴枝。

沈听择也不催她，就好整以暇地看着她，半天等来她一句："还没想好，我和你们一起去吧。"

她的声音很轻，像只说给沈听择一个人听的。

但这回沈听择没依她，他扫了眼裴枝被风招出的腰身，笑了下解释："风大,你别在外面待,想好要什么微信发我。"

话说到这份上,裴枝只能点头。

便利店在刚刚路过的拐角。

沈听择和董博顺着人潮走过去,直接绕到饮料区的货架前,把该买的拿好,董博转头问沈听择:"裴枝想好了吗?要什么?"

"乌龙茶。"

"哦,乌龙茶……"董博嘴里念叨着,从上往下扫着货架,"好像没有啊。"

"没有?"沈听择闻言很轻地皱了下眉,也走近找了一圈,确实没有。

董博挠头:"要不然你问问她换个别的吧?"

沈听择没动,过了会儿,他抬脚就往店外走。

"你去哪儿?"董博在身后问。

沈听择摆摆手,只撂下一句"等我",身影很快消失在玻璃感应门外。

好在沈听择没让董博等太久,他拿着一篮饮料靠在边上等了不到五分钟,一把游戏才刚开,就看见沈听择重新出现在眼前。

他像是跑着回来的,额前碎发被吹得有点乱。

"你……"董博看着他手里多出来的一瓶乌龙茶,"刚刚去买的?"

沈听择不以为意地"嗯"了声,没有多说的欲望,拿过购物篮往收银台走。

董博跟着他,还是不太能理解地问:"你让她换一个喝的不就好了?多跑一趟干吗?"

沈听择闻言停了下来,慢吞吞地抬起眼看他:"那这家店没有乌龙茶,为什么不能是我换一家买?"

两人拎着饮料回到烤肉店的时候,炭火味正浓。店里开着空调,温度适宜,所有人都脱了外套。

裴枝正对着门口坐,上身一件纯色毛衣,肩颈很薄,V领露出锁骨,旁边许挽乔在和她说笑,整个人被烟火气衬得漂亮又柔软。

她第一个看见他们,招了招手。

"怎么去这么久?"梁逾文捏着菜单,开玩笑道,"差点以为你们出什么事了,刚要找警察叔叔来着。"

沈听择正往外分饮料,听到这话直接把一罐可乐扔进他怀里,笑着嗤他:

"你是怕没人结账吧？"

梁逾文听乐了，"嘿嘿"笑两声，否认道："哪能啊，我是这样的人吗？"

都不需要沈听择回答，在场的另外几个男生就异口同声地说"是"，语调拖得很长，惹得哄笑一片。

气氛就这样热起来。

裴枝要的那瓶乌龙茶不在购物袋里，等沈听择最后将其递到她手上的时候，瓶身还沾着他掌心的温度。

"谢谢。"裴枝和他碰了下视线，很快移开。

不知道在场的人有意还是无心，留给沈听择的座位就挨着裴枝。他似笑非笑地看了眼，然后脱了外套坐下。

一瞬间他的气息无孔不入。

裴枝低下头刚准备把餐具拆开，旁边伸过来一只骨节修长的手，帮她撕开塑封膜，熟练地用热水烫了两遍。

等她回过神，瓷碗已经被重新推回她的面前，还热着。

裴枝伸手去碰了碰，余温直接从指尖烫到了心口，她侧眸看向刚刚做完这一切的沈听择。

他又靠回了椅背，耷着眼皮，懒洋洋地在听身边的人插科打诨，时不时跟着哼笑回应几句，能看出来今晚他的心情不错，身上那股漫不经心的调调更招人。

而刚刚的所有都像只是举手之劳。

思忖两秒，裴枝还是往沈听择那儿靠了点，轻声说了句"谢谢"。

无论他需不需要。

一顿饭吃得比想象中要愉快。

面前烤架的炭火将几人的脸都映出一点红，盘子里的肉所剩无几。

沈听择转着手里的玻璃杯，扭头去看一晚上没吃几口的裴枝。

"不爱吃这个？"

裴枝摇头："还行。"

就是一半一半的意思，谈不上喜欢，也不贪，吃饱为止。

沈听择点点头。

说话间裴枝听见有人在叫严昭月的名字，由远及近，然后就看见一个和他们差不多年纪的男生在桌前停下，矛头直指严昭月。

"还真是你啊，严昭月！知道我找了你多久吗？"

他开口的那一瞬，明显的酒味扑面而来，加上嗓门不小，引得店里其他吃饭的人都注目。

严昭月从他出现脸色就变得很差，语气也冲："找我？找我干什么？古思源，我们早就分手了！"

说着她就想赶人走。

结果古思源一把拉住她的胳膊，喝了酒手上没个轻重，扯得严昭月直皱眉。

"分手？你还好意思和我提分手？我那么喜欢你，你还'绿'我？"

梁逾文到现在看明白了，这大概就是上次徐东说过的，被严昭月踹掉的男友。他瞥到严昭月发红的手臂，犹豫两秒上前把人拉开。

"你是谁？"古思源打量着横插进来的梁逾文，又不等严昭月回答，兀自讥笑起来，"严昭月你真是好本事，能哄得这么多男人为你团团转啊……"

他的话还没说完，脸上就被甩了一巴掌。

整个烤肉店好像都安静了两秒。

"够了！"严昭月收回手，怒视着古思源，声音都气得颤抖，"你不是一直想知道我为什么要和你分手吗？我告诉你，我早就受够你了！以前但凡我和哪个男生走近一点，你都要怀疑。是，你嘴上不说，但你每次做的事都让我害怕，让我恶心！"

明明羞愤到了极点，但严昭月说着说着反而冷静下来："你也从来没有信任过我，一次也没有。你宁愿相信那些可笑的谣言，也不愿意来问问我真相到底是什么。"

一字一句说完，她的力气像被抽空，得亏梁逾文眼疾手快扶住，她才没跌坐在地。

烤肉店的老板适时赶来，按着梁逾文给的眼神强制将古思源带了出去。

一场闹剧来去匆匆。

今晚所有的庆祝也就到此画上了句号。

直到离开烤肉店，严昭月的情绪还是低落得要命。许挽乔见状和裴枝交换了一个眼神，决定过去安慰安慰严昭月。

裴枝就一个人跟在大部队后面往学校走。

忽然耳边出现一道声音——

"看路啊。"

话落，她感觉自己的手被人轻轻拉了一下，整个人受力往声音主人那儿靠。

两人的距离一下又被拉得好近。

裴枝抬眼，发现已经到了男女宿舍的分岔路口。

沈听择不知道什么时候走到她旁边的，他低垂着眼，嘴角懒散地勾着笑，问她："你怎么老是不看路啊？"

裴枝下意识地反驳："没有……"

然后就听见他低低地哼笑一声，尾音里的纵容根本藏不住："好，你说没有就没有。"

裴枝不再看他，转身想回女生宿舍。但她还没走出几步，又被沈听择叫住。

她回头。

就看了那么一眼。

以至于很多年后裴枝都没法忘记这一晚。

忘不了今晚的月色很美。

也忘不了沈听择就站在昏黄的路灯下，笑着和她说晚安。

那是她第一次在沈听择的眼里看见了温柔。

那天之后，裴枝有一段时间没见到沈听择。

北江的温度一降再降，天气预报连续好几天都说可能会下雪，但到底还是没下成，云层压得天空阴沉沉的，难见太阳。

"这鬼天气！"卓柔淑抱怨一句，摘了橡胶手套，拍拍文身椅上的客人示意好了，然后脚尖点地，转向店里另一角坐着的人，"我说小裴啊，你画完这版就早点回去吧，晚上好像要起风了。"

她那客人是熟客，来文过好几次，却是第一回见裴枝，没忍住多看了两眼。

进门的沙发后边有张工作台，裴枝就坐在那儿，开一盏台灯，低着头涂涂画画，耳边碎发有几缕垂下，侧脸线条被柔和的灯光晕开，有种别样的风情。

裴枝闻言抬头看了眼窗外。

才下午四点，霓虹灯广告牌就已经亮了大半。巷口那棵银杏树的叶子晃动明显，一片静默。

之前店里来过一个客人，听说裴枝是北江大学美院的，回头特意给她介绍了一单设计文身的活儿，以至于她这两周空了就往刺青店跑，稿纸画废了几沓，如今终于定下终稿。

早点走也好。

裴枝刚应了一声，就听见那客人扬起的声音："小姑娘，还在上大学啊？"

明显是问她的。

裴枝点头："嗯。"

"那你怎么会想到干这个的？"

这种问题裴枝听了无数次，她动作没停，把几个细节的地方擦掉，随口答道："缺钱。"

但不知道这句话怎么就正中那人的下怀了，她笑意更深，起身拿过自己放在沙发上的羊皮小包，两指夹出一张名片递到裴枝面前："自我介绍一下，我是林映之，看你外在条件很不错，有兴趣加入我们吗？"

裴枝放下手里的铅笔，接过名片，垂眸扫了眼，烫金边的名片正中间印着"Starry 模特经纪公司"几个大字。

她没急着说话。

倒是旁边的卓柔淑在下一秒笑着嗤她："好啊，林映之，你挖人都挖到我们店了？真行啊。"

林映之耸肩："没办法，就是看上了。"

顿了顿，她又看向裴枝，上下细细打量一遍，似乎并不想放过，很有耐心地跟裴枝分析起利害关系："你可以上网搜搜我们公司，不是那种小作坊。我们有成熟的孵化体系，旗下也有几个大网红。如果你愿意，完全可以像她们一样，火遍全网，然后实现财富自由……"

一番话说得天花乱坠，裴枝静静地听完，扯唇笑了下打断她："抱歉啊，我不感兴趣。"

林映之一愣，没想到裴枝会拒绝得这么干脆，还想劝什么，但对上裴枝那双平静的眼睛，话到嘴边又咽了回去，改口道："没事，名片你留着，什么时候改变主意了联系我就行。"

"好，谢谢。"话说到这份上，裴枝也不好再说什么拂面的话，随手把名片放进口袋。

林映之又转过去和卓柔淑聊天。

两人看样子应该是老朋友了，气场相当，坐在店里的长台前，从女人聊到男人，到最后问裴枝介不介意她们在这儿抽根烟。

裴枝闻言只懒懒地抬眸看她们一眼，说："不介意啊，你们随意。"

林映之眼眸又闪了下，眼底兴味更浓。指间那根烟被点燃，她眯眼透过徐徐升腾的烟雾盯着裴枝，狎昵地笑了笑："裴枝是吧，你知道现在的市场最喜欢哪种美女吗？"

裴枝没吭声。

"就你这种，够性感。"

不只是狭义上的脸蛋和身材，更重要的是那份气质，浑然天成的，让人上瘾。

裴枝没当一句夸奖，低低地"哦"了声。

林映之觉得她的反应稀奇，笑意更深："你就'哦'？"

裴枝听到这话，手上动作一停，动了下身体，偏头看向林映之，像在辨认她的意思："……谢谢？"

特别认真诚恳的两个字。

这下连卓柔淑都没忍住笑出来，她碰了碰林映之的肩膀，想把这个话题揭过："行了啊，你省点力气。"

末了，她又问林映之前两天去北艺没碰上合适的吗。

不提这茬还好，一提，林映之双手朝卓柔淑摊开，笑得无奈："嗐，都长得差不多。"

说着，林映之的眼神又有意无意地往裴枝身上飘，毫不遮掩对她的欣赏。

这个时代从来不缺漂亮的姑娘，天然的也好，人工的也罢，但有辨识度、气质出众的却很少。

裴枝只当没听见，垂头继续修稿。

直到临走前林映之叫住她，问了最后一个问题——

"那你对什么感兴趣？"

裴枝愣住。

她没有告诉林映之，她对一切破碎又危险的东西感兴趣。

是断翅的蝴蝶，是会消失的彩虹，是爱不得却又无法拒绝的男人。

走出刺青店，外面的天色已经彻底暗下来了，风一阵一阵在吹。现在正是下班高峰，巷口路面的车辆往来，电动车穿梭而过，带起尖锐的鸣笛声，差点盖住裴枝的手机铃声。

她低头看了眼，是个陌生号码，归属地显示南城。心脏没来由地一紧，裴枝划过接通。

那头是个冰冷而机械的女声："您好，这里是南城第一人民医院，请问是纪翠岚的家属吗？"

裴枝停下脚步，心头的不安越来越厉害："是，我是她的孙女。"

"病人现在正在我院抢救，您赶紧过来一趟吧。"

风好像更大了，吹得裴枝发冷，她急忙问："是……什么情况？"

手机里医护人员回答她的每个字都像从头浇下的一盆冰水："脑出血，需要尽快进行开颅血肿清除术，不然会有生命危险。"

裴枝知道纪翠岚每年都有体检的，除了高血压的老毛病，各项指标也都算正常，所以想不明白怎么会突发脑出血。

可眼下的情况容不了她多想。裴枝挂了电话没再往地铁站走，调转方向直接打了一辆出租车："司机，麻烦去机场，快一点，谢谢。"

如果不是裴建柏的电话打不通，医院不可能打到她这里来，那就说明纪翠岚现在身边没人。

司机从后视镜里看她："小姑娘，赶飞机啊？"

裴枝胡乱地应了声，订了最近的一班飞机回南城，又匆忙给许挽乔打了个电话，也没瞒着，如实说了情况，让许挽乔帮忙去辅导员那里请个假。

许挽乔听后也是一惊，安慰了她几句就一口应下，让她安心回去。

做完这一切，裴枝捏着手机，失神地靠向出租车后座的椅背，扭头看窗外倒退的街景流光，那股无力感汹涌得快要将她吞没。

晚上十点，裴枝落地南城。

赶到医院的时候，纪翠岚刚抢救完，暂时脱离危险，转入了ICU病房，就等着家属签字准备开颅手术。

裴枝隔着玻璃窗看见里面躺在病床上的老太太，头发一夜之间全白了，苍瘦得好像只剩下躯壳，毫无生气。

明明上次分别的时候，她还笑着叫自己别担心。

医生见裴枝过来，问她是不是家属。

裴枝深吸一口气，尽量让自己冷静，点了点头，微抖的声音却还是出卖了她："我是。"

医生又问："就你一个家属吗？因为病人在手术过程中不可避免地存在风险，所以最好家属之间确认一下，是否同意动手术。"

裴枝想也没想地点头："就我一个。"

医生见状也不好说什么，把手里的文件递给裴枝，说道："那行，如果同意手术的话就麻烦你签一下手术同意书。"

裴枝接过来，从上到下扫了眼，没心思看，直接签了自己的名字。

当务之急，是尽快手术。

医生收回签好字的手术同意书，朝裴枝颔首："好，你去缴一下费，我们会尽快手术。"

"谢谢。"

裴枝很快缴完所有费用，手术安排在两个小时后。

凌晨的手术室外静得呼吸可闻，走廊上只有裴枝一个人。她靠着冰凉的墙壁缓缓蹲下，手机屏幕上是一遍一遍打出去的电话，却无一例外地没被接通。

"裴建柏"三个字无比刺眼。

到最后她眼眶泛红，映着头顶刺眼的手术灯，只觉得好痛，哪里都痛，小腹最痛。

时间一分一秒地过去，裴枝把头埋在膝盖间，握在掌心的手机却突然响了，铃声划破这个寂静的黑夜。

她以为是裴建柏，可是看到来电显示时整个人愣了下。

是沈听择。

他怎么会这个点打电话来?

然而手指已经比脑子更快一步按下接通键。

那头的声音有点哑,也低,从话筒传过来,却无比清晰:"在南城一院?"

裴枝又是一怔:"你怎么知道?"

"几楼,哪里?"沈听择不答反问。

裴枝的脑子这会儿还是很乱,完全是无意识地跟着他走,乖乖地报出自己在哪个手术室门口。

"好,你别挂电话。"沈听择的声音听起来有点喘,偶尔有风呼啸而过。

"到底怎么了……"

可还没等她问完,贴着耳边的听筒就再次传来沈听择的声音:"抬头。"

听筒里的声音一点一点和走廊的回音重叠。

裴枝像是意识到了什么,心脏狠狠一颤。

她猛地抬头,就看见沈听择持着手机站在走廊尽头的楼梯口,冲锋衣被他搭在臂弯间,身上那件卫衣有点皱,头发微乱,周身卷着风尘仆仆的气息,一双漆黑的眼睛正盯着她。

走廊上空空荡荡,上方的灯坏了两盏,光线变得昏暗,明明灭灭,无声涌动着消毒水的味道。

两人就这样隔着几米对视。

时间像在这一秒静止。

那会儿的夜真的很静。

裴枝迟钝地站起身,看着沈听择一步一步走近,嘴唇张张合合,还没问出一句话,她就被人拉过去一把紧紧抱在了怀里。

男人脖颈间那条锁骨链蹭过她的下巴,然后随着他俯身的动作,一路向下,在她的锁骨那儿停住。冰凉的,但划过时又沾着他的体温,让她整个人有些战栗。

"还好吗?"他问。

裴枝很轻地"嗯"了声,垂眼,额头贴着他的肩,感受那里被洇湿的一小块:"外面下雨了吗?"

"不是，"沈听择低低的声音贴在裴枝耳边响起，"下雪了。"

裴枝愣住："下雪？"

"嗯。"

南城今年的初雪可真早。

还是说，北江没下成的雪，都落到这儿了。

没等裴枝想明白，走廊很快又传来一阵急促的脚步声。

她抬眼看清那头走过来的人，眉眼的惊色更深，迟疑地叫出那人的名字："……陈复？"

"嗯，是我。"陈复左手勾了把车钥匙，扔给沈听择，话是对裴枝说的，"出了这种事怎么不给我打电话？有把我当朋友吗？"

说话间，裴枝已经和沈听择拉开一点距离。她后脑勺靠着墙壁，手插在口袋里，嗓音有点哑："抱歉，我……"

"行了。"陈复哪会真的怪她，走了两步到裴枝面前，把从楼下便利店买的暖贴递给她。

裴枝接过，攥在手心里，依旧垂着眼没看任何人："那你……怎么知道的？"

这事她没通知任何人，只和许挽乔说了。

"是你哥给我打电话，让我有空先过来陪你，他一时半会儿走不开。"

看来又是许挽乔和陆嘉言透的声。

裴枝点头，两人相顾无言几秒，陈复看了眼面前亮着的手术灯，问裴枝："奶奶进去多久了？"

"七十四分钟。"

待在手术室的时间越久，风险也会越大。

陈复看出她的不安，走到她面前，轻拍了两下她的肩膀："奶奶一定会没事的。"

裴枝眼眶还是红，但明显能感觉紧绷了一晚上的弦开始松弛，思绪也慢慢回笼。

她扫了眼站在旁边的两个男人。

虽说之前两人认识了，但平时八竿子打不着，今晚为什么会前后脚出现？

135

那晚后来裴枝在陈复的朋友圈里看到了答案。

是他在晚上20:37分发的一张合照，有他们车队的人，还有沈听择。

他们在的城市阳光很好，万里无云，身后拉起的横幅上写着"China GT"。

而沈听择站在领奖台前，穿着红黑的赛车服，臂弯间抱了一个头盔，狭长的眼扫向镜头，满是懒散的笑意。

意气风发，好像全世界都是他的。

下面有一条共同好友的评论。

许辙：恭喜啊冠军！

原来沈听消失了这么多天是去比赛了。

裴枝还在胡思乱想着，紧闭的手术门倏地被人从里面打开，头顶悬着的那盏红灯也终于灭掉。

医生摘了口罩走出来，看到手术室外多出的两个人也不在意，径直走向裴枝："病人手术成功，已经脱离生命危险，但具体情况还要根据未来二十四小时的情况而定。"

听到"手术成功"四个字，心里的石头落地，裴枝深吸一口气，能做的好像只有麻木而机械地重复"谢谢"两个字。

医生离开后，静了大半夜的走廊终于有了些声响。病床底下的滑轮滚过瓷砖，纪翠岚重新被推进ICU病房。

裴枝进不去，只能站在走廊上隔着一面冷硬的玻璃，看着纪翠岚就躺在那儿，一动也不动，只有她身边的机器上显示的红绿线条，证明她还活着。

看了一会儿，裴枝收拾好情绪转过身，温声对两人说："你们先回去吧，我和奶奶都没事了。"

但他们谁也没动。

沈听择知道裴枝不想回家，就从口袋里拿出一张房卡，放到她手心，和她商量："我来的时候看到医院旁边两百米有家酒店，给你开了一间房，你过去睡会儿吧。我和陈复在这儿守着，有什么情况你再来，行吗？"

陈复附和道："是啊，你先去休息，这里有我俩。"

裴枝低头看着手里那张房卡，刚想说拒绝的话，小腹那股熟悉的痛感却怎么也压不住，卷着这一晚上故作的坚强，逼得裴枝就范。

她抓着走廊边的扶手，弯下腰，眉头皱在一起，想要缓过那阵痛。

陈复见状吓了一跳："你怎么了？裴枝……"

指尖都用力得泛白，裴枝摇了摇头，想让他别担心，可下一秒就被人拦腰抱起。她重心不稳，忙不迭伸手勾住沈听择的脖子，连声音都发颤："你干吗……"

沈听择沉着脸看她："痛经还硬撑什么，你想在那儿再躺一次吗？"

裴枝知道他说的是军训晕倒那次。

裴枝看着他，无声的对峙后，败下阵来："那你放我下来，我自己能走。"

但最后沈听择也没让她走到酒店，一脚油门把她送了过去。

他订的是间套房，视野很好。

落地窗外的雪洋洋洒洒地落，窗前倒映着一抹颀长的身影。沈听择立在那儿，看向外面。

浴室的水流声终于停止。

沈听择听见动静，转身看见裴枝擦着头发走出来。

白色的宽大浴袍垂落，一直遮到她纤细的小腿，有些病态的肌肤好不容易被热水氲出一点粉红。

她看见他还在，有点意外："你不走……"话到嘴边她想了想换成另一种措辞，"你要留在这儿吗？"

本来就是他开的房间，她没有资格赶他走。

"等会儿就走。"沈听择摇头，喉结微微滚动，哑着声问她，"你还难受吗？"

裴枝胡乱地擦了几下头发，就把毛巾往沙发上一扔："好多了。"

顿了顿，她补上一句"谢谢"。

沈听择看见她的举动，不赞同地"啧"了声，伸手拉住她。

裴枝不明所以地看他："怎么了？"

"头发吹干，会感冒。"

"没关系的……"话还没说完，裴枝整个人就被沈听择按在沙发上。

"别动，听话。"他的声音很低，在静谧的夜里生出的那点缱绻意味，让人无力招架。

/ 137

再然后他也不给裴枝拒绝的机会,径自去浴室把吹风机拿出来。

套房里只剩下吹风机"嗡嗡"运转的声音。

风没那么热,细细地在吹。

裴枝懒洋洋地眯着眼,忽然看见微风带起沈听择的卫衣下摆。

然后视线就这样定格。

他不经意露出的腰腹那儿有一道疤痕,从左腰向下延伸三寸,早已结了痂,颜色也褪得很浅,但还是能看出来当时伤得多深。

有些画面在脑海里回放,她鬼使神差地出声:"沈听择。"

声音不大,但还是轻易地被沈听择捕捉。他手上动作没停,低低地"嗯"了声。

"你怎么也老是受伤?"

沈听择顺着她的目光看过去,嘴角勾起一抹很淡的笑:"你担心我啊?"

裴枝咬着唇不置可否。

"打架就输过这一回,被你看见了。"

"怎么输的?"裴枝是见过沈听择揍裴建柏的,那副不要命的模样让她没法想象他输是什么样。

沈听择想了会儿:"对面人多。"

裴枝皱眉看他:"人多你还上?"

沈听择用鼻音"嗯"了声,漫不经心的:"那时候我没想那么多。"

然后两人就这么静下来了。

裴枝不知道自己是什么时候睡过去的,她只觉得那阵儿困意上涌,头顶的暖风吹得人更加迷糊。

后来好像是沈听择把她抱上床的。

这一觉难得无梦,睡到了早上六点。

拉开窗帘的那一瞬,裴枝愣了下。俯视的角度能看见南城被一层厚厚的白雪覆盖,仿佛昨夜的伤痛都能被抹去。

整个世界有种银装素裹的美好。

她匆匆赶去医院的时候,陆嘉言也刚到。

两人在门诊大厅碰见,隔着人群,他好像瘦了,那件熟悉的棒球服空落落地套在身上,眼底的疲惫化不开。

裴枝心弦像被很轻地扯了下，说不上什么情绪滋生，但就是闷得有点难受。

他其实用不着来的。

不止他，沈听择、陈复，他们每一个人都和纪翠岚无亲无故，根本没必要赶这一趟。

眨眼间，陆嘉言已经走到裴枝面前。

陆嘉言看了眼她过来的方向："回家了？"

裴枝摇头，也不打算瞒着："沈听择在旁边酒店开了间房，我去睡了会儿。"

陆嘉言闻言神情有几秒凝滞："……沈听择也来了？"

"嗯。"

陆嘉言沉默了一瞬，转而问起纪翠岚的情况。

裴枝把今天凌晨医生说的那番话原封不动地转述给陆嘉言听，末了她轻声问："哥，你说奶奶会好起来吗？"

彼时正好到了日出的时间，几缕橙黄的光从门诊大厅的玻璃那儿照进来。

陆嘉言笑了下，他看着裴枝的眼睛，一字一句地保证："裴枝，我不会让奶奶有事的。"

两人走到病房门口的时候，陈复不在。

只有沈听择坐在走廊的长椅上。

四周烟雾薄薄的，清晨的阳光落不进来，他手肘撑着膝盖，碎发耷在眼前，看着很困，身上那种暗色调的孤寂更明显。

裴枝不知道为什么会有这种感受，但又觉得沈听择不该是这样的。

听闻走廊上的动静，他偏头看过来。在看见裴枝旁边的陆嘉言时，他眸光闪了下，开口的嗓音有点哑："都来了啊。"

陆嘉言也迎上他的视线，两人沉默着颔首，就算打过招呼了。

"刚好在楼底碰上的。"裴枝解释一句，没坐，就靠着墙壁，目光放在对面的重症病房。

仪器平稳运转，一切迹象似乎在往好的方向发展。那股焦灼感终于过去，裴枝看了会儿，垂眸转向沈听择："你呢，一晚没睡吗？"

沈听择还是那个姿势，弯着腰，低低地"嗯"了声。

裴枝皱了下眉，刚想让他回去休息，陆嘉言的手机响起来。系统自带的铃声虽然不大，但周围太静了，一声声的，显得聒噪。

他不接，那头就耐着性子打。

沈听择若有所思地抬眼看他。

裴枝也劝他："接吧，万一是重要的事。"

陆嘉言眉眼间的烦躁堆叠，结果在听到裴枝这句话后又生生地压了下去。他关了静音，但没挂，转身往楼梯间走。

空气重新安静下来。

昏暗的走廊里只剩沈听择和裴枝，一站一坐。

沈听择抬头看她，用眼神示意自己旁边的空位："不坐吗？"

裴枝没反应，就这么垂着眼看他，目光有点执拗，也不知道在看什么。

沈听择失笑地勾了下嘴角，在两人对视几秒后，他伸手去拉她。

裴枝没有防备，一下坐在了他的腿上，声音都变调了："沈听择……"

沈听择嗓音也闷闷地应着她，环过她的腰，下巴从后面抵在她肩头，几乎没用力，只有温热的气息拍打在她颈窝。

"让我抱会儿行吗？困。"

裴枝绷直的身体在听清这句话后慢慢放松下来。

隔着厚重的毛衣，她好像能感受到沈听择的心跳，一下又一下。

她的心也开始跟着跳，一种很陌生的情绪席卷，又酸又胀。

陈复办完事回来就看到这一幕。

没多少光的长椅上，裴枝被沈听择从后面抱在怀里，两人很安静，没有更过的亲昵，怎么看都纯情，但看着就是让人心动。

他脚步一顿，没走过去打扰，脑子里突然想起昨天傍晚他接到陆嘉言电话那会儿。

当时他们走在港城的街头，哪里都热闹。他选完聚餐饭店，注意到一个人拖着脚步晃在后面的沈听择。

沈听择是真招女人，不到两千米的路，被要了好几次微信，但态度也是真的冷淡得要死，除了摇头懒得多说一句话。

自从上次南城拉力赛认识后，陈复就知道沈听择玩车，所以这回在港城赛道上碰见没有太意外。两人也聊得来，但他就是琢磨不透沈听择。

沈听择可以不要命地拿冠军，也可以随随便便拱手让人。

就是那种什么都能做得到，但他不想要。

没人知道他想要什么。

这劲儿和陈复认识的那群公子哥完全不同，他没忍住问："一个都看不上？"

烟雾还在升腾，沈听择过了会儿才发觉陈复在和自己说话："问我啊？"

"嗯。"

正好到一个十字路口，沈听择停下脚步，偏头朝他笑了下："有喜欢的人了。"

他没想到会是这么直白的回答，一句"谁啊"卡在喉咙口还没来得及问出口，陆嘉言的电话就打进来。

他接通后，听了两句就皱起眉："裴枝没跟我说。"

然后他余光看见沈听择的步子一滞，慢吞吞地抬起眼睨他。

"一院还是二院？"

"……好，我知道了，等会儿就回南城。"

挂了电话，他冷不丁听到沈听择主动说起今晚第三句话："怎么了？"

他回头就对上沈听择的眼睛，沈听择冷淡一晚上的神情终于出现松动，比身后的夜色还沉。

见他不说话，沈听择又重复一遍："裴枝怎么了？"

他回过神，把情况说给沈听择听。说完，面前人行道的绿灯刚好亮起，但两人都没动。

下一秒他看着沈听择打开手机，订了最近一班飞机飞南城。

他好像有点懂了，但还是明知故问："干吗去啊？"

沈听择没答，转身就往反方向走，留给他一个背影。

不知道过了多久，久到裴枝以为沈听择睡着了，但下一秒就听见他慢吞吞地出声："不是想问我怎么会来吗？"

她不吭声，他就自顾自地说着："怕你一个人，怕你哭。"

141

所以就绕了小半个地球飞过来了。

裴枝的心又重重一跳,她垂着眼看地板,淡声辩驳:"我没哭。"

因为知道眼泪是这世界上最没用的东西,留不住人,也解决不了任何问题。

沈听择低笑了下:"嗯,我知道。"

"沈听择。"

"嗯。"

"你就这么喜欢我啊?"

沈听择又"嗯"了声,抱着她的力道无意识地加大了点。

"为什么?"裴枝问。

他们认识的时间并不长。

时间一分一秒地过去,好像很久,但细数也就五秒不到。

沈听择眉心微动,手指伸过去钩着裴枝的,一点点地和她缠在一起。他的骨骼感偏重,贴着她柔软的指腹,总有种再也分不开的感觉。

他低头看着两人十指相扣的手:"非要理由吗?"

裴枝很轻地"嗯"了声。

沈听择装作思考了一会儿,然后笑起来:"大概是因为我命好。"

裴枝总觉得逻辑有点不对,但沉默半晌后没再纠结这个问题。

后来是裴枝的肚子饿得叫起来,昨天晚饭就没吃,到这会儿开始抗议。

沈听择笑着把手贴向她的肚子摸了摸,还惦记着她痛经,问她难不难受。

裴枝摇头。

两人一直等到陆嘉言回来,病房门口得有人。

陆嘉言接完电话整个人有点颓,但看到裴枝还是收住情绪:"去哪儿?"

裴枝指了下沈听择:"我们下去吃个早饭,你吃了吗?"

陆嘉言看向站在她身后双手插兜的沈听择,沈听择也正漫不经心地看过来,眉尾挑着。

他本来想说"没有",话到嘴边却变成:"我下飞机就吃过了,你们去吧。"

裴枝不疑有他,点点头,和沈听择离开。

两人没走太远,医院楼下就有家面馆。

刚过六点半,面馆刚营业,店里冷冷清清的,一个人都没有。

老板还在收银台前打盹，看见两人走进来，忙起身招呼："两位随便坐，看看吃点什么？"

裴枝扫了眼价目表，要了一碗鸡蛋面，然后侧头问旁边的沈听择："你吃什么？"

"和你一样。"他看上去还是挺困的，没正行地靠在一边，却刚好帮她挡住从门口灌进来的冷风。

老板探究的眼神落在两人身上，边打着单，边笑呵呵地问："那就两碗鸡蛋面？"

裴枝点头，边打开手机，边补充道："一碗不要香菜。"

沈听择适时在一边低声纠正："两碗都不要。"

网好像有点卡，微信支付界面跳了半天。

裴枝听到这话笑了下，抬眸看他一眼："不要香菜的就是给你的啊。"

沈听择愣住，有点反应不过来："你怎么知道我不吃香菜啊？"

"我就是知道啊。"

沈听择闻言盯着她的侧脸，声音低下来，懒洋洋地跟着哼笑："厉害死了。"

裴枝是在那天吃完面之后见到裴建柏的。

他身上只穿了件旧夹克，在下完雪的天也不知道冷似的，站在走廊上，话是冲着陆嘉言的："这点钱对你们陆家来说不算什么吧，你既然把我们小枝当亲妹妹，那帮忙付点医药费怎么了？"

"还是说你压根没把她当妹妹？"

而陆嘉言始终无动于衷地靠在墙边，只在听见最后一句的时候，睫毛颤了下。他掀起眼皮，看着裴建柏，神情说不上好："我怎么对她关你什么事？"

"你……"裴建柏不知道是被他的态度还是那句话气到，又或是两者都有，伸手就想推推搡搡。

"够了。"裴枝连忙出声，几步走过去，拉住裴建柏的胳膊。

陆嘉言看见是她，莫名有些不自在地别开眼。

裴建柏定睛看清来人，又在看到裴枝身后的沈听择时，阴阳怪气地嗤笑一声："哟，你这是和男人出去鬼混完了？"

143

说着他剜了陆嘉言一眼，意有所指地冷哼："让一个外人在这儿守着老太太，出点事谁负责？"

裴枝简直要听笑了："你好意思说我？昨天晚上我给你打了那么多电话，你人呢？"

裴建柏被噎，气势弱了点，但还是呛人："我当然是有事啊，不然你打这么多电话我怎么会不接？"

"有事？你能有什么事可以忙到不接电话？"

裴建柏被她咄咄逼人弄得有点恼："你现在开始管我了？"

裴枝闻言别开眼，语气跟着淡下来："我不可能管你，同样的，你欠的一屁股债也别来管我要。"

听到这话，裴建柏脸上表情动了动，一摆手，笑道："你放心，我现在有钱，用不着你。"

裴枝听着皱眉："你哪儿来的钱？又去赌了？"

裴建柏对此不满地"哧"了声："当然是我赚的了。"

可裴枝一个字都不信，眉头皱得更紧。

裴建柏却不以为意，朝她招了招手，压低了声音说："你爸爸这几年也不是白混的，信托投资基金听没听说过？我跟你说啊，就上个月，靠欧洲市场那边，爸爸就赚了……"

他竖起两根手指。

沈听择淡淡地往他那儿扫了眼。

"两万？"裴枝问。

"是二十万啊……"

话说到这份上，裴枝哪还能听不明白，她笑出声，看向裴建柏，打断他的话："裴建柏，你是不是真觉得天上会掉钱？"

裴建柏一愣，可反应过来又听出了裴枝的讽意："你什么意思？"

"你不是没读过书，自己心里没数吗？"裴枝平静地反问，"被人骗了还要给人数钱。"

空气就这样死寂了几秒，裴建柏的神情变了又变，最后归于裴枝当众给他的难堪："你在放什么屁？就见不得我好是吧？"

但这回他伸出去的手没能如愿碰到裴枝,就被沈听择扯住,一拳直接砸在了他脸上。

陆嘉言见这架势,也站直了身体,眉头紧锁。

裴建柏猝不及防被揍得踉跄几步,他摸了摸被打肿的嘴角,目眦欲裂地瞪着沈听择:"又打我?你知道我是谁吗?"

沈听择动作一顿,笑得有点邪气,拎起裴建柏的衣领:"当然知道啊。

"但不妨碍我打你,见一次打一次。"

有护士适时走过来,扫了眼他们,语气不算客气:"干什么呢?有矛盾出去解决,这里保持安静。"

两人又僵持了几秒,沈听择沉着脸甩开裴建柏。他走回裴枝身边,搂了把她的腰,低眸问:"没事吧?"

裴枝摇头,冷眼看向被打得龇牙咧嘴的裴建柏,没说话。

走廊上的气氛诡异又安静。

直到没一会儿陈复出现,身后还跟着医生。

陈复是知道裴枝家里那点事的,一见到在场的裴建柏如临大敌,可扫了一圈发现只有他脸上挂着彩,觉得好笑之余又松了口气,走到陆嘉言旁边,附耳问:"你干的?"

陆嘉言眼神暗了点,否认:"不是。"

"那是谁……"

"他弄的。"

陈复顺着陆嘉言的视线,就看到不远处的沈听择。他没什么精神地倚在墙边,一只手无聊地玩着打火机,目光松散,从上而下地只落在一个人那儿。

如果换作昨天以前,陈复可能还会问一句"怎么会是他",但此刻他只是神情复杂地看了看,然后收回视线。

医生先进到病房里给纪翠岚做完检查,和护士交谈两句,出来时瞥到人群后面的那道身影,微微笑了下:"来了啊。"

裴建柏以为医生在和他说话,迎上来:"医生,我妈怎么样?"

"齐老师。"

两人的声音几乎撞在一起。

145

陆嘉言淡淡地扫了眼裴建柏,走到齐崇德面前。

齐崇德拍拍他的肩膀,话是对裴建柏说的:"你也是病人家属?"

裴建柏点头:"我是她的儿子。"

"是吗?"齐崇德推了下鼻梁上的眼镜,"可我记得昨天签术前协议的家属只有一个人。"

裴建柏听到这话,脸色变得有点难看,搓着手只能讪笑:"我昨天有点事耽搁了。"

齐崇德又看了他一眼,不予置评,翻着手上的病历,转而说起纪翠岚的情况:"你们也不用太担心,病人有长期高血压病史,这次脑出血也是因为血压短时间升高才造成了颅内血管破裂。"

裴建柏听得云里雾里,一旁的裴枝却皱起眉:"……是因为受到刺激才出的事吗?"

"差不多是这意思。"

裴建柏感受到裴枝看过来的眼神,不满地嗤她:"你看我干吗?我很久没回去了,关我什么事。"

说完,他烦躁地捋了把头发,捏着烟盒往外走。

裴枝没去管他,又问了一点齐崇德其他的注意事项。

不知道是不是她的错觉,裴枝总觉得齐崇德没了昨天那副公事公办的口吻。

他仔细地交代完,睨向在边上看手机的陆嘉言:"你小子有事想到我了,还知道叫我老师,当初我的话你可是一句没听啊。"

陆嘉言从手机里抬头:"抱歉啊,齐老师。"他拖腔拉调地在笑,但该有的认真敬重一分没少。

齐崇德看了眼时间,也没跟他多啰唆:"行了,就你小子有主意,既然选了心外,就好好学。我上午还有会诊,先过去了。"

"嗯。"陆嘉言颔首。

目送齐崇德离开,他才缓缓转身,对裴枝说:"齐老师是当时学校里带我的神外教授,也是这方面的权威,有他在,奶奶不会有事的。"

裴枝抬眸对上陆嘉言的眼睛,除了说谢,她不知道还能说什么。

她还记得,陆嘉言学医这事当时在家里闹得挺大的。

陆牧从一开始给他规划的方向就和沈听择一样,学金融,然后回来接手公司。但填志愿的时候陆嘉言瞒着所有人改成医科大,被陆牧发现是在收录取通知书那天,他们吵得很凶,都是最亲的人,知道哪些话最伤人。

那年夏天陆牧做得也绝情,直接把陆嘉言赶出了门。

再后来陆嘉言又执意改研究方向,从神外转心外。裴枝大概能猜到,他做这一切都是因为他妈妈。

裴枝从始至终都觉得陆嘉言看着浑,其实比谁都清醒,比谁都重情。

那天后来,沈听择和陆嘉言都被裴枝赶回去休息,裴建柏也没再出现过。

裴枝就一个人坐在走廊的长椅上,垂着眼,长久的静默,没人知道她在想什么。

直到口袋里的手机响起。

裴枝看清屏幕上的备注时愣了下,等第一遍快要跳掉的时候,她才回过神,按下接通键。

"妈是不是打扰到你了?"

邱忆柳的声音传来,是那种典型的吴侬软语,听着让人很难拒绝。

裴枝盯着脚下瓷白的地砖,神情已经恢复平静:"没有,不忙。"

那头明显有点迟疑:"……你是在南城吧?"

裴枝没多惊讶,很轻地"嗯"了声,也猜到邱忆柳接下来要问什么。

果不其然,她说:"我听说你奶奶进医院了,情况还好吗?"

裴枝懒得去问她从哪儿听来的消息,沉默了一瞬,抬头去看还没意识的纪翠岚:"她刚做完手术,还在观察期,但医生说没什么大碍。"

"没事就好,你也别太累了,有什么要妈帮忙的,尽管说,知道吗?"

"知道了。"

一通电话来得突然,去得也快。

裴枝又低头发了会儿呆,时间温吞在过,直到头顶的那片光被人遮住。

她慢吞吞地抬眼,就看见夏晚棠拎着包站在面前。

裴枝有些意外地挑眉:"你怎么来了?"

夏晚棠笑了笑,兀自坐到裴枝旁边的空位上:"来还钱啊。"

"上次的一万。"

说着她从手包里拿出一个信封，放到裴枝手边。

沉甸甸的一沓，裴枝偏头："什么意思啊？"

早不还晚不还，偏偏挑这个时候还。

夏晚棠也没打算拐弯抹角："你现在需要它。"

"是吗？"裴枝垂眸也笑了下，"你怎么知道的？陈复跟你说的？"

夏晚棠在听到陈复的名字时，神情明显有点僵，下意识地看了眼走廊尽头。

"放心，他有事出去了，一时半会儿回不来。"裴枝看穿她的心思，淡声说道。

夏晚棠连忙移开眼，然后低下头，也不知道在别扭什么："不是他和我说的，是我看到他微信朋友圈里的定位回了南城，找人问到的。"

问到裴枝的奶奶出了事，问到陈复因此回的南城。

"哦。"裴枝往后一靠，铝制长椅的冷感贴着背。她打量着夏晚棠问，"那说说吧，你和陈复到底怎么回事？"

夏晚棠被她问得一愣，又下意识地反驳："你想多了，我和他能有什么事？"

裴枝就这么看着夏晚棠："那陈复买'无名浪潮'的票不是因为你喜欢？那天在派出所门口他不是在等你？"

夏晚棠没想到裴枝全都知道。

两人都沉默了好一会儿。

夏晚棠开口回："你是不是早知道？知道他……喜欢我？"

裴枝点头。

夏晚棠还是垂着头，自嘲地笑了笑："那又怎样，裴枝你知道我的，家里条件很差，差一点连大学都读不起，所以我才努力去申请助学金和奖学金。我拼了命考上飞行器制造工程，也根本不是因为什么伟大情怀，单纯是因为这行业的天花板能赚钱，很多很多的钱，我穷怕了。"

那段时间整个走廊都很静，静到颤抖的呼吸可闻。

"可陈复呢，他不一样，他哪怕一辈子就这样了，也饿不死。"

…………

"而且，我喜欢的人不是他。

"所以我做不到像对其他人那样吊着他,我不能耽误他。"

夏晚棠断断续续地说了很多,笑着笑着红了眼。

裴枝就听着,也没多说什么。

毕竟感情这事儿,当局者迷。

纪翠岚是在昏迷后第四天的时候醒的。

那阵南城的天气也开始降温,时不时下一场冬雨,冷得要命。

齐崇德给她做了一个全面检查后转进普通病房,手术后遗症不算太严重,看见裴枝的第一面,她怔了怔,像是不敢相信,"呀呀呜呜"地好半天。

裴枝就坐在床边,握着老太太的手,安抚了她一会儿。等到药效发作,老太太又沉沉地睡过去。

裴枝起身,带上门离开。

沈听择说好了在楼梯那儿等她,裴枝过去的时候,他正靠在墙边和人聊天。

低垂的睫毛让人看不清他脸上的情绪,只能看见窗外黑透了的天,还有氤氲满窗户的水雾。

他先看到她,话到嘴边,嗓音变得沙哑,笑道:"来了啊。"

站在沈听择对面的男人明显听出这三个字不是对他说的,闻言转过身。

那张脸从暗到明,裴枝看了会儿,总觉得在哪儿见过。

但没等她想明白,男人就自顾自地笑了下:"让我猜猜,你就是裴枝,对吧?"

裴枝不明所以地点头。

"行了。"沈听择懒洋洋地站直身体,睨一眼那人,"就你聪明。"

男人不客气地笑了两声。

沈听择懒得理他,随手指了一下男人介绍给裴枝认识:"周渡,南城一中的,你们那届理科状元。"

话说到这份上,裴枝有点反应过来了。

理科状元,那她应该是在新闻报道里见过。

第六章 /
我许愿，想要你做我的女朋友

裴枝没和周渡说上几句话，就被沈听择带走了。

临走前周渡还靠在原地，笑得意味深长，手比着电话状，放在耳边朝沈听择晃了晃："再联系啊。"

沈听择没搭理他，就一手推着裴枝的腰，头也不回地往外走。

外面夜已经很沉了，雨也停了。只是昏黄路灯下，有雪开始不紧不慢地落。

"我是不是打扰到你们了？"

"什么？"沈听择不太在意地偏头看她。

那阵儿刚好有车从旁边驶过，明亮的大灯映出一片白，和沈听择漆黑的眼睛。

裴枝是见过沈听择和许辙相处的，那种整个人都放松的状态和平时是不一样的。

所以周渡也是他的朋友吗？

但她没问。

过了一会儿，裴枝摇头："没什么。"

"哦。"沈听择也没纠结这个话题，把搭在她腰上的手改为交握，像在试温度，"冷不冷？"

裴枝低声回应："不冷。"

"那你在想什么？"他问。

"南城已经好几年冬天没下雪了。"

去年最冷的时候，也只有下不完的冬雨。

"是吗？"沈听择顺着她的目光看了会儿，"你想要下雪啊？"

裴枝好像对这个问题特别认真，思考了很久，一直到停车场她才出声："也不是。"

反正她从小到大想要的东西，一样也没实现过。

沈听择却忽然停下了脚步。

他身后没有路灯，只有朦胧柔和的雪光衬出一点他的眉眼轮廓。停车场空旷，寒风呼啸着从耳边刮过，裴枝听见他很轻地笑了下，声音都变温柔。

他说："裴枝，你想要的，以后都会有。"

那时候的裴枝不知道，沈听择是在给她承诺。

承诺一个没有尽头的未来。

那晚雪下得更大的时候，裴枝没回陆家，而是让沈听择把车停在城中唯一没拆迁的那片居民楼前。

那是纪翠岚现在住的地方，也是她曾经的家。

很旧，也破，那条路的灯还是没修好，甚至这会儿浸在雪夜里，比以前更黑。

沈听择先下车，撑着伞绕到裴枝那边。

两人一前一后地往里走，周围很静，直到一扇老旧的木板门被人推开，发出沉闷的"吱呀"声。

裴枝走进去，摸到门口墙壁上的开关，又是"啪嗒"一声，暖黄的灯光亮起，照着这不大不小的一片地方。

沈听择眯眼扫了一圈，发现房子里没比外面看着好多少。

墙面因为潮湿起皮，掉得斑驳。两张矮床、几张桌椅，其他东西倒是不少，挤挤攘攘地堆了满屋。

裴枝把热水烧上，转身就看见沈听择站在储物柜前，一动不动的，低头在看什么。

她走过去，然后发现他是在盯着墙上的那几张照片看。照片边缘早已泛黄，连带着上面的女孩面容都无比青涩。

扎着丸子头，纯白舞裙，阳光从窗外透进来，她整个人像是会发光。

有些尘封的记忆在那瞬间一点点涌来。

沈听择转过头问她："你以前学过跳舞啊？"

他指了下照片上靠左的女孩，和眼前的裴枝没有太大变化，皮肤还是很白很薄，可那时的眉眼明显更柔和一点。

不像现在的她，藏着所有心思。

裴枝没看几秒就移开眼，情绪变了点："嗯。"

"那现在你还跳吗？"

"不跳了。"

"为什么？"

屋里屋外都静得厉害，时间过得有点慢了，更像是停了。

裴枝沉默着伸手把墙上那几张照片撕下来，又看了最后一眼，然后直接扔进了垃圾桶。做完这一切，她才抬头去看沈听择，语气很低："不想跳了。"

后来时间挺晚的了，沈听择没再多留。他让裴枝早点休息，有事给他打电话，自己带上门出去。

但他没走，就站在门外那片昏暗不见光的廊檐下，低头拿出烟盒。

风雪都太大了，烟被打湿，点得有些费力。好不容易看到一点猩红的光，沈听择却没抽，就这么夹在指间，借着那点很微弱的光线，拿出手机。

上面有好几个未接来电，都是一个人。

他的目光停了会儿，才回拨过去。

几声忙音过后，那头接了。

背景音"躁"得厉害，和沈听择这里寂静的寒夜形成鲜明对比。

那人低笑着问："已经把她送回去了？"

沈听择抬眸看了眼对面玻璃映出的光景，很淡地"嗯"了声。

一阵窸窸窣窣的响动后，那头彻底安静下来，笑意就越发清晰："我说，两年多没见，都快不认识了，啧，她长得是真漂亮啊。"

沈听择的肩膀有点被淋湿了，但他没管，一时也没出声。

那头紧接着又反应过来："不对，真要算起来，也不是两年多没见。10月5日那天我就见过了，也是在一院，我给你打电话来着，还记得不？"

沈听择闻言仰起头，喉结缓慢地滚动一下，含糊地笑："没忘。"

"那后来去没？"

"嗯。"沈听择想起那天的事，抿唇笑了下，"去了。"

"啧，你给句话呗，你们现在什么情况？"顿了顿，那人也散漫地笑起来，"今天在医院要不要看她那么紧啊？我会吃了她吗？"

沈听择只当没听见后面的调侃，默了几秒声音低下来，回答前一个问题："在追，等她点头。"

然后对面就静了，好一会儿听筒里才传来风声和那人特别认真的语调："行，假的我不想说，这回就祝你得偿所愿，真心的。"

沈听择垂眸笑着回他："谢了啊。"

挂完电话，手里那根烟正好燃到尽头。沈听择走出几步找了个垃圾桶摁灭，又回头看了眼，身影才一点一点没入黑暗。

这夜的雪下个没完。

裴枝不知道自己什么时候睡过去的，第二天醒得也早。

窗外还是昏沉的天色，门口那棵梧桐树被压得白茫茫一片，雪明晃晃地刺进瞳孔，有点生疼。

下床时裴枝瞥了眼墙边的挂历，老一辈的好像都喜欢这样数着过日子。

而上面的时间还停在纪翠岚进医院那天，就像被那场初雪冻住了一样。

她愣了愣，然后慢吞吞地走过去，连撕下来五张纸，才露出今天本该的日子。

11月7日，农历十四，立冬。

时间过得可真快。

又一年冬天要来了。

那天清晨到了七点的时候，太阳从灰蒙蒙的一片天里透出来。

裴枝刚推开门，旁边的烟味就弥漫过来。她脚步一顿，下意识地偏头去看。

陆嘉言倚在不远处的墙上，低着头，脊背也压得有点弯。他听到动静，慢慢抬眼，视线扫过来，然后沉默了两秒，站直身体。

裴枝看了眼他脚边的几个烟头，又看向他黑色羽绒服上那层很薄的寒霜，指骨都发红。

明显已经在这儿站了很久。

意识到这个事实，裴枝眉头皱起："你来了怎么不告诉我？"

最后那口烟抽得有点急，陆嘉言把拳头抵在嘴边咳了下，嗓音也哑："不想打扰你睡觉。"

"那我不出来你要一直等吗？"

陆嘉言垂着眼避开裴枝的视线，没答，而是问："怎么不回家？"

裴枝知道他说的是陆家，那个比这儿大十几倍的别墅。

她把门轻轻带上："这里也是我的家。"

然后两个人就这么静下来。直到四五秒后，陆嘉言的状态好像没那么糟了，但还是低着头，突然说道："邱阿姨应该挺想见你的。"

裴枝闻言一愣，抬眼看向陆嘉言，像在思考他这话的意思。

又过了会儿，陆嘉言也反应过来自己在说什么，他眼底一闪而过懊恼，伸手抓了抓自己被风吹乱的头发，岔开话题问："是要去医院看奶奶吗？"

裴枝点点头。

陆嘉言"嗯"了声："那我送你。"

说完他转身往外走，裴枝犹豫两秒，跟上去。

这个点沉寂一夜的居民楼已经恢复热闹。开在楼底的早餐店热气腾腾，赶早送孩子上学的电瓶车穿行。

陆嘉言让裴枝靠里，两人就这样走了一段路。

直到巷子变窄快到尽头，走在前面的陆嘉言突然停了下来。

裴枝下意识地抬头，然后就看见了站在一米外的沈听择。

和陆嘉言不同，他站在一片暖洋洋的光影下，连头发都柔软。灰色帽衫外面套着昨天那件外套，金属抽绳随意地落在锁骨那儿，手里拎着两个打包盒。

但他看过来的目光很淡。

他先和裴枝对视了一眼，然后不紧不慢地扫向她身前的陆嘉言，眼底意味不明。

在这个莫名安静的拐角，气氛变得有些微妙的古怪。

裴枝愣了会儿才动，从陆嘉言身后绕到沈听择那儿，目光也从他的手腕移到他的手指："你怎么来了？"

沈听择慢条斯理地收回视线，然后静静地垂眸看她一眼，似乎在说她明知故问。

"给你买了早饭。"

裴枝低低地"哦"了声，余光注意到透明打包盒外面贴着的绿色商标。

是袁记云饺。

她又怔了下，疑惑地抬眼看了看沈听择。

他是怎么知道她喜欢这家的。

周围风挺大的，裴枝的长发有几缕被风吹进领口，但她低着头，出神地不知道在想什么。

巷尾突然有辆电瓶车横冲直撞地开出来，眼看就要撞到裴枝，沈听择连忙腾出手护了下，又伸手将那几根头发勾出来，才松开她。

他指尖不经意碰了碰裴枝后颈那儿的肌肤，很凉，也有点痒。

裴枝后知后觉地抬眼看他："谢谢。"

沈听择不以为意，然后声音很低地问她："要跟你哥走啊？"

身后要过来的陆嘉言应该也听见这句话了，他止住了脚步，沉默着像在等裴枝的回答。

裴枝静了几秒，刚要说话，却忽然被人打断："……是小裴吗？"

她一愣，循着声音来源看过去。

路边的台阶上有个老妇人，挎着菜篮，看样子刚买完菜回来，皱纹很深，佝着腰，但不妨碍裴枝认出她来。

"刘阿婆？"

刘荣娣见真的是裴枝，立马"哎哟"了一声，走到她面前细细打量着："长这么大啦，变漂亮了，要是走在街上，阿婆肯定都不敢认你。"

刘荣娣和纪翠岚在这片居民楼里做了几十年邻居，小时候没少给裴枝塞糖。

裴枝客套地笑了笑。

刘荣娣看了眼裴枝来的方向，知道她刚从纪翠岚家里出来，嘴角的笑容慢慢消失，叹了口气问道："你是因为你奶奶回来的吧？"

"嗯。"

"你奶奶她情况怎么样？"

"已经醒了，没什么大碍。"

刘荣娣是知道纪翠岚家里那些糟心事的，想到那天纪翠岚一个人倒在家里，差点错失抢救时间，这会儿看到裴枝更感慨："哎，没事就好，没事就好……"

/ 155

说完，刘荣娣才迟钝地注意到裴枝身边还有两个人，都是个顶个的高，长得也特别神气，跟电视剧里那些明星似的。

老一辈骨子里那点八卦压不住，刘荣娣拉着裴枝的手低声问："谈对象了啊？是哪一个啊？"

"没有，阿婆，是朋友。"

"朋友啊……"刘荣娣有点遗憾地拖长语调，倒也识趣地没再多问，"那行，你们去忙吧。"

裴枝说好，和刘荣娣道别。

但还没走出几步路，刘荣娣又像是想起什么，在背后叫住裴枝："哦，对了，小裴，有空和你爸爸谈谈吧，让他别再去招些不三不四的人了。"

裴枝闻言脚步顿住，回过头，皱了下眉："什么意思？"

"不是阿婆多管闲事啊，你奶奶生病前两天，我看到有个男人找上门，又是文身又是刀疤的，一看就不是什么好人。"

裴枝无端想起那天问齐崇德的话。

——"……是因为受到刺激才出的事吗？"

——"差不多是这意思。"

她眉头皱得更深了："那您知道那人跟我奶奶说了什么吗？"

刘荣娣摆手："这我就不晓得喽。"

"好，我知道了。"裴枝踢了下脚边的石子，"谢谢阿婆。"

那天最后裴枝是跟沈听择走的。

刘荣娣前脚刚离开，陆嘉言后脚就接了个电话，不知道那头说什么，他的神色沉了下去，情绪好像变得很差。

裴枝问他怎么了。

陆嘉言一开始没反应，直到裴枝问第二遍他才回过神："有点事，得过去一趟。"

陆嘉言转身离开的那一瞬间，头顶的太阳刚好被厚重云层遮了下，视野暗下来。

"担心他？"沈听择走到裴枝身边，顺着她的目光看过去。

陆嘉言已经消失在路口。

裴枝闻言收回视线，摇头："没有。我们走吧。"

打包盒里的云吞因为耽误的时间而变凉，沈听择拿到纪翠岚家用微波炉热了下。

他不吃，就靠在四方的小木桌前陪裴枝，指尖在手机上无聊地点着。

那会儿房子里很安静，上午昏昧的日光从窗户斜进来，落在沈听择身上。他的气息一下变得很热，也很满，像要一点一点浸透这个又小又旧的房子。

就在这片温和又亲密的氛围里，裴枝突然出声叫沈听择的名字。

沈听择懒洋洋地"嗯"了声。

"奶奶没事了，我也没事了，你要不要……"但话没说完，裴枝又用牙齿轻轻地咬住下唇，止住了声。

那个本来在打游戏的人，动作骤然顿住，过了几秒才慢吞吞地抬头看她："你是要赶我走吗？"

"我不是这个意思……"

然后沈听择也不管游戏有没有结束，直接把手机摁灭，就这么看着裴枝，眼底的情绪直白而坦荡。他笑了下："裴枝，我自愿的。"

太阳在裴枝到医院的时候升到最烈，带着冬日那点可怜的暖意照进病房。

齐崇德刚查完房，纪翠岚靠在床背上，精神看着不错。

老太太这种情况得住一段时间的院，裴枝从家里带了些生活用品给她，往床边柜里放好后，就坐在床边给老太太削苹果。

病房的电视机里正播着狗血的家庭伦理剧，儿媳和婆婆吵得不可开交。

"奶奶，爸……"那个词太久没说，裴枝下意识地停顿，然后才继续道，"爸爸他最近没在家住吗？"

纪翠岚接过她手里的苹果，眼睛还盯着电视："对，你爸上个月就说要出去有点事，是挺久没在家里住了。"

咬了一口苹果，她才反应过来，看向自己的孙女。

裴枝垂着眼在擦水果刀，白净的侧脸落了几绺碎发，模样和裴建柏有七分像。

"怎么问起你爸了？"

裴枝摇头说没什么,但过了一会儿又问:"那有人来找过他吗?"

纪翠岚的神情明显怔了下,但裴枝低着头没注意,只听见老太太回神后的玩笑话:"能有谁找你爸啊?"

除了要债的。

裴枝自动补齐后半句话。

"是吗?"这回裴枝抬头看着老太太问。

纪翠岚却还是笑着,帮她把头发别到耳后:"今天到底怎么了?奶奶能骗你吗?"

"哦,"裴枝打量着老太太特别真诚的面庞,"我就问问。"

老太太也学着她的样子"哦"了声,问起裴枝什么时候回去:"还要上学呢。"

裴枝想了想回道:"再过两天。"

下午时,本来晴朗的天突然变了,直到又一场小雪毫无征兆地落下来。

司机从内视镜瞄了眼后座,分不清是那束菊花还是窗外的雪更白一点,忍不住问道:"姑娘,这天气你确定还要去城西公墓吗?"

裴枝抬眸看了他一眼,没什么情绪地"嗯"了声。

交通因为这场毫无预兆的雪而变糟,一路走走停停,到城西公墓的时候,天已经阴沉得有点黑了。

裴枝抱着那束白菊下车,她没撑伞,就这样走到一座黑色墓碑前。

照片上的女孩很年轻,也很漂亮。

雪小了很多,又像是停了,世界很安静,只剩她一个人的声音。

"依依,南城又下雪了。"

可没过多久,有道尖锐的女声划破黑夜——

"你怎么还有脸来看依依?"

裴枝被推得踉跄,手里的白菊"啪"的一声掉在了地上,她抬眼看过去。

站在她面前的是个中年女人,头发已经全白了。可她知道对方不过四十出头,特别瘦,黑色衣服穿在身上空落落的,风直往里面灌。

见裴枝不吭声,女人情绪更激动:"为什么死的不是你啊?凭什么要让我的依依替你受这一切?你说话啊!"

"阿姨……"可一旦裴枝开口，女人的打骂更加歇斯底里。

"淑媛！"不知道又过了多久，一个中年男人跑过来抱住女人，"够了。"说着，他转向裴枝，低声道："你先走吧。"

女人却像是被这句话刺激到，也不知道哪儿来的力气直接挣开男人的桎梏，指着裴枝冲他吼："你胳膊肘要向她拐？如果不是她，依依会死吗？那群人明明是冲着她去的，依依根本就是无辜的……"

男人皱眉："可是害依依的人已经坐牢了，不是吗？"

裴枝就站在旁边，安静地看着他们吵。

到最后什么时候结束的，她不太清楚，只记得四周起风了，越来越冷。

她没有打车，就沿着路边慢吞吞地往回走。

也不知道走了多久多远，街边终于露出一点城市的光亮，但周围还是只有裴枝一个人。

她不知冷似的在路边长椅上坐下，弯着腰，额头贴着膝盖。

死的那个女孩叫孙依依，裴枝和她在一个舞蹈班认识的。

两人兴趣相投，很快成为好朋友，她们曾一起约定考北舞。

变故发生在那年冬天最冷的一天。

那天南城难得地下了场雪，孙依依约裴枝去溜冰场玩。可那天一直等到天黑，裴枝也没等到孙依依出现，而微信上孙依依却莫名地发了条消息让她到溜冰场旁边的那条小巷来一下。

当时的裴枝没想太多，却在快要到巷口的时候听到一阵隐隐的打骂声。

然后她就看见了孙依依浑身是伤地躺在那条望不到尽头的小巷里。

"不是叫你把裴枝那个贱人约出来的吗？人呢？"

"你敢骗我们，找死吗？"

裴枝站在巷口听着，想也没想地报了警。

再后来她听说那几个小混混被关进了少管所。

那时候的裴枝觉得这是自己这辈子做的最正确的事。

可是第二年夏天到来的时候，裴枝却听到了她这辈子都不愿意听到的消息。

孙依依自杀了。

是从学校天台跳下去的。

她还留了一封遗书。

上面的内容裴枝已经记不清了,只有最后那句话她忘不掉——

"这世界上怎么可能会有救世主。"

警方的调查结果出得很快。

所有罪恶的根源是那几个小混混对进少管所这事怀恨在心,心存报复,又只敢挑软柿子捏,就将矛头指向孙依依,对她进行了长达半年之久的校园暴力。

最后那几个小混混因为对孙依依实施过殴打、非法拘禁、恐吓等一系列罪行,被判了刑。

从那之后,裴枝再也没有跳过舞。

沈听择在路边找到裴枝的时候,天空又有点飘雪了。

四周只有那盏很昏的路灯洒下一点光。

她就坐在那儿,低着头,发梢都沾了雪,肩膀单薄,脆弱得好像风一吹就会消失。

沈听择忍住想冲过去抱住她的冲动,拼命克制地走到她面前。

裴枝大概是听到了那点动静,迟钝地抬起头。看到他的那一瞬间,她眼底是难以遮掩的惊讶:"你……怎么来了?"

沈听择漆黑的眼眸看着她,喉结滚动,声音都变哑了:"为什么不接电话?"

裴枝一愣,从口袋里拿出手机来,看了一眼:"没电了。"

风雪在两人之间呼啸,沈听择紧紧盯着她在黑夜里红透的眼眶:"裴枝。"

裴枝也看着他。

"要不要跟我走?"

裴枝又愣愣地看着沈听择好一会儿。

直到眼角的那滴泪不受控地掉下来,她却笑了,声音很轻,像是自言自语。

"沈听择,你真当自己是救世主啊。"

电梯在一层一层往上,夜已经很深了。

因为天冷降下来的体温,早被沈听择的外套重新焐热。裴枝被他牵着,好像哪里都是他的味道、他的温度。

"行了,我知道。"他单手还拿着手机在接电话,但整个人心不在焉的,他低着头,指腹贴在裴枝的掌心那儿磨蹭。很慢很轻,更像是无意识的小动作,可每一下存在感又很强烈。

强烈得让人发痒。

裴枝受不住地想缩回手,他的目光就低下来:"跑什么?"

电话那头还以为沈听择在和他说话,觉得莫名其妙:"不是,我跑什么……"

两秒后,那人反应过来了:"你大晚上和谁在一起呢?"音量陡然拔高,在密闭的轿厢里被无限放大。

裴枝听出来那是许辙的声音。

她抬眼看了看沈听择,发现他仍垂着眼在看她,没有一点要回答许辙的意思,抓着她手的力道好像更大了点。

"还冷不冷?"他又问。

裴枝也低头看了眼两人紧握的手,小幅度地摇头。

听筒那端的许辙忍无可忍地"喂"了声。

沈听择这才收回点心思,漫不经心地反问:"说什么?"

许辙无语地翻了个白眼,但还是没放过这个闹他的机会:"我说,你那儿有女人,是吧?"

又静了片刻,沈听择在这边哼笑了声:"别来劲啊。"

裴枝偏头看他一眼。

"你现在到底什么情况啊?"许辙不满地"喊"他,过了会儿又像是突然明白过来一点什么,压低声问,"真准备栽了?"

那时电梯正好停下,门打开。

楼道里的暗色铺天盖地,沈听择身体侧了下,还是懒散着不以为意地道:"你管我啊。"

说完他那点耐心也跟着见底:"没其他事的话,挂了。"

"哎!"眼见沈听择真要挂,许辙叫住他,"生日前回来吗?"

那头很淡地"嗯"了声,然后电话就被挂断。

/ 161

一直到进门后,沈听择才松开裴枝的手,让她先去洗澡。

晚上后来下的其实是雨夹雪,就算穿着外套,裴枝里面的衣服还是被淋得有点湿。

她没拒绝,反正不是第一次来沈听择家。接过他的那身衣服后,裴枝往浴室里走。

浴室很快传来水声。

沈听择依然靠在门口的墙边站着。他重新拿出手机,点进被遗忘一晚上的微信。消息很多,他的微信号也不知道被哪个课程群的人传播出去了,一下多出几十个新朋友申请。

但他懒得理会,往下翻了翻,没看到几条有用的消息,就又把手机收了起来,心思也不知道在哪儿。

就这样没一会儿,沈听择像是忽然想到什么,捞起刚脱在沙发上的外套,带上门往楼下走。

这个点夜很静,一路上都没人。

沈听择走进小区旁边那家二十四小时便利店,每种牌子的红糖都拿了一袋,又拿了两盒纯牛奶,递给正在打盹的收银员:"麻烦结账。"

"好。"收银员揉了揉脸,打起精神,"一共五十六元。"

扫码付款的时候,沈听择目光扫过靠门那排货架上的东西,若有所思地停了下,但很快又收回视线。

到了电梯里,他刚要按上行键,门被一个女生拦了下:"等等。"

沈听择没说话,就抬起手指,身体往旁边侧了点,懒散地靠着电梯壁,等她进来。

"谢谢。"女生匆忙跑进电梯,却在看清沈听择的第一眼愣住,连楼层都忘了按,门就一直开着。

沈听择见状没什么情绪地睨她一眼:"几楼?"

女生才骤然回神,捋了捋头发,露出笑容:"二十三楼。"

沈听择帮忙按下数字键"23"后就再没动作。

女生眼眸更亮了点:"……帅哥你也住二十三楼吗?"

沈听择低着头不置可否。

"我在这里住了好几年,以前怎么从来没见过你啊?"女生抿唇笑了笑,也不管沈听择完全不搭理她,兀自继续说,"说不定我们还是邻居呢,你……一个人住吗?"

听到最后的问句,沈听择终于有了点反应,他微微偏头,但声音却很冷淡:"有女朋友了,同居。"

那一瞬女生脸上闪过很多情绪,从惊讶到遗憾再到不甘,她上下打量一遍沈听择,明明干净得要死,哪里像有女朋友的样子。

她咬唇开口:"帅哥,你蒙我的吧?"

沈听择懒得再理她,抬脚直接走出电梯,径直往回走。

女生就跟在他身后,走了一段路,看见他停下,抬手敲门。

没过很久,门被人从里面推开。

暖色调的光线泄出来,在昏暗的楼道里拉长了两人靠在一起的影子。

她看见沈听择一言不发地伸手搂过门内的女人,把对方拉进怀里,低着头像在说话,更像是厮磨。

事至此,她知道沈听择刚才说的都是真的,自讨没趣地踢了下墙角,转身离开。

门重新被关上,沈听择放开裴枝,垂眼看了看站在面前的人。

房间里暖气已经开得很足了,裴枝刚洗完澡,身上沾着很重的水汽,和上次一样,就穿着他的那件卫衣,长度到腿根那儿。

他垂下的眸光有点深,情绪也变了点,抬手先把她折进卫衣的头发勾出来,然后声音很低地问:"裤子还是不会系吗?"

裴枝也很低地"嗯"了声。

玄关这里没灯,只有客厅透过来的一点光,视野昏暗模糊。

裴枝注意到沈听择手里拎的东西:"你刚刚是去买这些的吗?"

"嗯,你着了凉,肚子会痛。"

他还记着裴枝生理期没过。

裴枝睫毛颤了下,忍不住叫他:"沈听择,你今天是不是找了我很久?"她满脑子都是刚刚手机充上电开机的那一瞬,全是备注叫沈听择的那个人打来的未接电话。

沈听择没否认，低低地"嗯"了声。

"如果一直找不到我呢？"

沈听择像是没想过这个问题，思考了会儿："那就一直找，南城不大，总能找到的。"

然后就这样静了会儿，直到裴枝抬头看他，昏暗里看不清楚，只有模糊的轮廓："今天的事，不问吗？"

沈听择的嗓音莫名有点哑："等你想说的时候再问。"

"哦。"裴枝点头，就着两人不算远的距离，伸手贴着沈听择的后颈，那儿的骨骼感有点重，却无比鲜活，"那我问个问题，你生日是几号啊？"

沈听择愣了下，起初没反应过来她怎么问这个，后来转念想到刚刚许辙在电话里提过："这个月17号，怎么了？"

"我得给你准备礼物啊。"

沈听择闻言声音还是哑，散漫地笑道："知道我想要什么啊？"

"嗯。"

裴枝也笑，另一只手很轻地按了下他滚动的喉结，然后缓缓踮起脚，凑到他耳边说："沈听择，你想要的，也都会是你的。"

那一秒里两人温热的呼吸缠在了一起，只能勉强分清是沈听择的更重一点。裴枝偏头能看到沈听择瞳孔里映出不远处的柔软光线，和藏得很深的一点欲。

四周也像在升温，那片凌乱里沈听择抓住她的手腕："裴枝，你不能这样，"顿了顿，他的声音更哑，体温更热，"我受不了。"

门外走廊空荡得还有回音，两人呼吸贴着，很静又很沉。

裴枝眨了下眼睛："受不了什么啊？"

她问完的那会儿沈听择头更低了点，垂下来的睫毛遮住他眼眸里的那点欲，揉着她手腕的温度好像也更烫了，两秒后又松开，他的指腹克制不住地碰了碰她的嘴角："想亲你。"

"那要亲吗？"

沈听择就那样看着她好一会儿，下巴抵在她的颈窝："饶了我。"

浴室里的水声又响起。

裴枝靠坐在沙发上，客厅电视屏幕里是她十分钟前随手打开的一个频道，这会儿正在放一部很老的港片。

微信上许挽乔问她什么时候回学校，又和她八卦起温宁欣最近好像谈恋爱了。

但裴枝的心思不在这儿，过了会儿，淋浴的水声好像变小了点。

玻璃门被拉开，发出轻微的声响。

沈听择擦着头发走出来，就那么一眼，少年的那种青涩蓬勃，无法遮掩地直白地被她看清。他腰腹上薄而漂亮有力的肌肉，透着一种属于男人的张力。

他神态自若地走到裴枝旁边，伸手从她身后拎了件衣服套上，然后垂眸看了眼半天没反应的裴枝，语气随意，又含点笑："你发什么呆啊？"

裴枝眉心一跳，回过神，低头去看手机。

许挽乔又发了挺多消息，她选择性地回复几条。

回完的时候沈听择已经在她身边坐下了，他偏头看着她问："困吗？要不要去睡？"

裴枝摇头，好不容易分出一点注意力放在港片上。

可下一秒沈听择又叫住她："别动。"

裴枝侧眸，重新很静地看着他。

沈听择俯身往她这儿倾了点，指腹从她下巴贴着移到了唇上，眼睫垂着很认真地看了会儿，又很轻地揉了下，微不可闻地低叹："破了。"

客厅里只开了一盏暖色的灯，两人就这样沉默两秒，裴枝意识到他在说什么，她呼吸短暂地滞住："是你弄的。"

沈听择也笑了："嗯，怪我。"

他又问："疼吗？"

裴枝还没出声，她捏在手心的手机先亮了下，一段匿名视频跳出来。

她下意识地去看，没几秒后整个人彻底愣住。

"怎么了？"沈听择察觉到她的情绪变化，视线也扫过她的手机。

视频不长也不短，将近一分钟，画质看着明显是监控。

看到最后，连沈听择的眉头也皱起来。

裴枝想也没想地站起身，抓起搭在沙发上的外套就要往外走，但被沈听择一把拉住手腕。

她停下脚步,回头不解地看着他。

沈听择也没说话,只伸手将她拉近了点。

然后裴枝就看着他低下头,目光专注地帮她把运动裤的抽绳系好。

腰间一紧,她身形跟着有点晃,被沈听择扶了把腰才勉强站稳。

"好了。"说着沈听择也站起来,关了电视,捞起自己的外套和车钥匙,"走吧,我送你。"

裴枝看着他,没拒绝。

外面的雨夹雪又淅淅沥沥地下起来,仿佛要把这个城市浸湿才肯罢休。

裴枝一路都在看那个视频,整个人的情绪很低,直到沈听择出声提醒,她才反应过来。

她沉默着推门下车,走出几步又转过身,在那片昏暗里和他对视:"沈听择,你别等我。"

但沈听择没吭声,隔着几米的距离,他目光很沉地看着她,不置可否。

等人走后,他靠着椅背,抬眸看向马路对面的那栋别墅。

何姨开门看到门口站着的人时完全愣住,没等她问,裴枝就垂着眼走进来,神情看起来有点怵:"我妈呢?"

何姨莫名被她的态度怵到:"在……在楼上。"

刚说完,就看见裴枝已经往楼上走了,但走到半道她又问:"陆牧在家吗?"

"陆先生一个小时前出去了。"

直到裴枝伸手去敲邱忆柳的房门时,她才发现有些情绪根本不受控制。

一秒两秒。

邱忆柳开门很快,只在看清门外站着的人时,素净的一张脸上闪过很浓的惊讶:"你怎么回来了?"

裴枝侧身绕过她往里走。

邱忆柳疑惑地关上门,跟在裴枝身后:"到底出什么事了?"

房间里燃着檀香,袅袅白烟,只差一点就要盖过那股很淡的云南白药味。暖气也足,邱忆柳身上穿着一件单薄的蚕丝睡衣。

裴枝走到邱忆柳面前，低着头沉默地拉起她的衣袖。

邱忆柳始料未及，细嫩手臂上的瘀青就这样暴露在明亮的光线下，颜色深深浅浅，新的旧的混在一起。

"你……"她皱着眉无法认同地看向裴枝。

裴枝还是一言不发，翻出手机上收到的那条视频，递给邱忆柳，让她看。

视频明显经过了处理，没有声音，只有画面。那短短的一分钟里，房间里静得让人快要窒息。

看到最后，邱忆柳的脸色慢慢变得惨白，脱力地往后退了一步，腰不小心撞到桌角，她痛得没忍住倒吸了一口气。

裴枝知道，那里肯定还有伤。

她压着脾气，每个字都平静，不像质问，更像一个懵懂的小孩在向妈妈求教："妈，如果我今天没看到这个视频，你到底还打算瞒我多久？"

邱忆柳缓过那阵痛，摇头："不是的，我没打算瞒着你，就是……"

"就是不想让我担心，是吗？"

从下午就压抑的情绪在这会儿好像到了顶点，裴枝的太阳穴隐隐在跳，她深吸一口气："妈，你应该比任何人都清楚，家暴只有零次和无数次，我不管陆牧有没有苦衷，他动手就是事实。"

没等邱忆柳回答，她自顾自地继续说道："当初我爸……裴建柏对你动手，我那时候还小，你都有勇气和他离婚，为什么今天要忍？"

不用闭眼裴枝都能回想起她第一次撞见裴建柏打邱忆柳的场面。

那年盛夏的热浪混着酒气，男人的辱骂混着女人的啜泣，年幼的裴枝站在那扇破旧的防盗门前，目睹了那条没关严的门缝里面正在滋生的恶，连手里的冰棍融化，再掉落她都浑然不知。

她不知道妈妈做错了什么，爸爸要那样惩罚妈妈。

直到再后来，拳脚也没差别地开始落到她身上。

她疼得掉眼泪，可裴建柏根本没有因此停止，反而变本加厉。

长大后她才知道，有些暴力是长在骨子里的。

后来裴枝身上的伤被邱忆柳无意间发现，那也是她第一次看见向来温婉的女人爆发。邱忆柳不管裴建柏跪下来忏悔，坚决地和他离了婚，带着裴枝离开了那个狭仄阴潮的出租屋。

所以裴枝想不明白,那时候的邱忆柳为什么可以和裴建柏离婚,现在却要忍受陆牧。

房间里就这么静了好一会儿。

"妈,你是不是……"裴枝的手垂着,嘴唇艰难地动了下,"因为舍不得从这栋别墅里搬出去?"

她的意思隐晦而阴暗。

话落的那一秒,她轻易地看见邱忆柳眼底的错愕。再然后,一记耳光脆生生地落在裴枝的脸颊上。

裴枝被打得侧了身,头发都散乱开来。

"你到底知不知道自己在说什么?"邱忆柳因为情绪起伏,指着裴枝的手都有点抖,"所有人都可以这么想我,只有你不可以!"

顿了顿,她又声嘶力竭地指着门,面容因为恼怒而生出薄红:"你走,现在就走!"

气氛终于到了冰点。

裴枝抵了下舌尖,一股淡淡的血腥味晕开。她握着手机的手紧了又松,最后头也不回地走出房间。

何姨见裴枝没待一会儿就要走,跟了几步问:"这么晚了还要出去啊?不在家住吗?"

裴枝闻言脚步没停,就这么背对着她开口:"何姨,麻烦你照顾好我妈。"

何姨不明所以,但还是应下:"我知道的。"紧接着她又想起什么似的,叫住裴枝,"你哥等会儿就回来了,不和他打声招呼再走吗?"

这回裴枝倏地停下了脚步。

也是那一秒,门外传来汽车的引擎声。

"哎,这不就回来了吗?"何姨笑着擦了擦手,走去开门。

陆嘉言一进门就看见了站在不远处的裴枝,他没什么意外地淡笑道:"来了啊。"

但在走近注意到她脸上的红痕时,他眉眼陡然沉下来,伸手想碰:"怎么回事?"

裴枝别过脸，他的手就这样悬在空中。

何姨有些尴尬地站在那儿，不知所措。直到裴枝转过来对她说："何姨，我想喝口茶，你能帮我泡点吗？"

何姨如蒙大赦，连忙点头："嗯好，我去给你弄啊。"说完她快步往厨房走。

客厅里只剩下裴枝和陆嘉言两个人。

裴枝抬眼看着他，声音还是平静的："视频是你发给我的吧？"

这些天陆嘉言的反常好像在这一刻全都串起来了。

陆嘉言没说是，也没说不是。

"这个家里只有你能安装监控。"裴枝面无表情地继续问，"陆嘉言，你是不是早就知道？"

陆嘉言外套上沾着很重的水汽，这会儿在"滴滴答答"地往下掉，发出很小的动静，却把他们粉饰的太平狠狠撕开一道口子。

"裴枝，你知道的，他是入赘到我妈家的。"陆嘉言站在那儿，嗓音低缓，"一开始装得比谁都深情，可是日子久了，门不当户不对的，他早就变得心理不平衡了。

"我也是在我妈去世之后，才知道原来他有家暴倾向，只是还没等到动手，我妈就去世了。但有些观念一旦形成，是不会改的。

"现在证据在你们手上，要怎么收场，你们自己决定。"

这段视频足够让在外装得清风霁月的陆总身败名裂。

长久的静默后，裴枝抬头："谢谢你，哥。"

说完，她抬脚要离开，身后陆嘉言却又叫住她。

"你刚刚……和沈听择在一起吗？"

裴枝不明所以地看向他。

"我回来的时候在外面看到他的车了。"陆嘉言停顿两秒，声音低下去，"还有，你身上的衣服……也是他的吧？"

可惜此时裴枝所有的心思都落在沈听择还没走的事实上，她没听清后半句话，胡乱地应了声。

何姨泡好一壶玫瑰茶出来时，只有陆嘉言站在那儿，沉默得像尊雕塑。她奇怪地问："小枝人呢？"

169

"走了。"陆嘉言回答完,很轻地笑了下,"以后她可能都不会来了。"

裴枝走进那片黑夜没一会儿,远远地就看见了沈听择。

他不知道什么时候下了车,也不顾风雨,就那么倚靠在车前。

沈听择和她目光相对。

等她走到近前,他也明显看出她的意图,低声说:"别抱,我身上凉。"

"我不是让你走的吗?"裴枝抬眼看着他,声音有点发涩。

沈听择睨了眼那件穿在裴枝身上的自己的卫衣,嘴角勾了下笑道:"想陪陪你。"

那会儿不远处保安亭突然亮起的灯光有些刺眼,但也就是那一闪而过的光线,让沈听择看到了裴枝脸上的巴掌印。

他情绪克制不住地变坏了点:"是他弄的吗?"

裴枝反应过来他说的是谁,摇头回道:"不是,他不在家。"然后又过了两秒,她低垂着头,"是我妈。"

他们站的地方很静,又暗,仿佛被全世界遗忘,只有这场耳边呼啸着的风雪还在光顾。裴枝的眼尾也被风吹得很红,她刚想眨眼缓过那阵干涩,突然感觉到睫毛被一只手很轻地覆住,耳边是沈听择在说:

"裴枝,你可以哭的。"

冬夜漆黑,时间都像被拉长。

不知道过了有多久,裴枝感觉眼皮上那点温度消失,视野里恢复那片昏沉的光。

她不适应地半眯了下眼睛,然后就听见一句几不可闻的低叹:"还是算了。"

裴枝抬起眼眸看着沈听择。

可能是在风中站的时间久了,他的头发被吹得有点凌乱,整个人被低温浸出天生的冷感,却在眼睫习惯性低垂下来的瞬间,笑得懒散又无奈:"看不得你哭。"

四周静滞了会儿,直到裴枝伸手抱住沈听择。

沈听择一愣,过了几秒才反应过来,手臂抬了下,将她抱得更紧:"怎么了?"

裴枝的额头就这样抵着沈听择的肩膀,他身上真的很冰。

"沈听择,你刚刚在想什么啊?"

沈听择闻言沉默了会儿,只是看着她,睫毛低垂,带着很深的情绪:"在想你委屈了要怎么办。"

话落的那一秒,风好像都不吹了。

裴枝抓着他衣服的手忽然收紧,连身体都有点僵,心口也涩得厉害。

原来她藏着的委屈早就被发现了啊。

裴枝不明白事情为什么会变成现在这样。

小时候那些伤痕还历历在目,她从前觉得邱忆柳受了那么多苦,和陆牧结婚应该能够幸福。

可是今晚一切美好的假象都被彻底撕破。

谁说苦尽就会甘来的?

明明今年冬天还是这么冷,这个世界还是这么糟糕。

裴枝再抬起头的时候,说话带着点鼻音:"那你想到了吗?要怎么办啊?"

沈听择就这么看了她一会儿,低低地"嗯"了声。然后也不等裴枝问是什么,他垂下头,在她发红的眼尾亲了亲。

克制得像是蜻蜓点水,却让她的睫毛狠狠颤了下,无法控制地闭上眼。随后的几分钟里她环住沈听择的腰,闭着眼,一点一点感受他温热的气息从眼尾到脸颊,再到下巴被很轻地抬起,唇被吻住。

呼吸交缠,远山雄伟。

他们拥吻着,再度流连的风声一下又一下地贯穿他们的心跳。

那一刻,裴枝自暴自弃地承认,她就是拒绝不了沈听择。

想在他的脖颈留下绯红,想和他在空无一人的海边接吻,想跟他私奔,去哪儿都行。

那晚过后,南城又迎来了一波寒潮,可天气却意外地开始放晴,天高云淡,风里都透着暖。

纪翠岚在医院恢复得很好,医生说没有落下什么后遗症。而就在裴枝临走前一天,她收到了邱忆柳发来的短信:*我会跟他离婚的。*

裴枝落地北江的那天,阳光正好。

她拎着行李箱走到出站口,刚准备打车回学校的时候,沈听择的电话就进来了。他后来有点事,就比她早一天飞回了北江。

机场很闹,可电话接通的刹那,他的声音却清晰得就像在她身边一样。

"下飞机了吗?"

"嗯,刚到。"

那头好像也十分闹,他的话混在一点喧嚣里传过来:"你在哪儿呢?"

裴枝一开始没多想,看了眼航站楼屏幕上的信息,给他报了个方位。然后过了两秒她有点反应过来,搭在行李箱拉杆上的手收紧,反问他:"你在哪儿?"

沈听择有将近一分钟没说话,听筒里那点走动的声音就越发明显。

直到他声音有点含糊、懒散地在那头叫着她的名字:"裴枝。"

裴枝倏地停住脚步,然后似有所感地转过身。

机场的人潮还是那么汹涌,可她就是一眼便看见了那个站在几米之外的人。

沈听择站在那儿,羽绒服敞开着,散漫得没个正行,黑色卫衣也松松垮垮地露出锁骨。

他好像不知道自己有多招人。

就这样静了两秒,机场里明亮的灯光洒在他的头发上,他凝视着裴枝在笑:"是你自己走过来,还是要我过去牵你啊?"

裴枝抓着手机的手指莫名一紧,呼吸也起了些细微的变化。他应该是听出来了,尾音变得有点沙:"看来是选后面一个啊。"

说完,没给裴枝拒绝的机会,他已经大步穿过人海,走到了裴枝面前,无比自然地接过她手里的行李箱。

直到手被牵住的那会儿裴枝才回过神,她低头看了眼两人贴得很紧的掌心,又抬眼看向沈听择:"你不是有事吗?"

沈听择一手牵着她,一手拉着行李箱,语调散漫随意:"忙完了。"

"那你来接我怎么不提前说一声,要是……"

沈听择偏头看她一眼："要是什么？"

"要是我飞机晚点延迟了怎么办？"

沈听择不以为意地笑了笑："那我就等啊，反正我有的是时间。"

一路开回学校。

车子在宿舍楼下停稳，裴枝低头解着安全带，余光瞥见沈听择正好整以暇地靠着椅背看她。

她动作一顿，迎上他的目光："怎么了？"

"想问问，"沈听择的状态更散漫了，挑眉勾着笑问，"明天我生日，礼物你准备好了吗？"

而就在裴枝要回答的前一秒，沈听择的手机响了，一声响过一声，车里本就安静，显得特别突兀。

裴枝用眼神示意他先接电话。

沈听择不爽地"啧"了声，看一眼来电显示，划过接通："说话。"

电话那头的人嗓门很大，情绪也激动，相比之下显得沈听择分外冷淡："随便几寸，反正我不吃。"

那人又说了一大堆，沈听择都懒得理，只草草敷衍一句："知道了，没忘。"

挂完电话，车里的氛围变了点，沈听择没再追问那个问题的答案。他解了中控锁，放裴枝下车。

裴枝沉默地看了看他，然后在车门推开到四分之一的时候，沈听择又出声，没头没脑地说了句明天我得回家。

裴枝不明所以地扭头看着他。

沈听择笑了下，眼睛盯着她很认真地问："那边结束了我来找你，能……愿意等吗？"

几秒后裴枝消化完他的意思，点了点头。

那天裴枝回到宿舍的时候，有种恍如隔世的感觉。

许挽乔拉着她说了挺多这一星期里学校发生的事，等到太阳快要下山的时候，又陪她去辅导员那儿销了假。

当晚的星星很密也很亮，裴枝以为第二天还会是个晴天，可没想到一觉醒来北江又开始下雪了。

温宁欣嘴上抱怨一句冻死人的天气，却还是对着镜子穿上她的短裙、长靴。

这天课挺多的，裴枝分不出心思去想别的。一直到上完晚课回宿舍，裴枝才意识到离沈听择生日结束只剩三个小时了。

而他到现在还没联系她。

就这样胡思乱想了一会儿，许挽乔叫裴枝去洗澡。第一遍她没听见，第二次才给回应。

裴枝"嗯"了声，放下手机准备去洗澡。

正在贴面膜的许挽乔忽然停下动作，从镜子里看了会儿裴枝："怎么感觉你回去一趟整个人变了点？"

裴枝一愣："哪儿变了？"

许挽乔也说不上来那种感觉，很微妙的。想了想，她摆摆手："可能是我的错觉。你快去洗吧，不然没热水了。"

裴枝走进浴室，里面的热气还没散。她站在镜子前，没觉得自己哪儿变了。

洗完澡是十点二十四分。

裴枝把明天上课要用的书放好，又回了几个课程群里的消息，退出时视线就这么停留在那个黑色头像上。

宿舍里大家都在各忙各的，很静，所以显得下一秒响起的那阵铃声不合时宜。

裴枝看清那个名字时，终于后知后觉自己哪里变了。

原来被一个人牵动情绪是这样的感觉。

她划过接通，然后两人都莫名地没有先开口说话，只有隐隐的风雪声在拉扯着。

直到沈听择的声音传来，呼吸有点沉："睡了吗？"

"还没。"裴枝听着那头的动静，"你在哪儿？"

"在你楼下。"

裴枝心一跳，紧接着就听见他低声问："裴枝，你愿不愿意现在穿上外套下楼？"然后含笑的气息更重了点，"慢一点也没关系，我在这儿等你。"

裴枝下楼的那会儿值班的宿管已经昏昏欲睡，只扫了眼这么晚还出去的裴枝，却没多问。

几步走出宿舍大门，裴枝一眼就看见了站在那片阴影里的沈听择。他好像来了有一会儿了，身上套的那件黑色羽绒服都沾满了寒气，拎着蛋糕的指关节都泛红。

"来很久了吗？"裴枝走到沈听择面前，仰头看他。

他应该刚刚结束聚会，身上还有股很淡的烟酒味，可她总觉得眼前的沈听择兴致不高，甚至有点颓。

"没很久。"声音也淡，他拉着她往背风处走。

等那个最简单样式的小蛋糕被沈听择从盒子里拿出来时，裴枝有点发愣，想起他上次接电话时说过的话："不是不吃蛋糕的吗？"

所以她特意没准备。

"嗯。"沈听择摸出打火机，低着头自顾自地点燃蜡烛，"但这个不一样。"

还没等裴枝问哪里不一样，火苗就摇摇晃晃地映出两人的脸。

裴枝让他先许愿。

沈听择照做，吹完蜡烛后又看向裴枝："你不问问我许了什么愿吗？"

裴枝也歪头看着他笑了笑："愿望说出来就不灵了啊。"

"可是灵不灵的，你说了算。"

裴枝有点意识到了什么，整个人动作慢下来。

然后很静的下一秒里，她清清楚楚地听见沈听择说——

"我许愿，想要你做我的女朋友。"

沈听择看着她，像过去无数次那样。

雪夜的光线昏昧，裴枝也迎着他的视线："沈听择，你头低一点。"

然后她就着男人弯下的姿势吻上去，很轻的一下，又很动情。

"沈听择，你得偿所愿了。"

裴枝去年夏天看过一场辩论赛。

里面有句话她记得很深——

"爱本身就是自由意志的沉沦。"

那个时候的她其实不懂。

她习惯了做事权衡利弊，说不出最爱的一部电影，没有特别想要的东西，不怎么喜欢热闹，不喜欢孤独也享受孤独，得到或失去都不强求。

可当那个夜晚，沈听择问她要不要跟他赌一次的时候，裴枝才知道原来当绝对理性遇上心动，就会被一点点杀死，然后重塑。

"想什么呢？"沈听择狭长的眼眸里有光，笑着用指腹轻揉了下她的唇，声音低得像自言自语，"好像又破了，疼吗？"

那会儿月光很淡，已经到了校园最静的时候。他们站在宿舍楼前的那片阴影里，裴枝仰头看着沈听择，然后伸手勾着他的脖颈，踮起脚，脸贴在他颈间的青筋："沈听择，我想你让我疼。"

说完她就感觉抱着的人僵了下，腰上那股力道骤然加大，声音变哑："知不知道你在想什么啊？"

远处蛋糕上那根无人问津的蜡烛被风吹灭，四周好像更暗了点。

裴枝就这么笑了笑不置可否，然后在这一天最后的时间里又亲了他一下。

"沈听择，生日快乐。"

"沈听择，我喜欢你。"

每个字都在寂夜里清晰无比，那一瞬间沈听择的心跳快到要失控。

他把头埋在裴枝颈窝那里很久，再抬起头时，眼底的情绪克制又隐忍，看着她都像在求饶："外面冷，你快上去吧。"

裴枝见好就收，她倒退着往回走，笑着朝沈听择挥手："晚安，男朋友。"

沈听择看着她走进宿舍楼，抬头猜着哪间宿舍是裴枝的，又发了会儿呆，若有所思地勾唇笑了笑，在学校断电前往宿舍走去。

梁逾文没想到今晚沈听择还会回宿舍，分神看过来的时候愣了下："你怎么回来了？"

沈听择脱了满是寒气的羽绒服，好笑地睨他："不能回？"

"不是。"梁逾文只觉得有点奇怪，但也没多问，说着就要收回视线，可眸光扫过一处时却突然顿住，像嗅到了八卦的味道，整个人因为赶期中作业的疲惫都一扫而空。

他叫住要去洗澡的沈听择："你要不要先照下镜子？"

沈听择不明所以地转身，在看到梁逾文眼底的玩味时很快反应过来。但他不用照镜子，低头就能看见锁骨上那点暗红，若有似无的，莫名很欲。

他看了会儿，漫不经心地笑起来："怎么，没见过啊？"

梁逾文见他这副又坦荡又浪荡的模样，狠狠"啧"了声："谁过生日跟你这样啊？"

沈听择哼笑一声。

梁逾文又问："谁弄的？"

"你说呢？"

梁逾文几乎下意识的，脑子里只有那个名字："……裴枝啊？"

然后打量着沈听择的表情，梁逾文就知道自己没错，转而又不满地怪叫："你闷声干大事啊？什么时候追到的？"

沈听择闻言笑着嗤他："你好意思说我？自己不也偷偷摸摸地把隔壁班学委追到了，你以为我不知道？"

这狗东西在他和严昭月身上装监控了吗？

沈听择心情很好地看梁逾文吃瘪，也懒得再和他废话，转身往浴室走。

等沈听择洗完澡出来，梁逾文还在敲键盘，看见他像是看见救星："快来帮个忙，哥。"

这会儿知道叫哥了。

沈听择嘴角勾了下，擦着头发走过去，看着梁逾文指的问题思考了会儿，跟他讲了一遍，条理很清晰。

梁逾文这点是真服他，平时的课翘到飞起，但该学的知识一点不落。

他想了想问："明天早上的经济学课去不去？"

沈听择拿起手机，点了几下才随口回道："去啊。"

又过了会儿，梁逾文问他数模竞赛报名了没有，马上要截止了。沈听择说还没。

"你不打算参加吗？这个比赛对综测挺有用的。"

沈听择闻言抬头看他一眼："我要综测干什么？"

"保研推免这些都看综测啊。"

"哦。"沈听择不以为意地笑了下，"但出国只看绩点。"

那晚后来沈听择不知道自己几点睡着的，唯一清楚的是他梦到了裴枝。

她身上穿的是他那件卫衣，被他抱着抵在墙上，两人贴得很紧，从客厅到

/ 177

浴室，热水浇灌，她也全都被他占有。

然后沈听择就醒了。

他重重地喘了口气，看一眼时间，早上六点了。

他索性没再睡，冲了个澡，随手抓起羽绒服跟着梁逾文一起去上课。

那节早课是经济学原理。

讲课的是个年轻教授，心思活泛，特别喜欢找学生互动。

沈听择低着头趴在桌上补觉，刚有点睡意，被梁逾文在桌下踢了一脚。他不爽地皱了下眉，抬头就看见梁逾文在给他使眼色，周围也很安静。

沈听择懒洋洋地站起身，伸手抓了下头发："不好意思，老师，我没听清。"

教授看着他又重复了一遍问题。

沈听择翻了翻书，再用自己的语言组织一遍答案，让人挑不出毛病。

教授让他坐下后，梁逾文凑过来，笑眯眯地问："怎么困成这样？思春啊？"

沈听择没理对方，抓起手机划了两下，没看到想回的消息，他又把头枕到手臂上。

就这样挨到下课，教室里三三两两的人收拾东西往外走。

沈听择回完微信，刚走出教室，一个女生挡在他面前，眼睛很亮地指着手机问："同学，我是汉语言专业的，叫谢雨彤，能加个微信吗？"

旁边梁逾文看热闹不嫌事大地吹了声口哨。

沈听择睨他一眼，然后视线才移回女生那儿，冷淡地笑了下婉拒。

谢雨彤不肯放弃："我只是想扩个列，不会打扰你的。"

沈听择闻言神情松动了点，谢雨彤以为他听进去了，还想再接再厉，结果下一秒就听见他散漫到不行的声音："抱歉啊，女朋友看得紧。"

谢雨彤整个人彻彻底底愣住："你……有女朋友了？"

她没听说啊，到现在为止，学校里连个关于沈听择的八卦都没传出来过，怎么就有女朋友了呢？

但沈听择特别认真地"嗯"了声，一点也不像敷衍她的样子。

思忖两秒，谢雨彤跺了跺脚转身走开，远远地还能听见她和朋友抱怨的声音。

"啧，"梁逾文上下打量沈听择一眼，"改天得让裴枝给你手上套个皮筋儿，让她们都知道你名草有主了。"

　　沈听择觉得梁逾文的话有道理。

　　两人一路下楼梯，到楼底的时候梁逾文喊他去打球。

　　沈听择摇头："不去。"

　　说着他脚步一转，往既不是篮球场也不是宿舍的方向走去。

　　梁逾文看了会儿，两步跟上去，似笑非笑地问："哪儿去啊？"

　　沈听择抬眼睨他："明知故问什么？"

　　"想听你亲口说呗。"

　　沈听择懒得搭理他，径直朝南校区走。

第七章 /
他比你以为的还要喜欢你

上午的温度降得有点低,日光稀薄。天空阴沉着,连教室里老教授上课都像是在催眠。

又是一节西方雕塑史。

裴枝坐在倒数第四排,手里握笔无意识地在书上画着重点,但心思很散。许挽乔偷偷摸摸地打完几把游戏,就趴在桌上开始等下课。

而就在距离下课还有两分钟的时候,原本死寂的教室突然隐隐开始躁动。

"我的天,走廊上那是沈听择吗?"

"好像是哎。"

"他在等人吗?我们班的?"

"我怎么感觉他像是在等女朋友。"

"不可能吧,没听说他有女朋友啊。"

笔尖一顿,有墨点洇开。裴枝愣了下,然后抬头看向窗外。

沈听择不知道什么时候出现的,就靠在栏杆边,懒散又安静,莫名有点乖。见她看过来,他微微歪了下脑袋,对着她散漫地笑起来。

答案一下显而易见。

班里其他人的视线又全落回裴枝这儿,八卦议论声瞬间像点燃的炮仗,"噼里啪啦"地烧着这节课的最后几分钟。

耳边许挽乔压抑着惊呼,戳了戳裴枝的手臂问她:"沈听择是在看你吧?"

但没等裴枝出声,她手边的手机就先亮了下,一条微信跳出来。

Pluto:好好听课啊,女朋友。

虽然没有备注，但那个纯黑头像许挽乔认得。惊讶过后，她一副"坦白从宽"的样子看着裴枝，又好奇得要死："你们到底什么时候搞到一起的啊？"她居然一点都没察觉。

裴枝睫毛垂下又抬起，回答得很坦然："昨天晚上。"

临近饭点，楼上的教室已经在预谋"暴动"。

直到下课铃准时响起，但老教授还有一点没讲完，就拖了会儿堂。

那短暂又漫长的几分钟里，许挽乔的目光来回扫过窗里窗外的两人。

真的很般配。

最后一页PPT终于讲完，许挽乔手脚麻利地收拾好自己的东西，笑眯眯地对裴枝说："我先走了，玩得愉快。"

裴枝睨了许挽乔一眼，懒得搭理。

只是在准备出去的时候，身后有个男生叫了下裴枝的名字。

裴枝回头看过去，认出他叫何浩轩，是班上的团支书。她脚步一顿，面上带着客套的疏离："有事吗？"

何浩轩点头，递了张纸给裴枝："辅导员说这次团组织推优推的是我俩，这个表格你拿回去填一下。"

裴枝接过扫了眼："好，谢谢。"

见裴枝把纸放好后，何浩轩拿出手机："我们加个微信吧，到时候有什么材料文件我可以直接发给你。"

裴枝没意见地点头。

扫码，通过好友申请不过两秒的事。

裴枝收了手机，抬头看一眼还在走廊上站着的人。到了人来人往的这会儿，打量沈听择的视线更多，也更明目张胆了。

她几步走到沈听择面前，手里的书就被顺势接过，然后腰也被他另一只手搂住。

"啧！"耳边是他有些不满的声音，"怎么这么久啊？"

裴枝只能仰头看他："团支书找我有点事。"

沈听择低低地"哦"了声，掀起眼皮看向站在不远处的，她口中的团支书本人，和他视线轻微地碰了碰，看到他皱眉后又不当回事地错开。

等人自讨没趣地离开后，沈听择松了裴枝腰上的手，改为十指相扣，牵着她往食堂走去。

正是下课的点，从教学楼到食堂的路上人满为患，磕磕碰碰无法避免。

裴枝习惯性地低着头走路，没注意到旁边骑着车要拐弯的男生。沈听择及时发现，迅速换了只手拿手机，揽着裴枝的肩把她往怀里一带。

"当心。"

裴枝被吓了一跳，抬头目光和他对上。

沈听择也垂眸看着她有些发愣的眼神，然后将她的手牵得更紧了些，笑了下问："你在想什么呢？"

就这样好几秒，裴枝分不清是自己的心跳振聋发聩，还是周围太喧闹。

她的声音很轻，但足够沈听择听清楚。

"在想亲你。"

一直到食堂门口，沈听择心里那股劲都没缓过来。裴枝却像无事发生，自顾自地拉着他走到窗口排队买饭。

食堂里的人更挤一点，空气都变得稀薄。

沈听择站在裴枝身后，两人靠得有点儿近。他就这么看了会儿，突然弯腰，贴着她的耳边，慢条斯理地说："等会儿给你亲。"

裴枝知道他是在对她上一句话的回应，却也清楚他有多恶劣。他凑过来的气息又热又湿，那种若即若离的触碰带起一阵酥麻感，让她有种无可救药的错觉。

就像他含住了她的耳垂。

人潮汹涌的食堂里，他们像在说着最色情的悄悄话。

直到队伍动了点，裴枝快步往前跟上，就听见身后那点低低的闷笑。

等两人打好饭菜准备找位置的时候，却发现食堂早就坐满了人，放眼望过去座无虚席。

就在裴枝皱着眉打算拿过去打包的时候，有道轻细的声音叫她："裴枝。"

裴枝端着餐盘回头，就看见辛娟站在不远处。和她一起的还有一个她班上的姑娘，长得很小巧可爱。

辛娟今天戴了副有点笨重的黑框眼镜，厚镜片后面那双眼睛在很深地打量着沈听择:"你们……一起的?"

她其实想问你们在一起了吗?

裴枝也不是不懂,看了眼身旁的沈听择点头:"嗯,我男朋友沈听择。"

就算是介绍给辛娟同学听的。

辛娟听到意料之中的答案还是没忍住抓紧了筷子,她深吸一口气,才想起自己叫住裴枝的目的:"你们是不是没位置坐啊?"

裴枝没否认:"嗯。"

"要不和我们拼桌吧?"辛娟指着她旁边两个刚好的空位,"这里没人。"

裴枝闻言抬眸示意沈听择,他只是懒散地笑了下:"随你。"

四个人就这样重新坐下来。

好像真的就是拼桌吃饭,气氛很安静,谁都难得说一句话,好不容易找到一个话题聊了两句,又很快静默下去。

沈听择吃得比较快,他吃完就靠着椅背,也不看手机,就抓着裴枝空出来的一只手玩。

桌子底下两人的手指很紧地缠在一起。

直到一通电话打破这片安静又诡异的氛围。

是辛娟的手机在响,她看了眼来电显示,咀嚼的动作一滞,脸色肉眼可见地变差。

她不接,那头就不厌其烦地打。

她那同学劝她要不然接一下吧,万一有急事。

裴枝没说话,沈听择更不以为意,指腹一下又一下磨着裴枝的掌心。

在手机第五次响起来的时候,辛娟咬着唇,像是终于做了决定,划过接通。手却有意无意地捂着听筒,像要阻止那头的声音传过来。

可那头的声音太大了,裴枝还是能听见一星半点。说的应该是辛娟老家的方言,她听不懂。

一开始辛娟始终是沉默的,可到后来不知道那头说了什么,她的情绪也跟着激动起来,努力压着声朝那头吼道:"我都说了我没钱,你们问一百遍我也是这句话!还有二舅他们是什么样的人,你们不清楚吗?你们宁可信他也不信我吗?"

很快那头的咒骂就随着电流声流泻出来。

辛娟察觉到周围异样的目光,才发现自己失了态。她忍着情绪,任由那人骂,到挂断电话都没再说一句话。

同学关切地问她有没有事,她摇头,然后一抬眼就对上裴枝的目光。

裴枝像是没见到辛娟刚刚的狼狈,很平静地笑了下:"我们吃好了,就先走了,今天谢谢你。"

沈听择也跟着站起身,端着空盘和她说了句谢谢。

辛娟看着两人离开的背影,只觉得眼眶酸胀得快要死掉。

走出食堂的路上,裴枝破天荒地听到沈听择问起别的女孩:"刚刚那个是你室友吗?"

他的嗓音很淡,听不出情绪。

"嗯。"裴枝看向他,"怎么了?"

沈听择漫不经心地摇头:"没什么,只觉得有点眼熟。"

裴枝"哦"了声,也没多问。

中午十二点多的天有点变了,看着像是又要下雪的前兆。

沈听择牵着裴枝走得很慢,直到头顶开始飘雪,他才加快步子,低头问她冷不冷。

裴枝摇摇头,说不冷,然后就被沈听择一路牵着往教学楼走去。

两人的发梢落了点雪,看一眼都像要白头。

到了教学楼,沈听择却没急着把裴枝送去下午要上课的教室,而是搂着腰把她推进了隔壁的一间空教室。

教室没开灯,光线阴暗。

裴枝还没来得及问他要做什么,就感觉腰上一紧,整个人被抱着坐在了讲台前的第一排桌子上。

她下巴被抬起,沈听择就这么动情地吻下来。

那会儿窗外的雪越来越大,人群的躁动也一点一点响在两人耳边。但两人都分不出心思去听谁没带伞,谁又来不及赶回宿舍收衣服。

裴枝从被动地承受,到伸手勾着沈听择的脖颈。他们吻得很深,深到哪怕这一秒就是世界末日,也难舍难分。

四周的温度被烧得很浓，不知道过了有多久，沈听择低低地在裴枝耳边喘，声音还含着笑："亲到了。"

那场暴雪在快要上课的时候结束。

走廊里陆续响起脚步声，时不时有人经过。而尽头那间紧闭窗帘的教室里，暧昧欲望被打翻，浓得很久都散不掉。

裴枝已经去上课了，只剩沈听择懒散地靠在那张桌子边，缓过那股劲，才推门走出教室。

他下楼，不紧不慢地走到校门口。

许辙早就等在这里了，看见沈听择出来，与他打了个招呼。

沈听择走近，问："找我什么事？"

"没事就不能找你吗？"许辙侧眸刚准备怼他几句，视线忽然看见了点什么，动作一顿，"脖子上是蚊子咬的还是……"

沈听择在同一瞬反应过来，散漫地低笑了下："你说呢？"

这么冷的天哪有蚊子。

许辙斟酌着语气："是裴枝？"

沈听择低低地"嗯"了声，他倚在车旁，下颌微抬，眼眸看向远处那栋高耸的教学楼。那里每间教室都开着灯，但他就是一眼便能找到裴枝在的那间。

许辙一怔。

就在那一刻，他意识到，沈听择是来真的。

他眯眼顺着沈听择的视线看了会儿，表情变得沉重："裴枝，南城人，父母离异，生父还欠了一屁股债。"

沈听择没说话，气氛就这样静了片刻。

许辙见沈听择神情淡漠，心思好像不在这儿。

他皱了下眉，说："不是我说，你明明知道没结果的，你们根本就不是一路人……"

这回沈听择有了点反应，他偏头睨了眼许辙，淡声打断："我是哪路人？"

许辙一滞，刚想说他家那点事儿，就听见沈听择很散漫地哼笑了声。

"我们不都是托了投胎的福吗？要是换成同一起点，你和我的这手牌，未

/ 185

必有她打得漂亮。"

那阵儿起风了,"呼呼"作响,但沈听择的声音却越来越清晰。

"至于不是一路人的话,"顿了顿,他站直身体,语气平常又随意,"那我就重新给她铺一条路。"

"裴枝。"

在许挽乔第三遍叫她名字的时候,裴枝才回过神:"怎么了?"

许挽乔歪着头,眨了下眼睛,一本正经起来:"所以是沈听择追的你吧?"

过了几秒,裴枝才点头。

许挽乔闻言更是压低了声感慨:"我之前还以为他这种人很会玩,啧,没想到是个情种啊!他可是沈听择啊……"

下课后,裴枝拿着填好的表格去了一趟辅导员办公室。

美院和环科院的办公室连在一块儿,她敲门进去的时候,没想到辛娟也在。两人对视一眼,眼底情绪各异。

但裴枝很快移开眼,把表格交给辅导员。辅导员又和裴枝聊了几句,才放裴枝离开。

电梯下到一楼,裴枝低着头走出去,同时在回沈听择刚刚发来的微信。突然有人从身后叫住她,声音带着点喘,大概是追出来的。

裴枝转过身,就看见辛娟站在离她两步远的地方。

天气说来也怪,台阶上还堆着两个小时前下的那场雪,这会儿头顶居然出了点太阳,很微弱的阳光,在地上拉长两人的影子。

气氛有些诡异的和谐,直到辛娟平复几下呼吸,往裴枝面前走了几步:"裴枝,我们能聊聊吗?"

裴枝盯着她看了挺久:"好。"

说完裴枝径自走到办公楼后面,那儿有棵很茂盛的香樟树。

没等辛娟开口,裴枝先出声:"聊沈听择吗?"

辛娟刚站定,闻言抬头看向裴枝,眼底的惊讶难以遮掩。

紧接着是裴枝更平静的宣判——

"你喜欢他。"

裴枝是对别人的事没兴趣，但不代表她看不出。

辛娟垂在身侧的手猛地攥紧，半晌后又无奈地笑了。

原来喜欢一个人根本就藏不住啊。

就这样静了好一会儿，辛娟知道裴枝在等她开口。

她深吸一口气，不避不躲地看着裴枝说："你知道我是以槐县高考状元的身份考进来的，但你不知道我是槐县十一中的，也不会知道槐县十一中就是沈氏集团资助的重点学校。"

说到这里，辛娟抿唇笑了下："其实，我比你更早见过沈听择，我也不是进了大学才喜欢上他的。"

她还记得那年冬天很冷，槐县十一中的教学楼还会漏风，桌椅上的螺丝摇摇欲坠。但也是那一年，沈氏集团将他们学校划进公益工程里，拨款进行翻新重建，还设立助学金，择优挑选尖子生进行培养。

辛娟成绩很好，一直是年级前几，自然被选中，参加了那年的冬令营。

那是她第一次坐飞机到北江，第一次感受一个城市可以这么繁华，也是第一次在北江附中碰见沈听择。

她听完讲座在偌大的图书馆里迷了路，那时沈听择应该刚和同学准备完物理竞赛，约着要去打球。一行人浩浩荡荡地从她身边走过，他随意地穿着学校统一样式的厚重校服，眉眼骄矜又不羁。

是真的很帅，注定让人难忘。

也只有他注意到当时急红了眼的辛娟，他把怀里抱着的篮球扔给同伴，撂下一句"你们先去"，就朝她走过来了。

他问她是不是找不到路了，需不需要他帮忙。

时至今日辛娟都没法形容那一刻的悸动，他神情很淡，几乎是出于骨子里的善良和教养。

后来是沈听择带着她走到指定的集合地点，他也不在乎她的那句谢谢，很快地跑远了。

再后来，她听在场的北江附中的同学提起，才知道原来他就是沈氏集团的独子——沈听择。

有些情绪在往后的日日夜夜里像藤蔓疯长。

辛娟知道沈听择是北江人，而北江大学是国内顶尖的高校之一，所以她在想，如果她考上了北江大学，是不是就有机会再遇见沈听择，哪怕远远见上一眼。

她的这个想法想要变为现实在师资落后的槐县十一中简直比登天还难，可她憋着一口气，硬生生地靠着那两年的废寝忘食考上了。

她被槐县十一中当成骄傲吹捧了很久，但没人知道她背后到底付出了多少努力。拿到录取通知书的那一天，她躲在房间里哭了整整一夜。

可是在开学典礼上见到作为新生代表发言的沈听择的那一眼，辛娟突然就有些释怀了。

或许从某个时刻开始，她对沈听择就不再只是简单的喜欢。

他对她而言，更像是月亮，照亮了她本该囿于小县城的一辈子。

辛娟承认得很坦然："我是喜欢他，很喜欢很喜欢，比你想象的还要喜欢。说句真心话，我有时候宁可希望沈听择真的像他们说的那样，是个浪子，这样我努努力，或许可能还会有百分之一的机会。"

说着，她自嘲地低下头，有阳光透过树间洒落，风吹起她的头发："可他不是。"

裴枝静静地看着她。

"你知道吗，裴枝。"辛娟沉默了将近一分钟，才重新抬起头。

阳光晕在她恬静柔和的脸上，一双漂亮的杏眼泛起淡淡的水光，她却是笑着的："你站在那里，就赢了。"

"他比你以为的还要喜欢你。"

沈听择从来不是浪子，也不需要回头。

他是情种，是唯裴枝主义者，从很早之前就是。

裴枝再次和辛娟对视，只是这一次，两人都很温和。

她也笑了下："谢谢你告诉我这些。"

辛娟七八节还有课，就没再多留，和裴枝说了句再见就走了。

裴枝一个人慢吞吞地往回走，不知不觉就走到了北校区4号教学楼楼下。

那个点沈听择刚从高数老师办公室出来，正巧碰上来交报名表的梁逾文。

"老宋找你干吗啊？"梁逾文问。

沈听择无所谓地耸肩："让我参加数模竞赛。"

梁逾文点点头,论实力论脑子,沈听择确实比他们任何一个人都有望拿奖。

"那你去吗?"

沈听择靠在走廊上想了会儿:"去呗,又不是不会。"

足够狂傲,却能让人不得不服。

梁逾文笑着"啧"他一声,也没跟他多废话,就推门进去了。

沈听择朝反方向下楼,往宿舍走去,只是在快到楼下的时候,脚步一顿。

宿舍楼侧面的台阶上坐着一个人,长发柔软地披在肩后,低头露出的一小片肌肤上还有他的痕迹。

他眉头一皱,快步走到裴枝面前。

裴枝像是感受到光线被遮,抬起头看见是沈听择,神情又慢慢放松,很乖地笑了一下:"我等到你了。"

沈听择去摸她的手,不出意外的冰凉,他眉头皱得更深:"等我做什么?"

裴枝撑着膝盖站起身,就踩在那级台阶上和沈听择平视:"我想你了,想见你。"

沈听择的心脏倏地一软,他凝视着裴枝,突然有点察觉到她异样的情绪,伸手把她的头发别到耳后:"怎么了?"

裴枝摇头,然后在下一秒抱住沈听择,唇蹭过他的下颌,落在他的耳边:"你好像还没有说过一句喜欢我。"

她的声音软得有点过分,混在凛冽的寒风里,反复拉扯着沈听择的心脏。

心跳和呼吸在这个角落里都越发清晰。

周围还偶尔有人来往,但是沈听择只愣了一秒,就搂着裴枝的腰把她抱得更紧。

真的很紧的那种,力气也没能收住,弄得裴枝有点疼。但她喜欢这种疼,能让她很真实地感受着抱她的人是谁。

下一秒和沈听择情难自抑一起吻下来的,还有那句——

"裴枝,我喜欢你。"

刚过十二月的那一阵,北江来了寒潮,气温越来越低,雪也一场接着一场。

裴枝结束了专业课,开始进入实践,连着好多天没在学校。沈听择也忙,商科课程本来就复杂,他还要忙着准备数模竞赛。

院里给他们分了一间空教室做自习室备战，这会儿灯火通明，很安静，零零散散地坐着五六个人。

梁逾文坐在沈听择旁边，看了会儿他认真解题，笑着问："真奔着国一去的啊？"

沈听择低头还在看那道编程题，头也没抬，懒懒地"嗯"了声。

梁逾文稀奇地"啧"他："你不是不在乎这些吗？"

沈听择动作一顿，看向梁逾文，眉眼很淡地笑了下："得给自己留后路。"

他声音太低了，梁逾文听不清，但还没来得及问，他就看见沈听择放在桌上的手机屏幕亮了下。

沈听择偏头看一眼，情绪有明显的松动。过了两秒，他伸手拿起搭在椅背上的外套，站起身往外走。

"去哪儿啊？"梁逾文问。

"女朋友回来了。"

坐在他们后面的女生见状戳了戳梁逾文："沈听择的女朋友真是美院的那个……裴枝啊？"

"嗯。"梁逾文看着沈听择很快消失的背影，好笑地勾勾嘴角，回她，"还能有谁？"

没过多久，沈听择牵着裴枝走进来。

这间教室里坐着的都是沈听择他们专业的，同一届，就算不认识裴枝，也听说过她的名字。

撇开军训裴枝晕倒，沈听择抱着她去医院那事儿不谈，前阵子沈听择等裴枝下课的事也在学校里小范围地传播过，虽然两人没特意官宣过，但大家已经基本认定了他们是一对。

而到了这会儿直观地感受着两人之间那种氛围，明明不算太亲密，那些打量的目光却还是有点收不回。

沈听择朝裴枝介绍了几句。有些面孔对裴枝而言很陌生，她就客套地笑一下，算作打招呼。大家说起来也都是同学，相识起来没那么困难。

几人气氛还算融洽地聊了几句，直到重新静下来，大家继续各忙各的。沈听择让裴枝坐在他的旁边，指腹习惯性地贴着她的脸摸了下，起身去帮她倒了一杯热水。

裴枝也很沉默地拿出自己的专业书复习,但没看很久,她就趴在桌上睡着了。

沈听择分神注意到了,抬手拿过自己的外套,披到裴枝身上。

除此,那个晚上两人都没有再过分的亲昵。

直到墙上的电子钟跳到九点整,教室里开始慢慢空下来。梁逾文看了眼还在睡的裴枝,又看向沈听择,压低声问:"走吗?"

沈听择动作停了两秒,也侧眸看一眼:"让她再睡会儿。"

梁逾文本来还想说些什么,但话到嘴边,他想了想只说:"那行,也别太晚,容易着凉。"

沈听择漫不经心地点了下头。

裴枝醒来的那会儿外面一片漆黑,月光照不进来。教室里只剩下她和沈听择两个人,灯关了大半,一明一暗,将教室拉扯出泾渭分明的界线。

耳边是沈听择在问:"还困吗?"

她眨了下眼睛,意识还有点模糊,只是顺从本能地点头。

这段时间她天天跟着教授在外面跑雕塑展,有时候一天可能就要往返两个邻近城市,回到酒店连抱怨的力气都没有了,倒头就睡。

"那走吧。"说着,沈听择就要合上电脑。

裴枝看了眼,拉住他的手:"你不是还没做完?"

"没事,回去写。"

裴枝摇头:"我在这儿陪你。"

沈听择闻言就这样看着裴枝一会儿,笑了下问:"你不是困了吗?"

裴枝刚睡醒,还带点轻微鼻音,整个人看起来莫名有点软,她又晃了一下脑袋:"没事,好多了。"

末了,她还补充一句:"想陪着你。"

沈听择还能怎么办,他死死地忍着那股想把她按在怀里亲的劲儿,声音都有点哑:"那你再等我一会儿。"

裴枝点头说"好"。

后来夜好像更深了点,旁边教室传来锁门的声音,走廊的灯也暗掉。

沈听择关上电脑,抱着裴枝站起来,将她放到面前的桌子上。

裴枝两腿垂着,抬头看他:"要走了吗?"

但沈听择不置可否地笑了下,然后在裴枝疑惑的视线里,就这么扶着她的腰低头吻了下来。

两人算起来有很长一段时间没见面了,吻来得剧烈,裴枝只愣了两秒,就无声地回抱住沈听择的后颈,主动迎上去。彼此都不谦让,很快天雷地火勾在一起,不太温柔的,在这个夜晚有种抵死缠绵的炙热感。

体温和呼吸都很近,足足五分钟,沈听择才偏头拉开一点距离,唇落在裴枝的耳垂上。但她太敏感了,就那一下,抓着沈听择后背衣服的指尖瞬间收紧。

沈听择也感受到了,两人都僵了会儿,他放开她,低声说:"好想你。"

裴枝还喘着气,和他额头相抵:"我也是。"

又过了会儿,沈听择把她抱得更紧了点,低着头,下巴抵在她的颈窝里,整个人懒散得要命又黏得要命:"好喜欢你。"

这回裴枝一怔。

她莫名想起那天辛娟说的那句——他比你以为的还要喜欢你。

还有辛娟字里行间提及的高中时期的沈听择,哪怕寥寥几句带过,都还是那样让人心动。

她声音变得很轻地叫他:"沈听择。"

沈听择应得有点含糊,温热的气息就这么漫进她的领口。

裴枝睫毛颤了一下,然后目光分散,更像一个人在喟叹:"如果那一年你转学去的是南城附中就好了。"

说完的那几秒里两人都很沉默,直到沈听择开口,情绪变得有点深,但当时的裴枝不懂,她只能听到他在耳边很哑地问:"怎么这么想?"

"想看看那时候的你。"裴枝没瞒着,实话实说。顿了下,她自顾自地抿唇笑起来,"想看看那时候年级第一的你。"

该有多么意气风发。

沈听择闻言不知道在想什么,好一会儿都没出声。裴枝就继续,圈着沈听择的脖子笑得很淡也坦然:"毕竟你说得没错,我是拒绝不了你。"

不管什么时候,都拒绝不了。

那么就,一块儿"狼狈为奸"吧。

考英语四级的那个周六，刚好是许挽乔生日。

交卷铃声响起后，裴枝很快收好东西往外走，一直走到楼梯拐角那儿，人潮才分散开来。有人去食堂吃饭，有人离校过周末。

而等她下到楼底的时候，一眼就看见倚在墙边的男人。

沈听择今天穿着件纯黑棉服，样式简单，却和裴枝身上这件白色羽绒服莫名很搭，好像本来就是情侣款。他低着头，手插在兜里，头发被风吹得有点乱。面前站了个不认识的女生，应该还没来得及示好，他就冷淡地抬眼，然后伸手露出一截清晰的腕骨。

说了什么裴枝听不见，她只能借着阳光看清他套在手上的那个黑色皮筋。

很眼熟。

下一秒，裴枝想起来，前两天沈听择说要帮她扎头发，可最后也没能扎成，她的皮筋更是不翼而飞。

女生很快悻悻地转身离开，沈听择也在那一瞬看见了不远处的裴枝。他朝她笑了下，就靠在那儿等她。

裴枝几步走过去："你怎么这么快？"

他们虽然都被分在了东校区的考点，但两栋教学楼之间还是有些距离的。

沈听择伸手用指腹捏着她的手心，然后一点点和她十指相扣，亲密的暧昧的全都贴合在了一起。

他不以为意地笑："不想让你等。"

"哦。"裴枝垂眸看着，他的手骨节分明，用力握紧她时手上青筋脉络凸起。而再往上……她没忍住笑，直接掀起沈听择的袖口，仰头盯着他，"择哥，你幼不幼稚啊。"

还学人家戴女朋友的小皮筋那套。

但沈听择似乎一点也不在意被发现，他看了眼偷来的皮筋，不置可否地哼笑："想让她们都知道我是你的。"

那会儿风有点大，但日光很温和。

以至于往后的很多年，裴枝都会守着这一天的回忆。

她永远记得沈听择坦荡直白的爱意。

/ 193

没人再会像沈听择这样了。

那天中午沈听择带着裴枝去了一条老街。

街巷很窄，车子开不进去，他就停在了路边，裴枝被他牵着往里走。

这里和南城的某些地方很像，应该被常年浸泡过，青苔疯长。但墙瓦颜色更深一点，是那种独属于北江的历史底蕴。

沈听择带她走进街尾的那家餐厅。

餐厅门面不起眼，但装修典雅，进门就是小桥流水，就像一座隐于市的古老庄园。

大堂经理模样的男人看见两人后立刻殷勤地迎上来："欢迎光临，两位吗？"

相比之下沈听择显得冷淡，他"嗯"了声问："还有位置吗？"

经理连忙点头，带着两人径直穿过大堂，在最里面的软沙发座位前停下。

菜都是北江当地的特色菜，摆盘精致，味道也很正宗。

吃到一半，裴枝看向沈听择："你经常来这儿吗？"

沈听择正给她剥着虾，想也没想地"嗯"了声："小时候住在这附近，来得多。"

那就是长大了不怎么来。

但裴枝没再多问。

一顿饭吃完，两人又在附近逛了会儿，等时间差不多到和许挽乔他们约好的点，才开车过去。

许挽乔这次算二十周岁生日，排场挺大的，也请了挺多人。

但裴枝没想到会在那里看见陆嘉言。

包厢里暖气开得足，他的外套早就脱掉了，这会儿就穿一件灰色毛衣，俯身在台球桌前挑球试手感。

听到许挽乔招呼裴枝的动静，陆嘉言抬起头，两人碰了下视线。

"来啦？"许挽乔笑着走过来，看了眼和她一起过来的沈听择也不惊讶，反倒是指着陆嘉言对裴枝说，"我让宋砚辞把你哥也喊来了，人多热闹嘛。"

裴枝没什么情绪地点头，然后把准备的礼物递给许挽乔："生日快乐。"

"谢谢！"许挽乔眉眼弯弯，说要等会儿定心心地拆。

说完许挽乔就被宋砚辞叫走了。

裴枝想了想,还是准备过去和陆嘉言打声招呼。但没等她动,他就已经放下球杆往这边走来了。

他们两个最后一次聊天还停在那天陆嘉言告诉裴枝,奶奶出院了,奶奶很好。

裴枝看着他:"哥。"

陆嘉言低低地"嗯"了声,问起她最近还好吗。

就像最熟悉的陌生人,在寒暄。

这种感觉实在不太好。

但裴枝没有想那么多,她点点头,说一切都好。

明明包厢里很吵,但他们之间的气氛就这样静下来。

直到陆嘉言的视线越过她,停在沈听择那儿。沈听择从始至终都很平静地站在裴枝身后,一只手搭在她的腰上。

"不介绍一下吗?"陆嘉言淡笑着问。

裴枝反应过来他说谁,也笑了一下:"嗯,我男朋友沈听择。"

温宁欣、辛娟、严昭月和梁逾文这四个人差不多是同一时间到的。

那时庆祝的氛围已经很浓了,玩台球的就聚在台球桌那块切磋,不玩的就围在沙发前喝酒、玩牌、玩真心话大冒险。

裴枝被沈听择搂着坐在沙发上,和他们玩了几局就兴致缺缺。

沈听择拿过裴枝手里的酒杯,问她:"要去玩台球吗?"

裴枝往那边扫一眼:"我不会。"

沈听择笑了下:"男朋友教你啊。"

裴枝点头说"好"。

台球桌旁的那群人刚散,正好空着。

沈听择拿过搁在架子上的球杆,熟练地试了下平衡,然后从裴枝身后以一种紧搂在怀的姿势,给她示范握杆的动作:"拇指和食指在虎口处夹住球杆,其他三根手指放松,别握太紧……"

裴枝垂眼,尽量忽视两人混在一起的呼吸和体温,按照他教的,瞄准球心打出第一杆。

/ 195

察觉到裴枝在走神,沈听择低头看了一眼,勾唇在裴枝耳边低笑:"女朋友,认真点啊。"

两人呈一俯一仰的姿势对视几秒,裴枝冷着张脸站直身体,推了推他的手臂,说要去个洗手间。

沈听择闻言倒是没拦着,只在她抽身离开时亲了她一下,挑眉笑得懒洋洋的:"那我在这儿等你啊。"

推开包厢门,外面走廊显得有点冷清。

裴枝凭着来时的记忆,找到了走廊尽头的洗手间。

冷水冲过被沈听择握过的手腕,那点温度终于降了下来。她又补了点妆,才从洗手间出来,准备往回走。

但在路过一间半掩着门的包厢时,她刚犹豫地停住脚步,结果下一秒那道熟悉的声音不再模糊,就这么冲进她的耳里——

"古思源,你放开我!"

紧接着是清脆的巴掌声,和凳子倒地的声响。

裴枝皱了下眉,拿出手机刚发出两条微信,就见从里面走出一个男人,低着头正要点火。目光触及门外站着的裴枝,他止住动作,神情警惕地打量两眼:"你找谁?"

这会儿裴枝眉眼都是冷的,她懒得和他废话,侧过肩就想推门进去。

男人眼疾手快地扯住她,语气变坏:"你到底干吗的?别在这儿多管闲事。"

门内又传出严昭月的哭喊。

裴枝的神情变得不耐烦,她看着男人:"我已经报警了,你不想惹祸上身的话就让开。"

男人愣住,就趁那几秒,裴枝屈肘去顶男人的肩膀。

男人始料未及,手里那根没点着的烟掉在地上,踉跄地后退一步,他一只手扶着墙壁才站稳,另一只手同时发狠地把裴枝往包厢里用力一推。

门"砰"的一声重重关上。

包厢里的两个人都因为动静看过来。

惊魂未定的严昭月在看清进来的人后,声音都颤抖起来:"……你怎么来了？"

裴枝缓过那阵眩晕和痛，才看见严昭月被古思源压着，整个人狼狈得要命，好在衣服还算完整。

她深吸一口气，撑着地面站起身，很冷地扫了眼古思源："你放开她。"

古思源应该是喝了酒，脸有点红，他指着裴枝就骂："你谁啊？我们之间的事轮得到你来管吗？"

顿了顿，他眯眼仔细看了看，好像是认出裴枝来了："……我们是在烤肉店见过吧？你是昭月的朋友？"

裴枝没吭声，他又指着严昭月对她笑道："既然是朋友，那正好让你见识这个女人的真面目。你不知道吧，她高中的时候就……"

严昭月闻言惊慌害怕了一晚上的情绪终于爆发："古思源，你够了！"

"你闭嘴！"

结果古思源刚吼完，门外就传来很重的敲门声："开门！"

是梁逾文的声音。

包厢又陷入一瞬的死寂。

严昭月第一个反应过来，她刚想呼救，古思源就一把捂住她的嘴，站在裴枝身后的男人也很快会意，伸手照做。

然后他接过话茬，声音平静地和外面对话，还是那句说辞："请问你找谁？"

外面静了一秒，换来的是有人开始踹门，一下接着一下，伴着钥匙插入门孔开锁的声音。

古思源见状酒被吓醒了点，眼底划过一丝清醒，想要思考眼前局面该怎么办。

可没等他思考出所以然，门就被人从外面打开。酒店经理办完事，惊慌地离开。

梁逾文先看到包厢里的场景，又看到严昭月哭红的眼睛，一张脸肉眼可见地阴沉下去，怒不可遏。他几步走到古思源面前，半个字都没说，一拳直接朝古思源的脸挥了上去。

沈听择是跟着梁逾文后面到的，本来只以为是他的事儿，但在看见裴枝手腕上明显的红痕时，整个人猛地一怔，然后再也压不住脾气地拽起那个男人的

/ 197

衣服,往墙上一抵:"你哪只手碰她的?"

　　说完沈听择懒得等男人回答,砸过去的每一下都带着狠劲,看着让人心惊。

　　场面瞬间变得再次混乱起来。

　　陆嘉言是第三个到场的。

　　他皱着眉扫了眼包厢里扭打的局势,脱下衣服披到裴枝的肩头,握了下她冰凉的手:"有没有事?"

　　裴枝摇头,看着不远处越打越凶的两个人,有点害怕出事。

　　陆嘉言看她一眼,知道她在想什么,但没管,只淡声安慰道:"别担心,他们有分寸。"

　　今天晚上就算沈听择不动手,他也会动。

　　就这样不知道过了多久,楼下突然由远及近地传来警笛声,包厢里所有的动作都像被按下暂停键。

　　闻讯匆匆赶过来的许挽乔往下看了眼,眉头皱起来:"警察来了。"

　　又过了有一分钟,沈听择才把人撂在地上。他厌恶地擦了下手,走到裴枝面前,蹲下和她平视,低声问她哪里难受。

　　裴枝盯着他因为打架泛红的指骨,闷声说了两遍"我没事"。

　　蓝红交替闪烁的光似乎要刺破这个冰冷的冬夜。到派出所下车那会儿,白日晴朗的天突然开始飘起小雪。

　　沈听择看了眼搭在裴枝肩头的那件外套,问她冷不冷。

　　但这次裴枝一反常态地没有摇头,她迎上他的视线,声音很低地叫他名字,又主动牵起他的手:"我冷。"

　　闻言,沈听择整个人滞住,垂眸去看她。

　　她的呼吸漫在零下十几度的雪夜,凝成水雾,眼尾被风吹红得很明显。

　　像是意识到什么,他喉结滚动,盯着她的眼睛,一字一句地问:"裴枝,你在撒娇吗?"

　　几秒后裴枝睫毛颤了下,承认得也坦荡:"嗯,你不喜欢?"

　　就这样静了一会儿,沈听择彻底反应过来。

　　她是在为今晚这事跟他撒娇。

"没不喜欢。"他反手把裴枝牵得更紧,捏了下她的掌心,语调也没了一贯的漫不经心,不是在和她商量,而是告知,"以后不管遇到什么事,别让自己受伤。"

裴枝点头,轻声说:"知道了。"

而两米之外,陆嘉言就站在那儿,看着两人十指相扣的手,无声地扯唇笑了笑。

进了派出所,古思源和他那个朋友先被带去做伤情鉴定,沈听择、裴枝、梁逾文和严昭月四个人则分别被民警带去做笔录。

结束时接近晚上十点半,几人并排坐在大厅里,等着伤情鉴定的报告出来。

那会儿窗外的夜已经黑透,派出所里倒是灯火通明。头顶的白炽灯倒映在瓷砖上,被切割成细长的菱形,将泛着银光的铝合金等候椅笼罩。

沈听择俯身低着头,右手臂搭在膝盖上拿着手机回消息,左手还和裴枝牵着,指腹贴在她手腕那儿很轻很慢地揉着。

严昭月失控的情绪终于平静下来,只不过靠在梁逾文怀里还有点发抖。

四周的气氛沉寂又压抑,直到从门口走进来一个中年女人。

一身黑色羊绒大衣,提着方形的链条手包,黑色鬈发,保养得当,看不出具体年纪。眉眼间也带足了那种上位者的光鲜和压迫感,高跟鞋在空旷的走廊踩出很清脆的回响。

她的视线睃了一圈,在看见自己要找的人后停住脚步。隔着半米的距离,她没什么情绪地叫他:"沈听择。"

在场的几个人闻声都抬眼打量着她,只有沈听择看清来人后一怔:"……妈?"

那个字出口的瞬间,裴枝几乎是下意识地想要抽回和沈听择交握的手,却被他摁住握得更紧。

薛湘茹不动声色地垂眼看着他们。

惊讶过后,沈听择回神,他目光很淡地和薛湘茹对上:"你怎么来了?"

薛湘茹看着他手背的擦伤,不答反问:"为什么动手?"

沈听择移开眼,突然觉得喉咙有点痒。他用舌尖抵了下牙齿,又变回那副散漫的样子,往后靠着椅背:"那人欠揍。"

薛湘茹又盯了他一会儿，转身叫住路过的一个值班民警："你们胡所还没来？"

民警被她问得莫名其妙："胡所今晚不用值班……"

可他的话还没说完，门口突然传来急促的刹车声，划破这片宁静。

胡志兴拔了车钥匙，行色匆匆地跑进来，看见薛湘茹的那一瞬，他额头的细汗更甚，语气不自觉地恭敬，讪笑两声，明显一副解释口吻："这天真够冷的，车子发动机都能被冻住。"

说着他朝还一无所知的民警不耐烦地摆了摆手，意思是让对方离开。

完全不同的两副面孔。

就在两人交涉的时间里，薛湘茹的手机响了。她拿出来看一眼来电显示，接通，神情疏淡地往沈听择那儿扫了眼，回应那头："嗯，见到你儿子了。"

"已经联系过了，用不着。"

"行，我知道，有数。"

寥寥几句，薛湘茹又把电话挂断。她看向胡志兴，直截了当地问："什么时候可以把人带走？"

胡志兴的棉袄扣岔了纽扣，一看就是急着出门。这会儿穿堂风时不时往里灌，他搓着手："刚刚来的路上我已经沟通过了，案件情节不重……"

顿了顿，他意有所指地睨了眼坐在长椅上的男男女女："算是正当防卫，等会儿手续都办完，您就可以带他回去了。"

然后薛湘茹沉默几秒，露出今晚第一个淡笑，但根本不达眼底，声线听着也肃冷："胡所，我觉得这事一码归一码比较合适吧。今天这事儿……沈听择确实也动手了，所以该赔偿赔偿。对方不接受的话，要走程序我们也都配合，一切还是按程序走。"

胡志兴听出薛湘茹话里隐晦的意思，心里微惊，只能硬着头皮赔笑："薛局，事情真没您想的那么严重，是对方存在恶意行径在先，最多要求民事赔偿。"

薛湘茹看他一眼，不以为然地拨了下手镯："是吗？"

胡志兴点头："嗯。"

那晚十一点的时候，梁逾文找的人也适时赶到，把他们带离。

一行人走出派出所,外面的雪势早在不知不觉间变大。

沈听择抬脚想到裴枝身边去,但是被薛湘茹在身后叫住:"跟我回去。"

他脚步顿了两秒,充耳不闻地继续往前走。

但在他距离裴枝只剩五步的时候,薛湘茹的声音又夹在风雪声里传过来,这回还是平静的,却含着赤裸裸的警告意味:"沈听择,我不是在跟你商量。"

那一刻沈听择像被钉在了原地。

隔着洋洋洒洒的雪,裴枝红着眼和沈听择对视。

周遭偶尔有车驶过,车灯闪晃,拉长两人的身影,像从前很多次那样缱绻地缠在一起,今夜却显得有些讽刺。

就在裴枝想要转身离开的前一秒,她眼睁睁地看着那五步被沈听择并作三步走完。

他在她的面前停下,把伞撑到她的头顶,自己淋着雪,然后不管不顾地伸手扣着她的手腕往怀里带。

裴枝踉跄着跌进他的怀抱,后颈被他扶着,仅仅额头上温热的触碰,已经让她分不清眼角的湿润是雪还是泪了。

"今天晚上我可能没法陪你回学校了,"说着,沈听择把视线转向不远处正静静看着这一幕的陆嘉言,"让你哥送你好不好?"

昏黄路灯下雪花被模糊出光晕,两人灼灼对视。眼里的情绪都太浓,在这个本该庆祝的夜晚烧着彼此。

夜风真的很冷。

裴枝垂下的手握紧:"沈听择……"

沈听择低低地应了声,额头相抵着开口:"回去要记得擦药,什么都别想,好好睡一觉,等睡醒了……"

顿了两秒,他嗓音变得有点哑:"我就去找你。"

裴枝眼眶还是红,看着他:"沈听择,你不能骗我。"

沈听择闻言笑了一下:"不骗你。"

再后来,他们一个朝东走,一个朝西走。

陆嘉言开车送裴枝回学校。

大概是一晚上的情绪起伏太大,裴枝上了车没一会儿,头就靠在车窗迷迷糊糊地睡着了。

等车停在北江大学校门口的时候，她还没有醒。

陆嘉言也没去叫她，就这么坐在一片昏暗里，静静地看着她。

也不知道过了多久，裴枝握在掌心的手机忽然亮了下，屏幕正好朝上，对着陆嘉言。

他侧眸能看见那条跳出来的微信。

是邱忆柳发的。

一张图片，还有一句话：离婚手续办完了。

陆嘉言愣愣地盯着那条微信很久，直到手机暗下。他垂下眼睫，笑着，近乎自嘲地低喃："知道吗，我差一点，就有资格喜欢你了。"

所有人都有喜欢她的资格。

唯独他没有。

就因为曾经户口本上连着的两个名字，像镣铐，在无数个日夜里绑着他。

回应他的，是依旧平稳的呼吸声。

而窗外的雪不知道什么时候停了。

裴枝回到宿舍的时候，其他三个人都还没睡。

她们勉强算目击者，只当场被民警留在那里问了几句，用不着去派出所。

许挽乔坐在桌前，仔细地打量一番裴枝，声音有点哑："你没事吧？吓死我了。"

裴枝摇头："我没事。"

"都怪我，"许挽乔还在自责，"要是知道会发生这样的……"

裴枝打断她："和你无关。"

是坏人太坏，是这个世界太糟。

平静或不平静的一夜终究过去，地球继续转动，太阳照旧东升西落。

可第二天一直等到夜深人静，那个置顶的黑色头像都还是安静的，没有一点消息。

裴枝看着手机屏幕的亮度慢慢变暗，在彻底变黑的那一秒，左上角的时间也随之跳成零点。

新的一天到来。

她又看了会儿,看到眼眶发酸,才往聊天框里发了一条消息:沈听择,你骗我。

那一夜裴枝睡得很不安稳,脑袋里走马观花地掠过很多画面,但醒来时什么也不记得了。

头还有点痛,她撑着从床上坐起,下意识地拿起手机去看那个聊天框,却依然没有回复。她的指尖悬在上方顿了顿,最后还是什么也没发。

那天是隆重且盛大的校庆日。

学校给放了半天假,温宁欣吃完午饭就被拉去化妆彩排。

裴枝本来对这种晚会一点兴趣也没有,但说起来是温宁欣的室友,还是跟着许挽乔和辛娟一块儿去给她捧场。

校方提前看了天气预报,今年选择把晚会安排了室外操场上,还花钱请了专业团队在主席台那儿搭了舞台,音响设备也搞得很高级。

越前面的节目越正经,不是朗诵就是红色歌曲。

温宁欣的舞蹈节目被排在了中间靠后的位置。等她出场那会儿,现场的气氛已经很热了。人潮汹涌的尖叫,快要把裴枝淹没。

好不容易等温宁欣的节目结束,裴枝看了眼意犹未尽的许挽乔,附耳对她说:"我去下洗手间。"

洗手间就在操场背面,那里很暗,也很静。以至于裴枝手机响起来时,把她吓了一跳。

她从口袋里拿出手机,看到屏幕上闪烁的陌生号码,以为是推销电话,皱了下眉直接按掉。

可对方接着又打。

如此往复到第五遍的时候,裴枝终于耐心耗尽,她划过接通,语气算不上好:"我什么都不需要买……"

那头愣了一下,紧接着一道低沉的声音响起:"是我,沈听择。"

裴枝攥着手机,连心跳都停了半拍。但没等她出声,沈听择就自顾自地继续问她:"愿不愿意回个头?"

时间仿佛停滞了两秒。

下一秒裴枝似有所感地转身，然后就看见了站在她身后不远处的沈听择。

她似乎还能听见前面排山倒海的欢呼，可这会儿心跳又很静，视野里只剩下沈听择。

只有他。

黑夜里，那盏很昏暗的路灯下，明明背光的男人一举一动却格外清晰。

他嘴角勾着笑，声音和刚刚比起来不哑也不颓了，就这么透过听筒传过来——

"我来晚了，抱歉。"

操场上的音浪一阵高过一阵，风也在吹，这个夜晚注定是喧嚣的。

裴枝就这么站在原地没动，眼睛一眨不眨地看着沈听择挂断两人之间的通话，朝她走过来。

距离瞬间拉近，她握着手机的手慢慢垂下，有意识地往后退了四五步，背抵靠到墙上，却一把又被沈听择拉进怀里。

但不同于以往那种要把她揉进身体里的力度，这次沈听择只用手臂环着她的肩，两具身体中间空有一个指节的距离，风能流连，带着各自的体温。

他换了件外套，有股很重的洗衣液香味，但还是掩不住那点更重的烟草味。

静默的那半分钟里，他有两次偏头想咳的迹象，可全被忍住了。像是察觉到裴枝要做某些决定的前一秒，他先开口："怪我，骂我都可以，别说分手。"

裴枝抬手轻轻地碰了下他艰难滚动的喉结，然后仰头看他："沈听择，我最讨厌别人骗我。"

"嗯。"沈听择垂眼，覆住满眼的血丝，"我知道。"

"你不知道。"说着，裴枝按亮手机，低头看一眼时间，朝沈听择晃了晃，"我给你的期限只有四十八小时，你如果再晚两个小时出现……"

她笑了笑，情绪却很平静："我就不要继续喜欢你了。"

两人灼灼对视，直到话落后的第三秒，裴枝感觉到那股力道不再克制地扣住了她的腰，熟悉又强势，耳边是沈听择低笑着在喟叹："就等我四十八小时啊，连上诉的机会都没有。"

裴枝也低低地"嗯"了声，抓着他后背的手用力，指甲掐进他的羽绒服里。

204

她另一只垂下的手又倏地感受到他缠过来的触碰,劲歌热舞都没能掀起波澜的一颗心在这会儿跳得一下比一下剧烈。

她想了会儿,抬起头,看着他特别认真地说:"最多七十二小时。"

有点别扭,又有点可爱。

"好。"沈听择答应得很快。

他还在笑,抱着裴枝侧身,替她挡住越来越冷的夜风,然后说:"没想不回你的消息,手机被我妈拿走了。"

裴枝闻言把额头靠在他的肩膀上,似乎一点也不在意他的解释,只是问:"那以后要用这个号码吗?"

沈听择:"嗯。"

那晚后来沈听择把裴枝送到宿舍楼下。

裴枝叫住转身要走的人,远远地看着他问:"沈听择,你能陪我多久?"

他被问得有点始料未及,但几乎是同一瞬间,他没有犹豫地回望着她笑:"你说多久就是多久。"

路灯坏了几盏的楼底,月光照着他,裴枝点头说"好"。

临近十二月中旬,裴枝有几节课开始结课,好像刚歇了没几天又要忙起来。

讲台上教授在布置期末的小组作业:"……裴枝、陈鹏、何浩轩、潘琳一组,裴枝是组长。"

那会儿裴枝困得要死,愣了几秒才反应过来,上去领他们组的课题。

等她坐回位置,许挽乔看着她那副没精打采的样子,问她昨晚几点睡的。

裴枝趴在桌上回想了下:"三点。"

许挽乔"啊"了声:"怎么这么晚?店里那些稿还没画完?"

裴枝点点头。

前阵子她给客户设计的成图不知道怎么就被人传上了网,慕名来约的客人越来越多。李元明自然高兴,大手一挥帮她全接了下来。

说没压力是假的,但做多了也就习惯了。

习惯真是一件很可怕的事。

刚下课何浩轩就走过来和裴枝讨论要怎么分任务。

裴枝瞥了眼手机上的消息，静静地听他说完，才很淡地笑了下回："不急，我到时候拉一个群，群里讨论就行。"

她一句话把何浩轩铺垫半天的话堵死，他只能眼睁睁地看着她拿上东西离开。

裴枝刚走出教学楼，还没来得及问沈听择在哪儿，就听见身后有人按了下喇叭，紧接着有车往她面前一停，车窗摇下，露出一张明艳大气的脸。

林映之手肘搭在窗边，和她打招呼："美女，好久不见。"

裴枝脚步一顿，视线从手机屏幕移开，对上她笑吟吟的眼睛，相比之下显得有点冷淡："你找我？"

适时有保安走过来，告诉林映之这里不能停车，让她往前开开。

林映之嘴上应着，却没动，还盯着裴枝在笑，回答她的问题："我今天正好来你们学校有点事。"

裴枝迎上林映之的视线，不以为意地"哦"了声。

"那既然这么巧，一起吃个饭吧？"林映之热情地邀请，末了像是怕裴枝拒绝，特意补上一句，"就去你们食堂吃，听说伙食蛮不错的。"

保安又在催，林映之不得已往前开了一米，回头对裴枝说："我去停个车过来，你考虑考虑。"

说完那辆拉风的玛莎拉蒂就消失在视野里。

裴枝捏着手机，沉默地站了一会儿，没人知道她在想什么。

直到林映之去而复返，看到她还在原地不算惊讶，只是得逞的笑意更甚一点。

裴枝也懒得搭理，低头跟沈听择提了一嘴这事，才睨向林映之，语气很淡地问："吃什么？"

林映之今天踩了双高跟鞋，堪堪和裴枝并肩。她想去拉裴枝的手臂，被裴枝扫了眼后，讪讪地收回手："听你的，这里我没你熟。"

裴枝没再说什么，只把人带进最近的一个食堂。

打好饭两人找了张靠窗的桌子坐下，全程都是林映之有一搭没一搭地在找话聊，裴枝敷衍得很明显。

"听柔淑说你最近挺忙的，客单都排满了。"

裴枝垂着头在挑盘里的香菜，漫不经心地"嗯"了声。

"我也挺想找你约一个的，"林映之促狭地笑了笑，"你要不看看什么时候有空？给我插个队？"

裴枝抬头看她一眼："没空。"

林映之"啧"了声："送上门的生意都不做啊？"

裴枝没搭她这腔。

就这样安静了一会儿，林映之吃完最后一口西蓝花，一本正经地看着裴枝开口："那我之前说的那笔生意，你真不考虑，哪怕试试？"

裴枝闻言也放下筷子，抬起头，直直地和她对视，嘴角勾着浅浅的笑意，刚想把话挑明了说，一道冷淡的男声先插进来——

"试什么？"

裴枝回头就看见沈听择双手插着兜往这儿走，眼皮耷着，目光难得没看她，而是落在她对面的林映之身上，明明一副困倦的样子，却还是极具压迫感。

林映之愣了下："……这是？"

裴枝笑着介绍："我男朋友。"

说话间，沈听择已经在裴枝身边的空位坐下，手臂一抻，好整以暇地搭在裴枝的椅背上，他下巴抬起，打了个不算多礼貌的招呼："你好。"

林映之头皮莫名有点发麻，看了看面前挨得很近的两人，她舔了下唇，干巴巴地笑："……你好。"

裴枝想回沈听择的话，但还没开口，搁在桌边的手机突然响起来。她看了眼来电显示，朝沈听择示意，起身出去接电话。

桌前一下只剩沈听择和林映之两个人面对面。

林映之看着对面比自己小几岁的男生，却有种如坐针毡的感觉。气氛安静两秒，还是沈听择先打破沉默，手机在掌心转着，落到桌边发出不轻不重的一声闷响，他道："林映之，有什么生意，什么话跟我说也一样。"

林映之就知道他心里其实比谁都敞亮，经过几秒的权衡，她摇头："没事。"

沈听择挑眉："真没事？"

"真的。"林映之觉得自己就差写个保证书了。

裴枝回去的时候，对面那个位置已经空了。她奇怪地看一眼沈听择："林映之走了？"

沈听择不以为意地"嗯"了声，伸手把她拉到自己腿上，从背后环住她的腰："原来你今天不跟我吃饭，是跟她吃饭啊。"

裴枝没否认："之前在店里遇上的，她想挖我去当模特。"

顿了顿她偏头看沈听择："你和林映之认识？"

两人虽然没当着她的面有什么相识的举动，但裴枝能看得出。

沈听择承认得言简意赅："她那模特公司是许辙家的，见过。"

"哦。"到了这会儿裴枝大概捋清了一些关系，但更深的她管不着，视线落回沈听择身上问，"那你吃饭没？"

沈听择把头抵在她的肩膀上，低声说没。

于是裴枝又陪沈听择吃了一顿。

再往后的几天，裴枝作为组长，建群分配任务，小组作业有条不紊地进行着。好在他们组没有"划水"的人，效率都很高。

一直到临近汇报的前一天，他们挑了一节空课，在教室里做最后的PPT。

毕竟是期末作业，一个PPT做了挺长时间的。等结束时外面太阳已经落山，天空起了点雾蒙的黑。

裴枝抬手按了下酸痛的脖颈，刚打开好久没碰的手机，就看见那个黑色头像给她发了好几条消息。

她低头回着，何浩轩过来问她要不要一起走。

裴枝头也没抬地婉拒："你们先走吧，我再等会儿。"

何浩轩又打量了她一会儿才点头："行，那你走的时候别忘了关灯锁门啊。"

裴枝应下。

其他三个人很快收好东西离开，他们边走边讨论明天小组汇报的几个难点。何浩轩刚好提到一个能改进的点，想让潘琳和裴枝说一声。

潘琳点点头，拿出手机找到裴枝的号码，拨出去。

那个点正好是下课高峰，校道拥挤，人潮喧嚣。电话是通的，但一直没人接。

在长久的一阵嘟声后，电话那头传来机械的女声："您好，您拨打的用户正忙，请稍后再拨……"

潘琳不得已挂了电话，朝其他两人摇头："可能她在忙，我等会儿再打。"

第八章 /
我只救你

教室变空的那会儿，走廊也暗下来。

裴枝把灯都关了，只留了她头顶那盏。她拿起手机，看见沈听择又发来一条新微信，说马上到。她倚着桌子回他不急，退出时指尖划到和邱忆柳的聊天框。

聊天还停在上午裴枝问她房子租好了没有。

裴枝扫了眼时间，这个点邱忆柳应该快要下班了。

比起那些一朝落魄的富太太，邱忆柳接受得坦然也平静。她觉得自己只是重新回到了她应该待的世界，搬出陆家别墅后就去找了一份工作，在一家大型超市当收银员。

过去那几年就像大梦一场，至此梦终。

裴枝又等了不到两分钟，那头回复：嗯，在一中附近，不算大，两室一厅。等寒假回家的时候，妈来接你。

消息进来刚好傍晚六点，图书馆那边的立钟在报时。裴枝盯着反复看了会儿，低头打字：妈，以后我陪着你。

那头也过了会儿才回她一个"好"字。

然后聊天结束，她开始专心等沈听择，手摸到帆布袋最底下的硬盒，思忖两秒取了出来。

沈听择是六点十三分到的，进门就看到偏亮的后排，窗户开了大半。

裴枝侧对着门，坐在窗边的桌上，长发被风吹得很乱。她低着头，露一半侧脸，齿间咬着一根棒棒糖，脸颊徐徐在动。左腿搭在桌沿垂晃着，视线没聚焦，看起来像在思索，但更像发呆。

209

他莫名停下脚步，就这么站在昏暗的教室门口看着她。

两人一站一坐，光线横亘在中间，明暗交接，像要分割一段年少轻狂的岁月。

沈听择想起曾经的自己也是这样，无数次站在附中旁边那条很暗的窄巷里看她。

很远的，一眼就好。

只是这一次，裴枝似有所感地回头。

两人视线对上，氛围变得浓烈而静谧。

裴枝看向长久伫立在门口像是罚站的人，挑眉没动，笑着问他怎么不进来。

沈听择敛神走过去，伸手帮她把头发抚顺："心情不好？"

裴枝不以为意地笑了下，摇头回："还行，就是事有点多，烦。"

然后没等沈听择说话，她紧接着又问："你是不是要管我啊？"

这话似曾相识，他也问过她。

沈听择回答她说不是，然后，眸光慢慢低垂，从她的眼移到唇，低声问："什么味的？"

裴枝就笑了："想知道啊？

"你尝尝喽。"

齿间那根棒棒糖在下一秒并不意外地被沈听择勾走，她下巴被他抬起。男人的气息一点一点漫进来，比糖果更让人上瘾。

起初裴枝还想躲，可沈听择没给她机会，或者说本来就是她勾的他，没得选。腰被搂得更紧，她还坐在桌边，两条腿不着地，软得要往下滑，被沈听择一把捞起。他把裴枝往上提了点，又让她的手臂环住自己的脖颈。

她稍有回应，他就吻得更深也更凶一点。到后来裴枝无声地抱紧了沈听择的脖颈，像要求饶，却被他按着腰贴得更近。

那时窗外月亮爬上了树梢，但教室里还是昏暗，开着一扇窗，窗帘被吹得飘扬。

无人问津的桌肚里，裴枝的手机屏幕突然亮起，闪出一点微弱的光线，发出极细微的振动，又因为太长时间没人接听而一点一点归于黑屏。

不知道过了有多久，裴枝的额头抵着沈听择的胸膛，还在喘着气，耳边是他低声在问开心了没。她抬起头，红着脸也红着眼嗔他："哪有你这么哄人的？"

沈听择就不置可否地笑，指腹贴在她耳后和侧颈那儿来回磨蹭，却还觉得不够似的，将她头发拨到了肩前，俯身用唇代替，感受她一下重过一下的鲜活的脉搏。

那晚后来，梁逾文看着沈听择沉着一张脸回宿舍，又一言不发地进浴室，还奇怪又有谁招他惹他了。

而一墙之隔，瓷砖因为温度差异而起了一层更密的水雾。

花洒的水流从温变冷，在漫漫寒夜更显刺骨，也足够让人清醒。

走出浴室时，沈听择对上梁逾文打量的视线，他只当没看见，伸手捞过桌上的手机。上面又有很多消息，但他懒得一一去看，只点进那个置顶的聊天框。

可几行文字扫过，他整个人一滞。

偏偏梁逾文还要凑过来和他说话："哎，对了，刚刚裴枝给你发消息没人回，就给我打了个电话。她说帮你在美团上买了点感冒药，让我提醒你等会儿下楼去拿一下。"

末了他还关心一句怎么感冒了。

沈听择闻言直接哼笑出声，但没搭梁逾文的腔，抓起搁在桌上外套，头也不回地往宿舍外走，留下一脸蒙的梁逾文。

宿舍外面的走廊没有暖气，这会儿还有风从楼道钻进来。沈听择就穿了件薄外套靠在墙上，然后垂眸看着微信界面。

裴枝的头像用的是一张雪山景，乍看就像一片白。

和他的怎么看怎么像是情侣头像。

指尖划到最右下角的加号那里，功能栏上浮，沈听择盯着视频通话的选项好一会儿，最后还是没有拨出去。

他看了眼订单已送达的信息，转身往楼下走。

十分钟后梁逾文看着沈听择拎着一大袋感冒药回来，各种品牌都有，他没忍住"啧"了声："女朋友不比这些药管用？"

他说这话原本只是调侃，但沈听择闻言很散漫地哼笑了下，应他的话："确实，女朋友更能治病。"

梁逾文一听也来劲了，和他说起男生宿舍都逃不过的那点话题。

可是更进一步的沈听择倒显得兴致缺缺，他对着那袋药拍了张照，给裴枝

/ 211

发过去。

那头很快回了一个"OK",还有一句"晚安"。

沈听择垂眸看了会儿,也回她一句"晚安",然后把手机扔到一边,打开电脑。

梁逾文见他这个点还学,整个人都不好了,眉头皱在一起:"不是吧,'卷'成这样?"

沈听择不置可否,嘴里的薄荷糖咬得作响。

梁逾文见状被迫坐回桌前,把自己做了一半的微观作业写完。

这一夜注定漫长。

冬至那天,沈听择去了沪市比赛。

飞机落地的时候天已经黑透,沪市空气没有北江那么干燥,但还是一样的冷。

梁逾文拿着手机在叫车,旁边站着的是这次和他们一组的女生,叫万雅薇,计软院的。她低头回完消息,抬起头时,眼睛不由自主地看向了不远处的沈听择。

他斜靠在路边的指示牌下,冲锋衣随意地敞着,金属拉链泛出一点银光。额前的碎发被风吹起,那双狭长的眸低敛着在看手机,浑身有种冷淡的风流劲。

天生一张"渣男"脸,帅得让人在明知他有女朋友的情况下,还是忍不住想要靠近。

就在万雅薇绞尽脑汁想要找一个不算突兀的话题时,沈听择先掀起眼皮,慢条斯理地看了过来。

昏沉夜色里,万雅薇眼神躲闪不及,正好和他直直对上,然后心跳没出息地漏了整整一拍。

那一瞬心脏跳动的声音比飞机起航的轰鸣还大,被夜风鼓噪着,根本无法停止。

一秒,两秒。

等回过神,万雅薇发现自己根本没听清他问了什么,心思更躁动,她斟酌着语气轻声问他能不能再说一遍。

那会儿沈听择其实已经收回视线,但闻言还是懒散地又看她一眼,把玩着打火机在掌心转了几圈,问她:"介意我抽根烟吗?"

万雅薇连忙摇头,摆着手说:"我不介意。"

接下来的时间里,万雅薇就看着沈听择咬一根万宝路在嘴边,拢火点燃。然后他侧头和梁逾文说起话。

"车还有多久到?"他的声音有点哑。

梁逾文看一眼手机界面,回:"离这儿九百米,大概五分钟。"

沈听择"嗯"了声,又低头去看自己的手机。屏幕亮度变暗,他就腾出手点一下。

但那头始终没动静。

梁逾文看明白了,也受不了他这样,笑着"啧"他:"怎么,裴枝还没回你消息啊?"

听到那个熟悉又陌生的名字,万雅薇一愣,心里说不出什么滋味。

如果非要形容,大概就是那种很压抑的酸涩,密密麻麻的,像针戳在心口。她不认识裴枝,甚至连面都没见过,但她很清楚,那就是沈听择的女朋友。

传闻都说是沈听择追的裴枝。

她难以想象眼前这么浑不懔的一个人,是怎么甘心俯首称臣的。

网约车适时到达,沈听择不置可否地哼笑一声,掐了烟上车。

而万雅薇没想到会这么快见到裴枝。

那是比赛进行到第二天下午的时候,他们从机房出来。那个点,等在电梯前的大多数是参赛选手,有资格参加国赛的,都是经过了层层筛选,实力差不到哪儿去,心气也高。

只有沈听择插着兜站在最后,吊儿郎当的,状态很散漫,看着不像是来比赛的样子。

直到乘电梯下到一楼,终于有女生没忍住过来搭讪:"帅哥,你是交大的吗?"

沈听择偏头看那女生一眼,没什么情绪地摇头。

梁逾文走过来搭话:"我们是北江大学过来参赛的。"

女生先是一愣,紧接着看向沈听择的眼睛都亮了:"你们是北江大学的?"

这回沈听择很淡地"嗯"了声。

但没等女生继续说话,他捏在掌心的手机响了下。

213

屏幕上跳动着一个名字,沈听择垂眼看清,然后整个人情绪变了点。他接通将手机放到耳边,等那头说完才低笑着回:"刚结束。"

正好交大下课,晚霞漫天,熙熙攘攘的人群从对面教学楼拥出来,喧闹卷过这片。

万雅薇离沈听择最近,所以能听见那头有道清冷的女声问他今天忙吗。

话落后的那几秒,万雅薇看着夕阳洒一点在沈听择肩身,他笑得散漫,却很温柔。

除了温柔,她想不出别的词去描绘那一刻的沈听择。

那种骨子里的桀骜难驯没了,那种拒人千里的冷漠也不见踪影。他握着手机迎光在笑,嘴角的弧度更深,不紧不慢地答:"嗯,挺忙的。建模、整理数据、做误差分析、改论文初稿,还有想你。"

最后那四个字他说得太过平常,却让在场除了梁逾文的人愣住。可沈听择不以为意,他低声哄着反问那头的人在忙什么。

那阵喧嚣过去,四周静了,那道女声变得清晰可闻。她说:"沈听择,你抬头往前看。"

于是那天下午五点十七分的时候,万雅薇也跟着照做,抬头就看见了站在对面教学楼台阶上的女生。足够出挑,穿着黑色大衣,收腰设计,腰细得一只手就能掐过来。左手插在口袋里,长发随风扬起,她随意地撩一下,懒意横生。

明明素未谋面,可万雅薇就是一眼能认定,那是裴枝。

是沈听择大张旗鼓追到手的人。

转眼间沈听择已经挂了电话走过去,不加掩饰他的惊喜,直接伸手揽过裴枝的腰,很紧地搂进怀里。裴枝没有任何抗拒地回抱住他,还没说话,下巴就被他抬起,低头吻住。

万雅薇和刚刚那个想要搭讪的女生都看得清楚,看清两人难舍难分的吻,看清裴枝受不住地后退一步,又被沈听择托着腰往怀里拽。

那一幕刺眼,可黄昏都像在给他们做陪衬。

女生好半天才消化完眼前是什么情况,有点不甘地问:"那是……他的女朋友?"

万雅薇垂在裤侧的手捏紧,她小幅度地点了点头。

梁逾文也附和地"嗯"了声，然后停顿两秒，指着裴枝笑："或者再准确点说，但凡她今天到了年纪，他都能直接带着她去扯证，信吗？"

听到这话，女生最后那点不甘被掐灭，只剩惋惜。

夕阳在收拢最后一抹余晖。

沈听择顾忌着周围人多，没有太过，很快放开裴枝的唇，但还是把她抱在怀里，额头和她抵着："什么时候来的？"

裴枝气息不太稳："刚来没多久。"

沈听择闻言默了一瞬，低头去握她的手，不出意外的凉。他皱眉："别跟我编啊。"

裴枝在他怀里轻轻地应了声，倒也不打算瞒着什么，想了想说："下午三点多到的。"

沈听择眉头皱得更深："那怎么不告诉我？"

"不想打扰你。"

然后两人就这样静了会儿，直到沈听择问她怎么来这儿了。

裴枝抬头看他，睫毛轻颤，声音却平静："想你了。"

过了会儿，她又主动补齐主谓语，一字一句说得认真："沈听择，我想你了。"

尾音落下的那一秒，就那一秒，沈听择对上她的视线，只觉得他这辈子就栽这儿了。

反正只会是她。

他认了。

那天是平安夜，街头人潮汹涌。

节日的气氛很浓，沿街店铺都在放着 *Jingle Bells*（《铃儿响叮当》），圣诞树已经亮起，路边车流走走停停，昏黄灯光映出每一张喜悦的面庞。

万雅薇不知不觉走到了一行人的最后，隔着点距离，她看见沈听择搂着裴枝的腰。一旦察觉到有人可能会撞到她，哪怕碰一下肩，他都要皱着眉把人往怀里揽更紧。裴枝不明所以地偏头问他怎么了，他就低笑着亲她一下，说我冷，要抱。

215

旁边的梁逾文听见了，凑近打趣一句"肉麻死了"。沈听择也不恼，远看还是那副冷淡的浑蛋样儿，但万雅薇站的角度，刚好能看到他有点邪气地哼笑，说"要你管"。

她分不清他身上是坏劲多一点，还是幼稚多一点。

万雅薇的心脏迎来了最狠的一下颤动。

她亲眼看着半个小时前原本对什么都无所谓的人有了那样鲜活的情绪，原来她以为的无爱者早就被拉下了神坛，彻彻底底。

那天到饭店的时候，万雅薇还没回过神，以至于没看清脚下的台阶。

猝不及防被绊住，四周全都是人，她在想要怎么择才能不太难堪。但就在身体向前倾的那一瞬，她突然感觉手肘被人扶了下，很克制的一下，基本靠掌心，避免了更多的肢体接触，甚至还没等她感受到两人相碰的力道，那人就收回了手。

万雅薇愣怔地看向和她还有一臂距离的沈听择，他应该是确定自己站稳了，若无其事地移开眼，低头在问裴枝要不要把外套脱了，一冷一热容易感冒。

好像刚刚的一切全都是她的错觉。

万雅薇觉得他根本不需要那句谢谢。

这么想着，万雅薇垂眸，自嘲无奈地笑了笑，也终于收拾好心思，跟上他们。

因为是节假日，外面大厅的位置不是坐满了，就是被预订了。在走或留之间，沈听择直接要了一个六人的小包厢，圆桌。

落座时万雅薇挨着裴枝，裴枝的外套早被沈听择挂到后面的衣架上了，这会儿她就穿着一件很素的纯色毛衣，不算宽松地贴在她特别白的肌肤上，显得背薄，胸前该有的料却一点也不含糊，身上还有很淡的香味。

梁逾文在点菜，裴枝就这么靠着椅背无聊地玩了会儿手机，大概是觉得头发碍事，叫了声沈听择。

沈听择闻言看向她，问怎么了。

裴枝下巴微抬，神情看起来比沈听择还要散漫点："把皮筋还给我。"

万雅薇一时没反应过来，先听到梁逾文哂笑一声。

再然后看着沈听择沉默两秒，不是很情愿地撩起袖口，从手腕那儿扯下一根黑色皮筋，递给裴枝的时候很轻地"啧"了声。

万雅薇愣住，但很快又意识到那玩意那举动代表了什么。

一颗心酸胀得快要爆炸。

裴枝漫不经心地睨沈听择一眼，接过，抬手把自己的长发捋顺，随意绕两圈，扎了个低马尾，随后手指又从前额滑过，将碎发收拾干净，露出饱满的额，精致立体的五官。

万雅薇这才直白地感受到裴枝有多漂亮。

他们有多般配。

可能她的视线太明显，裴枝侧眸看过来，挑眉笑问道："我脸上有什么东西吗？"

万雅薇被她看得莫名有些局促，连忙摇头："……没。"

裴枝"哦"了声，就在万雅薇以为要冷场的时候，裴枝随口问起她是不是港城人。

万雅薇有点愣，又有点惊："你……怎么知道？"

裴枝笑："听你名字和口音猜的。"

又是一怔，万雅薇问："你知道我的名字啊？"

"嗯，知道。"裴枝笑了下，用眼神点着旁边的沈听择，"他说你建模很厉害。"

万雅薇好像没法形容那一刻的心情，只能下意识地抬头，去看沈听择。但他全部注意力都在裴枝身上，压根没心思看一眼别人，包括她。

那顿饭后来没吃很久，结束差不多八点。

他们往回走，到酒店大堂的时候，万雅薇的步子突然慢下来，旁边梁逾文奇怪地看她："怎么了？"

"没事。"嘴上说着，但万雅薇的目光还是不由自主地晃了一圈，落在那边前台的两人。

过了几秒，梁逾文有点懂了，他笑道："你就别管他们了，早点休息，明天还有比赛。"

万雅薇应下："哦。"

两人转身乘电梯上去。

而前台那边，沈听择听到没有标间的时候，眉头皱起，想了想又问："大床房呢？"

前台让他们稍等,用系统查了下,然后一脸抱歉地说也没了。

裴枝平静地听完,和前台说一句谢谢,拉着沈听择就往电梯那儿走。

"几楼?"

沈听择一愣:"……九楼。"

门缓缓关上,节日的喧闹被隔绝在外,电梯里很静。

头顶灯光明亮,沈听择偏头看了会儿,有点反应过来了,他低低地笑出声:"要跟我睡啊?"

裴枝两手插兜靠着轿壁,大清早赶飞机过来的困劲在这会儿达到顶峰,她懒洋洋地抬眼,不置可否地也笑:"给睡吗?"

沈听择没急着回答,直到电梯在九楼停下,两人一前一后地走进房间。

房卡还没来得及插,裴枝就被沈听择从身后抱住,黑暗里发尾的皮筋被他拿下,头发散开,把越来越重的呼吸都缠到一起。

温热的气息密密麻麻地喷在她的后颈,裴枝想躲,却被沈听择按着腰转了个身,变成额头相抵,她的腰贴着墙。

裴枝去勾沈听择的脖子,然后叫他。

"嗯,我在。"过了会儿沈听择笑,"这么喜欢我的名字啊?"

裴枝没否认地"嗯"了声,又顿了两秒,她借着房间里那点很暗的光和他对视,"更喜欢你。"

很轻的四个字直接在两人之间烧了一把火,吻来得自然而然又汹涌,比之前的每一次都要剧烈。

那会儿窗外有烟花升起,炸开很大的声响,裴枝被吓得颤了一下,沈听择直接把她打横抱起,放到沙发上。

"怕?"沈听择伸手拂开裴枝散乱的头发,目光很沉地看着她。

裴枝缓过那阵,把头埋在他颈侧,低声说:"还好。"

她知道的,自己有点应激。

从前裴建柏动手时,会摔很多东西。

沈听择又抱着她亲了会儿,只是这次很温柔,带着安抚意味。

烟花很快落下,他拉开一点两人的距离:"你先去洗澡。"

裴枝没拒绝,起身脱下外套往浴室走。

沈听择就坐在沙发上，听着水声一个人发呆。

不知道过了多久，水声还没停，他回过神，拿出手机拨了个号码出去。

"嘟嘟"声几秒，那头接通。

沈听择开门见山地问："上次我让你查的事怎么说？"

那头像是在声色场，很吵，好一会儿才有男声传来："没查到裴建柏的哪个债主去过老太太家啊！择哥你是不是搞错了？"

沈听择皱眉："确定？"

"我还能骗你吗？"那头男人喝得舌头有点大了，乐呵呵地笑，"择哥，什么时候回来玩啊？想你了。"

水声停了。

沈听择看一眼磨砂玻璃门里的模糊人影，撂下一句"寒假回"，就把电话挂断。

裴枝推门出来，轻易地闻到房间里那股没能散掉的烟味。

沈听择朝她招了下手，她走过去，坐他腿上。

"空调给你开到了27℃，遥控在床头，热水壶里有水，渴了就喝……"

但他的话还没说完，就被裴枝打断："你要去哪儿？"

沈听择本来以为自己的意思已经很直白了，被裴枝反问得一愣，接着用目光示意房间里唯一一张大床，斟酌着措辞问："真要跟我睡啊？"

裴枝平静地看着他："沈听择，你怕啊？"

沈听择突然觉得自己就不该有良心。

裴枝推了他一下："去洗澡。"

沈听择没动，就这么盯着她好一会儿，没忍住笑地说"行"。

可等他洗完澡出来的时候，裴枝已经趴在沙发边睡着了，发丝很乱地铺在身后。

沈听择深吸一口气，在心里骂了句脏话。

他觉得自己迟早要被她磨死。

但想归想，沈听择还是认命地伸手去抱裴枝。结果刚把人从沙发上抱起来没走两步时，裴枝就醒了。

她迷迷糊糊地睁眼："你洗好了？"

"嗯。"沈听择脚步没停,"去床上睡。"

裴枝低低地"哦"了声。

到床上那会儿已经十点多了。

房间里就开了一盏很昏的夜灯,裴枝还是被沈听择从身后搂着,她的背贴着他的心跳,耳边传来他的声音:"困了就睡,我不做什么。"

明明困得要死,但裴枝这会儿脑子特别清醒,她想到沈听择刚才抽的那根烟,在他怀里翻了个身:"沈听择。"

"嗯。"

"竞赛压力是不是很大?"

沈听择愣了下:"怎么问这个?"

房间里的空调在源源不断输送暖气,但都不及男人的体温热。

裴枝忍不住靠近了点,仰头看他:"感觉你好像很想要拿那个奖。"

沈听择闻言沉默了会儿:"嗯,是想要。"

"为什么?"

"因为不想出国。"

夜很安静,只有窗户被风吹得微微作响。

昏昧中两人静静对视,沈听择垂眼看着她碎发凌乱地散在额前,抬手用指腹贴着蹭了下,淡笑道:"因为你在这儿,我就哪儿也不去。"

就这样静了有半分钟。

裴枝一言不发地勾着他的脖子吻上去,有点青涩的,从他的薄唇亲到锁骨。

沈听择在她贴上来的那一刻就僵住了身体,抱着她的手臂一点点收紧,直到喉结被很轻地舔了一下,所有的欲望都冲破牢笼。

他翻身把裴枝压在身下,声音哑得厉害:"不想睡了?"

对视都变得干柴烈火,裴枝笑了下没说话,抬手环住他。

光线开始在房间里浮浮沉沉,裴枝感受着沈听择的唇沿着脖颈到胸口、腰侧,越伏越低,她整个人滞住:"沈听择你别……"

结束的时候已经接近凌晨,雪还在细密地下,气温越来越低。

裴枝困得眼睛都睁不开,但还是本能地靠过去,想到什么闭着眼问他:"沈听择，寒假你待哪儿啊？"

沈听择沉默了一瞬反问："你呢？"

"我要回南城。"

然后裴枝就感觉耳后被吻了下，他低低的声音传过来："那我和你一起去。"

"好。"

后面几天比赛进行得也很顺利，沈听择他们组众望所归地拿下国一。裴枝没去颁奖仪式现场，只在朋友圈刷到了梁逾文发的一张照片。

明亮的报告厅里，沈听择站在那儿，手里拿着组委会递来的获奖证书，懒洋洋地勾着笑，太过鲜活的意气风发，没穿校服，却胜似那些年裴枝错过的少年模样。

怎么看都心动。

喜欢死了。

她把那张照片长按了保存，放进那个很久没碰的相册分类里。

第二天他们一起飞回北江。

学校在十二月中旬就全部结课了，现在算是留给他们的复习周。裴枝没少往图书馆跑，一开始是许挽乔陪她，过了两天，坐在她旁边的人变成了沈听择。

裴枝看着沈听择不紧不慢地走近，拉开椅子坐下，周围的视线还很胶着，她压低了声问："你怎么来了？"

沈听择似乎觉得她问得多余，连眼皮都懒得掀，把买的热奶茶往她桌上一放："陪你。"

"哦。"裴枝视线扫过那杯奶茶，然后一顿，嘴角勾出揶揄的弧度，"知道我喜欢喝这个啊。"

豆乳玉麒麟。

那天她在烧烤店喝的。

一句话同时勾出两人的回忆，沈听择偏头看着她哼笑："嗯。"

裴枝本来以为沈听择是来陪她打发时间的，可自从他坐下，面前就摊着一本宏观经济学的书，很厚，都是些晦涩的经济理论，说实话她看不太懂。

他复习得认真，甚至比她还专注点，眼睫低垂着，握笔的指骨节始终屈着。

偶尔也有不会的，他就戴了耳机听讲解。

她不合时宜地想起刚入校那段时间，关于沈听择的传言——

说像他这种公子哥，家里早就给他铺好了路，来北江大学不过是混日子。

可眼前事实是他比谁都努力，根本没有半点混日子的姿态。

他是因为不想出国，才这么拼命的吗？

但她没问出口。

时间很快走到一年的最后。

陈复大张旗鼓地组了跨年的局，就在Blank。除了相熟的几个人，还有他的同学，热热闹闹地挤满了一个卡座。

裴枝对此无所谓，出来玩要是太拘束就没劲了。她刚和沈听择随便挑了个位置坐下，就被陈复招呼过去。

陆嘉言也在，就坐陈复旁边。他们到得早，这会儿已经喝了几瓶。

几人视线交错，裴枝没改口，还是客客气气地叫了陆嘉言一声"哥"。

陆嘉言右手抓着酒杯，平静地"嗯"了声。

只有陈复那个角度看清了他抓着酒杯的力道有多隐忍，连指节都泛白。

陈复微不可闻地叹了口气，但还是笑着说了句恭喜。

总有一个人要得偿所愿。

可也只有一个人能够得偿所愿。

沈听择知道陈复是对自己说的，但裴枝不知道。她笑着嗔陈复，说搞得跟已经给他结婚请帖了一样。

陈复闻言笑笑不说话。

后来气氛始终张弛在一个平和的纬度里。

裴枝这几天复习得挺累的，就没忍住多喝了几杯酒。

沈听择要开车，就只能看着裴枝喝。可偏偏她还要来勾他，招手要了一杯威士忌，问他喝不喝。

今晚她化了妆，眼线上挑，长发随意地散在肩头，骨子里那点慵懒劲被酒精逼出七分，看他一眼都像在调情。

两人隔着酒吧昏暗的灯光对视。

过了好一会儿，沈听择按住她的手，对上她笑盈盈的眼睛，哑着嗓音说道："别闹。"

裴枝眨了下眼睛，只当没听见。她往沈听择身边又挪了点，朝着他耳郭吹气："择哥，你喝醉了什么样儿啊？"

沈听择睨她一眼："想知道？"

裴枝点头。

沈听择闻言笑了下，直接把人搂进怀里，凑到她的耳边说："不告诉你。"

不远处的两个人听不见他们说什么，只能看见裴枝伸手想打沈听择，却被他顺势握着拉到身前亲了一下。

陈复又开了一罐啤酒，递给陆嘉言，意有所指地说："听说你爸和她妈离了。"

这事被陆牧压了下来，所以就算在他们圈子里，也模棱两可。

陆嘉言接过，仰头几口就喝完，然后低低地"嗯"了声。

"遗憾吗？"陈复偏头看着他，"就差一点。"

陆嘉言捏着空罐扔进脚边的垃圾桶，垂着头低笑："遗憾有什么用。"说着，他抬眼看向陈复，语气变了点，"所以想要的就去追，别连句新年快乐都不敢发。

"不然这辈子你都会后悔的。"

陈复闻言愣了下，回过神后，自嘲地笑起来："可是她连我的微信都拉黑了。"

那天陆嘉言没能等到零点，就被学校一通电话叫走。

陈复又喝了挺多酒，看着有点醉了。

裴枝问要不要送他回去。

那时候沈听择去拿车了，不在。陈复就朝裴枝勾勾手指，一脸"我要跟你说小秘密"的样子。

裴枝好笑地配合他："怎么了？"

陈复大脑转了转，像在思考措辞，好半天才说："裴姐，你还记得咱们高中旁边有条小巷，特窄的，我去网吧就是从那儿翻过去的。"

裴枝想了想有点印象，点头。

"我前几天琢磨出来一件事……"他还卖着关子，顿了顿才说，"以前放

/ 223

学我在那儿看见过沈听择。"

裴枝闻言一怔,以为自己听错了:"谁?"

"沈听择。"

裴枝沉默几秒,笑了下:"你真喝多了啊。"

沈听择怎么可能出现在那里。

附中和一中虽说没隔太远,但也绝对算不上近。

陈复刚想据理力争,沈听择就从外面走进来,就出去的那一小会儿,他的羽绒服已经沾上凉意。他没碰裴枝,扫一眼两人之间有点奇怪的气氛,问了句"怎么了"。

话到嘴边,陈复定睛看着两人,最后摇了摇头说没什么。

裴枝又问陈复一遍要不要送他。

陈复说"用不着",裴枝就没再强求。

散场的那会儿正好快要接近零点,街头有欢呼的人群在倒数,烟花高绽。

整个世界都变得喧嚣。

裴枝被沈听择按在车边吻过零点,两人紧紧相拥,也不觉得冷,一颗心被灼烧着,耳边只剩下沈听择很动情地在说:"新年快乐,宝宝。"

一直到车开上路,裴枝都还没缓过那阵悸动。她偏头看了眼沈听择,又有点心痒地把视线移开,落到窗外,心不在焉地看着街景倒退。

没过多久,沈听择把车停在一家二十四小时营业的便利店前。

他解开安全带,摸了下裴枝的头,用哄小孩的那种语气说:"在这儿等我一会儿,我去买点东西。"

裴枝看着他"哦"了声,特别乖。

沈听择没多想,推门下车,径直走进店,找到裴枝最常喝的那个牌子的牛奶。

他刚要拿过去让收银员帮忙加热,但还没走近,目光突然扫到一道熟悉的身影,然后整个人一滞,脚步顿住。

便利店里光线明亮,那个本该在车上等他的人不知道什么时候下来的,这会儿正蹲在收银台旁边的那排货架前,挑挑拣拣,清冷着一张脸,模样却认真得要命。

像是察觉到了他的气息,裴枝适时回过头,朝他扬了下手里的东西,歪头勾着笑问:"这种的够了吗?"

裴枝想起今晚自己喝的那几杯酒,说实话,没什么感觉。

她的酒量早在那两年被练出来了,陈复都夸她千杯不醉。可是这会儿被沈听择抱在身前,他的手臂从后面环着她,他的薄唇似有若无地擦过她的后颈在说着话,她只觉得哪儿都在发软。

那根本就是一种彻醉的感觉。

有点飘,又有点爽。

电梯门打开,她被带进沈听择在校外的公寓。

灯光乍亮,裴枝打量起公寓里的陈设。

还是黑白灰的基调,落地窗,欧式软沙发,最显眼的是立在液晶电视壁旁边那个变形金刚模型,质感看起来跟真的一样。

裴枝随口问:"是擎天柱吗?"

沈听择绕到她面前,帮她把外套脱掉,然后才笑了下:"这是威震天啊,女朋友。"

裴枝"哦"了声,又思考两秒:"那个反派啊?"

"嗯。"

裴枝有点好奇地睨他一眼,说:"你们男生不是应该都喜欢拯救世界的那种吗?"

裴枝还记得《变形金刚》上映那会儿,班里男生一天到晚能为大黄蜂帅还是擎天柱帅吵上八百回,但是无一例外,他们迷的都是这些足够热血的拯救者角色。

没人像沈听择这样。

又或者是她根本就没有看透过眼前这个人。

短暂的沉默之后,沈听择抚着裴枝的额头,和她四目相对,声音很低地说"这个世界很难被拯救的",又笑着说:"我只救你的啊,忘了吗?"

然后裴枝就懂了。

气氛也是从那一瞬开始变的。

压抑的旖旎,浓烈的欲望开始烧到一起,裴枝仰头看着他。头顶的灯光明亮,刺得她眼眶都有点发红，耳边是他在问先去洗澡还是先回房。

裴枝抓着他的衣领收紧，任由他把自己抱起，脸埋到他的颈侧那儿，闷声说要洗澡。

沈听择笑着说好。

那晚后来裴枝只觉得整个人就像被泡在了水里，浑身都湿得要发腻。淋浴间的热水汩汩流着，汗从沈听择的额头滴到她的颈窝，浮沉间有种极度陌生的感觉，每个毛孔都在舒张、战栗。

直到后半夜飘了一场无人问津的雪。

裴枝懒懒地靠在床头，捧着一杯温水在想，自己有多少年没哭过了。

沈听择捞起扔在地上的衣服随手套上，见状走过来，摸了下她的头，问："想什么？"

裴枝连眼皮都懒得抬，一声不吭的。沈听择就笑着往床边坐，又把人抱到腿上，问她饿不饿。

晚上他们随便吃了点东西就去了陈复的局，到这会儿说不饿是假的，但裴枝想了想还是摇头："太晚了。"

沈听择知道她顾虑什么："那我去给你洗点草莓，那个不长胖。"

裴枝点头。

一晚上手机其实响了挺多次，但两人当时无暇顾及，到了这会儿裴枝打开，扫了眼，都是微信里大家在互道新年快乐的消息，有朋友，也有不熟的同学。

她礼尚往来地都回复了一句，只是刷到陆嘉言的头像时顿了下。

他发的是：新年快乐，裴枝。

原来他们之间已经到了要连名带姓地叫对方的地步。

沈听择适时端着一盘草莓进来，扫了眼她的手机，漫不经心地问："陆嘉言啊？"

裴枝趴在床上，盯着手机不怎么在意地"嗯"了声，指尖在屏幕上按着回了一句新年快乐，然后就感觉手肘撑着的那半边床陷进去一点。她被捞进沈听择怀里，他下巴抵在她右肩那儿，语气很淡地称述一个事实："他和你已经没有关系了。"

"嗯。"裴枝沉默了一瞬，抬眼看他，"所以呢？"

沈听择没说话。

最后那盘草莓裴枝也没吃几个,铺天盖地的困意开始上涌。

过了会儿,房间里的灯被关掉,沈听择还是从后面搂着她睡,临睡前好像又在她耳边说了点什么。但她迷迷糊糊的,也没听清。

第二天裴枝醒过来的时候天光已经大亮,绵厚的窗帘笼不住太阳。她一看手机,已经十点五十分了,可其实她满打满算也没睡多久。

身边的半张床没残留多少余温,沈听择不在。

她没多想,坐起身下床,在脚尖触地的那一瞬腿软得差点摔在地上。她皱着眉扶住床沿才站稳,没忍住骂出一句脏话。

等她洗漱完出去的时候,沈听择刚好从外面回来,手里拎着打包盒和一袋药。

像是察觉到裴枝下落的视线,沈听择也低头看了眼,然后勾唇笑了笑,解释一句:"破了,得擦点药。"

裴枝反应过来瞪他一眼:"怪谁?"

沈听择对此照单全收,还是笑着的,应得特不着调:"嗯,怪我,我下次注意。"说完,他随手把打包盒放下,另一只手去拉冲锋衣的立领。

拉到底的那一瞬裴枝刚好抬眸看过来,她看着他卫衣领口露出平直的锁骨,上面深浅不一地印着暗红,再往里的肩膀那儿好像有道咬痕。

她愣了下,然后走近,垂下眼睫,跟研究雕塑艺术品似的:"我弄的?"

沈听择给了她一个"不然呢"的眼神。

裴枝抬手碰了碰:"疼吗?"

沈听择斜靠在桌边,睨着裴枝看了会儿,把她往怀里一拉,笑得懒散:"你亲亲就不疼了。"

对视中时间一点点过去,裴枝收回手,面无表情地"哦"了声:"那你还是疼着吧。"

元旦三天假期说长不长,说短不短,裴枝被折腾得够呛,每次躺在床上半死不活的时候都觉得自己是脑子坏了去勾沈听择。

沈听择端着一碗粥进来,放床头,然后把裴枝从床上捞起来,笑得吊儿郎当:"又骂我呢?"

裴枝懒得搭理他,低着头在看手机。沈听择就无所谓地笑,一声不吭地抱着她,手穿过她的头发,指腹蹭着她后颈那儿的一小块疤。裴枝发现他好像很喜欢做这个小动作。过了会儿,他直接俯身亲了下,低声问她疼不疼。

裴枝打字的动作顿住,下意识地想回头看,但视野有限,她看不到,快要不记得那是什么时候留的疤了。

太多伤了,靠时间都来不及愈合。

裴枝沉默一瞬,锁了手机,把头发捋到胸前,露出面积更大的一片肩,指着上面被沈听择按出的淡青指痕。

她说:"沈听择,这儿疼。"

那时已经下午五点,夕阳的余晖从窗纱晃进来,昏黄一片,照在裴枝的发梢和肩身。她皮肤白,还娇,轻轻碰一下都恨不得留个印儿。

时间仿佛静止了挺久的,沈听择有点愣神地看着她,然后反应过来。

女朋友在哄他。

夕阳也开始偏移,往地平线下坠,将沈听择一并笼罩进余晖里。他正对着,感觉有点刺眼,可又舍不得闭眼,他和裴枝对视着。

恍惚又回到那年在南城街头。

一场骤雨停歇,他打完夜场球,走进便利店。店里空旷,只有收银台前倚着一个女生。

灰棕色的锁骨发,两边耳骨都打着钉,右手捏着手机,左手提着一罐打开的冰啤,罐身还有雾化的水珠在往下掉。听闻动静,她抬眸往门口瞥一眼,懒散又淡漠,说一句"欢迎光临"。

那是沈听择和裴枝的初次见面。

那天后来沈听择挑好饮料要结账的时候,只看见店门外走进来一个男生,他亲昵地碰女生的额头,问她能走了吗。女生没答话,兀自收起手机,转头对顶替她站在收银台里的中年女人说再见。

两人的背影很快消失在那个湿漉的雨夜。

那一年盛夏,南城多雨。

沈听择总能在球场看见裴枝。他们为数不多的几次交集,就是在球场门口,他进来，她出去，两人擦肩而过。门窄，雨汽弥漫，球场的照明灯年久失修，忽明忽暗，他垂下的手擦过她的，透心凉。

他皱眉，没忍住偏头看她，她也似有所感地侧眸，但很淡的一眼，她收回目光，直走，再拐弯，直到消失在他的视线里。

她有时候跟着陆嘉言，有时候是陈复，还有不认识的男生，但沈听择知道她和其中的每一个都不是男女朋友的关系。

她常常一个人靠在照明灯下，走神又或是发呆，头发被风吹得乱糟糟的，冷漠也颓废。偶尔有只流浪猫路过，她的脸上才会露出一点柔软。

沈听择知道在他那个圈子里，一个比一个活得浪荡潇洒，等着追的女孩要拿号，谁要搞暗恋那套，说出来能被笑话上三天三夜。至少没遇见裴枝以前，他的思想也是如此。

可是某次心不在焉地失防一个球后，周渡勾过他的肩膀，笑眯眯地朝裴枝那个方向挑了下眉："想什么呢？她啊。"

沈听择到死都忘不了那一刻他的想法。

不是下意识地嗤笑反驳，说怎么可能，而是心悸，像是雨过天晴后的一种悸动。

南城的雨停了，他鬼迷心窍的暗恋也被阳光照得无处可藏。

那晚他对裴枝放大话说，你拒绝不了我的，这话本身就是一个悖论。

因为从始至终都是他拒绝不了她，只有裴枝傻，不知道。

房间里很安静，夕阳褪去，两人依偎在一起。裴枝见沈听择沉默着，她抬手碰了碰他的额头："沈听择，你在想什么啊？"

沈听择抚着裴枝的后脑勺，把她抱进怀里，对视结束。他低垂着头，呈俯视姿态，一字一句说得很慢："想娶你。"

做梦都想。

裴枝倏地愣住。她不认为沈听择会说多肉麻的情话，那不是他的作风，但是也绝对想不到他会说出"想娶你"这样三个字。

太沉重也太遥远了，他们满打满算认识四个月，在一起两个月。

她轻笑："你想得是不是有点多啊。"

"为什么？"沈听择的嗓音有些哑了。

"你明明知道的，不是吗？"

进派出所的那晚，就是最好的镜子，明晃晃地照出两人的差距。

天差地别。

那是陈复都曾感慨的，正儿八经的豪门，有圈子，有人脉，有门路。

也是横亘在他们面前的，难以逾越的鸿沟。

而她有的，只是不堪回首的过去和满地狼藉。

两人的脑袋还是错开，彼此看不清神情。

沈听择将她抱得更紧，声音哑得更厉害："裴枝，我已经和家里摊牌了。"

裴枝浑身一僵："什么意思？"

"我爸妈全部知道了我和你的事。"

他微合着眼，想起那天跟薛湘茹回家。

沈家别墅灯火通明，大得空洞，沈鸿振也在。

戴惯了官场上的面具，连质问对峙都变得循序渐进。薛湘茹抿了一口茶，笑道："她就是你生日那天撂下我们所有人去找的姑娘吧？"

"嗯。"

"那年你也是因为她，"顿了顿，薛湘茹想起往事轻嗤，"以死相逼都要留在南城？"

沈听择答非所问："妈，我该谢你，送我去南城。"

"那今天呢，也是因为她动的手？"

"嗯，她被人欺负了。"

薛湘茹直接听笑了，她把瓷杯往桌沿一搁："沈听择，你可别告诉我，你就这么喜欢她，这辈子非她不可啊。"

一如既往的腔调，带着明显的嘲讽和轻蔑。

那会儿外面起大风了，雪也铺天盖地下得更大了。

沈听择满脑子都是裴枝到学校了没有，她冷不冷，是挺无可救药的。

薛湘茹见沈听择不说话，以为他是默认，虽然事实也是这样。她又气笑了，对着沈听择直接甩出四个字——想也别想。

"我不阻止你谈恋爱，玩玩可以，毕竟你还年轻。但你是我们沈家唯一的儿子，你知道这意味着什么吗？意味着你吃穿不愁，意味着你有享不完的荣华，但是也意味着以后这个家要你扛,要你继承,所以……"

可是话还没说完,被沈听择打断。

他坐在对面的沙发,弯着腰,手肘撑着膝盖,抬手捋了把湿透又干的头发,整个人背光,显得特别颓:"妈,我已经听了你的话,放弃我想要的天文学,去读了金融学……"

顿了顿,他倏地笑出来:"也没有多想要你说的荣华富贵,更做不到像你们那么博爱,能为了权势利益,不择手段,也……不嫌脏。"

连他自己都不曾发觉,说这话时尾音有些颤抖,而话落的那一秒,别墅陷入了一阵死寂。沈鸿振和薛湘茹的脸色都"唰"地难看起来,薛湘茹素来一流的表情管理更是失控:"你……什么意思?"

沈听择没说下去,只道:"我的意思你们应该比我更清楚。"

说着,沈听择也慢慢红了眼,他抬头死死地盯着面前的两人:"你们怎么敢的啊……有一次还是我的生日,知道吗,就在二楼那间客房,我拿蛋糕回来时站在走廊上,能听见声儿。"

他实在不想回想那次,太恶心了,连手里的蛋糕都觉得恶心。

遮羞布被揭开,气氛彻底破裂。

沈鸿振一把将茶杯摔碎在地上:"混账东西,你这是在嫌弃我们?你知道我们不这么做,沈家哪有今天的地位,早就被人在暗地里搞没了。就你清高,就你天真,你以为这世界什么都见得了光?"

只是这回沈听择出乎意料地没有反驳。

拜眼前的人所赐,他早就接受了这世界上的阴暗规则,也知道根本没有救世主。

这世界上怎么可能会有救世主啊。

高处的人声色犬马,泥潭里的人举步维艰。

沉默了片刻,沈听择抬眼:"抱歉,爸,妈。我只想干干净净地和她谈一场恋爱,然后结婚生子。"

又停顿两秒,他笑起来:"我喜欢她,也爱她。"

在这个滥情的时代,荒诞的家庭里,没人教过他什么是爱。

爱上裴枝是本能。

最后三个字像当头一棒，敲在薛湘茹头上，她如梦初醒，凝视着沈听择半晌后冷笑："沈听择，你拿什么谈爱啊？没有这个家，你就什么都不是！"

沈听择闻言垂眸，自嘲地勾起嘴角："妈，我当然知道。"

"你知道个屁！"薛湘茹再难维持那点优雅，"我看你是好日子过多了，昏了头了。"

谁知沈听择竟然点头。

可笑的一见钟情，昏头了也好，疯了也好，被鬼附身了也好，他认栽。

裴枝回过神，抓着沈听择的衣角，声音平静也发涩："所以呢？"

知道并不等同于接受，她都明白。

再退一万步来说，她也从来没有想过和沈听择的以后，一辈子的事谁能说得准。

可是下一秒沈听择重新看向她，面对面的，笑着拖腔："所以——

"这次我不跟你赌。"

裴枝不懂，沈听择就在她耳边低喃："因为你将来只会是我的老婆。"

太阳终于落山了。

裴枝怔然地看着沈听择，眼眶开始发胀。

她看得懂沈听择眼里的认真坚定，也知道这不是他随口哄骗姑娘的话，用不着。但她想不明白，这人怎么就认定她了，在这个年少轻狂的年纪。明明他有大把的姑娘可以选择，性格比她温柔，模样比她漂亮，家世比她般配。

沈听择以为她不信，还满脸真诚地保证一句"我不会骗你"，末了，更得寸进尺地抱着她连叫了两声"老婆"。

裴枝红着眼笑着打他，叫他闭嘴。他就赖皮地问要怎么闭嘴。

于是那天夜幕降临的时候，他们接了一个无关情欲的吻。

考试周一旦开始，时间就过得特别快。

裴枝考完最后一门的那天，是1月9日。走出考场，她就看见沈听择站在走廊上，手里拎着奶茶，背后是漫天晚霞。

她脚步鬼使神差地顿住，从口袋里拿出手机。

"咔嚓"一声，沈听择闻声转过头。意识到裴枝的举动，他笑得很得意，三两步走过来，把她搂进怀里，说男朋友就在这儿呢，搞什么偷拍。

裴枝没搭理他的揶揄，低头去看那张照片。

很多年后裴枝还是会感慨，那天的夕阳特别衬他，棱角分明，他单手插着兜，从骨子里透出来的懒和痞，勾得人欲罢不能。

她将照片放进相册分类，然后接过沈听择递来的奶茶，喝了一口，问现在去哪儿。

"我和许辙他们约了打球，"沈听择看她，"你有没有哪里想逛的，我先送你去。"

裴枝思考了一会儿，摇头："我想去看你打球，行吗？"

沈听择闻言嘴角弧度更大，垂眸在她额头亲了下："喜欢看我打球啊？"

裴枝没否认。

她喜欢他在球场上的朝气蓬勃，喜欢他在赛道上的意气风发，喜欢他永远胜意的骄傲。

他们约在沈听择公寓附近的一个露天篮球场。

沈听择带着裴枝到的时候，其他人差不多都到了，很明显的一群公子哥，勾着肩搭着背在插科打诨。看见裴枝的第一眼，他们笑着问："择哥，这是嫂子啊？"

沈听择闻言笑也变得不着调起来："别喊，你们嫂子脸皮薄。"

裴枝不客气地拍他，只不过在收回手的那瞬，她对上许辙的目光，然后愣了下。

当时在南城她和许辙也算朋友一场，国庆过后陈复还做中间人约着出来聚过两次，所以她看不透许辙的那个眼神是什么意思。

好在没过一会儿，许辙也意识到了点什么，匆匆移开眼。

裴枝也就没当回事，客套地和他们打完招呼，先一个人去旁边便利店买了瓶热牛奶，然后往场边的长椅一坐，就这么慢悠悠地插上吸管喝。

球场上已经开局，每个人都进入了状态。沈听择脱了羽绒服，扔给裴枝抱着，这会儿他就穿一件灰色连帽卫衣，黑色运动裤，额头沁出一点汗，扣球、跳投、抢篮板，每个动作都带着不自知的撩人。

偏偏进了一球后,他还要往裴枝这里看一眼。

好在夜色昏暗,没人看见裴枝一点点泛红的耳垂,她低头玩起手机。

又一个三分球,宣告上半场第一节结束。沈听择抹了把额头的薄汗,刚要去找女朋友,被许辙拦住。他懒洋洋地掀起眼皮,无声在问干什么。

"你应该知道最近你妈在给你物色联姻对象吧?"说着,许辙瞥了眼裴枝,"前阵子你还因为她被你妈关了?"

两个问题抛出来,沈听择没什么情绪地"嗯"了声。

许辙知道那是对两个问题肯定的回答,有点好笑又有点好气。他从小跟沈听择一起长大,大概是一个圈子的通性,他们对情感的缺失,造就了他们同样的随性寡情,换作以前,谁都没指着能和"深情"这个词搭边。

可是现在沈听择摆出一副深情得要死的样子,让他不理解:"你到底想干吗?别跟我说你要做为爱冲锋的勇士啊?"

为一姑娘和家里闹掰,怎么想都不值当。

周围还是闹,两人之间却就这样静了会儿。沈听择抬头看向许辙,没个正行地挑眉,哼笑一声:"如果我说是呢?"

为她拼一次命也不是没有过。

中场休息的时间很快结束,旁边不明所以的那群人又在招呼他们继续。

沈听择拍拍许辙的肩膀:"走吧。"

许辙想不明白,干脆也就不想了。

场外的裴枝喝完那瓶牛奶,手机上跳出邱忆柳发来的信息,问她明天几点的飞机。裴枝切出微信,把航班信息复制了,刚要发过去,头顶的光被人遮了下。

她抬头,就看到一个男生站在面前,握着手机,不远处跟着几个看热闹的同伴。

裴枝对这种情况熟悉,一看就知道男生是游戏输了被推出来要微信的。只要她给,今天晚上一定会多出不止一个的好友申请。

男生对上她冷清的眼睛莫名怵了一下,但回过神后还是笑着搭讪:"美女,一个人啊?"

裴枝干脆收了手机,往椅背上一靠,冷淡地睨他:"我一个人坐篮球场喝西北风?"

男生瞬间被噎，但到底是老手，也不尴尬："那是有男朋友了？那也没事，我就想和美女交个朋友，没别的意思……"

但话没说完，他突然"哎哟"一声，有个篮球从他身上弹回地面，紧接着滚到裴枝脚边。

沈听择从场中央走过来，整个人烧着特别浓的不爽。他个高，从上往下俯视着那男生，声音冰冷："兄弟，她男朋友还在这儿呢，要点脸。"

等人悻悻走开后，裴枝仰头看着沈听择。他是球打到一半过来的，汗涔涔的，碎发被打湿，有种说不出的干净和痞气，交织在一起，矛盾得要死。

裴枝心痒，忍不住笑起来。

沈听择抬起她的下巴直接亲了下："你还笑？"

裴枝也不管他的汗会蹭到自己，勾低他的脖颈："男朋友，知道你现在像什么样儿吗？"

"什么？"

"像你第一次的样子。"

怕她疼又控制不住自己，隐忍又克制。

沈听择在心底狠狠骂了句脏话。

第二天上午九点，两人打车往机场去。

路上裴枝收到陆嘉言的微信，问她是不是今天回南城。

她说是。

那头又问她是和沈听择一起吗，可还没等裴枝回复，那条消息就很快被他撤回，聊天框顶部显示对方正在输入中，没两秒，一条新消息取而代之：注意安全，一路顺风。

裴枝只当没看见，回他一句：好的。

抵达机场，安检，登机，起飞，落地，一切都很顺利。

裴枝的行李箱被沈听择推着，她低头在看邱忆柳发来的消息。她打算调班来接裴枝，但裴枝不想她赶得累，就提议说让她发个租的房子的定位，自己能回。

但那头的邱忆柳好像很忙，一直到这会儿才回。

她说，已经到机场门口了。

裴枝脚步一顿，下意识地抬头，就看见不远处的航站楼外，邱忆柳正站在一辆出租车前朝她招手。

沈听择也看见了，跟着停下来，他偏头问："那是你妈妈吧？"

裴枝"嗯"了声，从他手里接过行李箱，然后很淡地笑了下："她来接我，那我就先走了。"

沈听择还想说什么，她已经拖着行李箱往前走了。只是走到一半，她突然回过头，两手做电话状，隔着人海朝他晃了晃。

他懂了，点点头。

然后两人各自往不同的方向去。

出租车平稳地行驶在路上，车里静到司机受不了，他伸手打开电台。

那时电台正在放一首粤语老歌——

"无情人做对孤雏，暂时度过坎坷，苦海中不至独处，至少互相依赖过，行人路里穿梭，在旁为你哼歌，你永远并非一个……"

裴枝看着车窗外，思绪很散，不知道落在哪儿。

直到车开过南城一中门口，裴枝视线扫过，脑子里突然想起那天陈复说过的话。

他说他在附中旁边看见过沈听择。

可是沈听择到附中去做什么。

但还没等她想明白，车子已经停下。

邱忆柳付完车钱，领她上楼。那是一栋还算光鲜的公寓楼，翻新过，破旧不可避免，但已是邱忆柳经济范围内能租到最好的房子了。

进门装修也简单温馨，邱忆柳帮裴枝把行李箱放好后，又给她倒了一杯水，才斟酌地开口："刚刚那个是男朋友？"

裴枝拿杯子的动作僵了下，知道她说谁："嗯。"

"那天在陆家别墅外面的人也是他？"

裴枝一愣，随后不可思议地抬头："……你怎么知道？"

邱忆柳在她对面坐下，叹了口气："妈不是监视你啊，那天你情绪不对，我担心你，就在二楼阳台那儿看着你走的，也正好看见了你和他抱在一起。"

裴枝握着水杯的手指收紧，她没吭声。

邱忆柳就继续问："大学同学？"

"嗯。"

"北江那边的？"

"嗯。"

就在裴枝以为这个话题要结束的时候，她听见邱忆柳冷不丁地问："他是北江沈家的那个孩子吧？"

裴枝整个人一滞。

邱忆柳又叹了口气："我好歹跟着陆牧见过世面，认出他不难。"顿了顿，她眼底有隐忍的情绪，像要说什么，但话到嘴边，只是拉过裴枝的手，"妈妈只希望你能够幸福。"

财富也好，地位也罢，都不重要。

房间里安静了一会儿。

裴枝垂下眼睫，低声应道："妈，我会的。"

她想，她这辈子大概再也遇不到比沈听择更好的人了。

第九章 /
不管你什么样我都喜欢

再回到南城，裴枝第一件事就是去看望纪翠岚。

那天风和日丽，是个难得的晴天。楼下那棵蜡梅开得正盛，娇红一片，点缀在还没消融的白雪中。

裴枝刚走到小区门口，就看见沈听择的车停在那儿。他倚着车身，背后是暖洋洋的阳光，眉眼有点倦怠，像在发呆。

但和她目光碰上的那瞬，他状态变好一点。

裴枝走过去，就被环着腰抱住，她肩膀感受到他下巴的重量，手心被塞进一袋热豆浆。寒风萧瑟，她被骤然的温度烫了下。

心口也突然像被蚕刺，没来由的。她伸手回抱住沈听择，低声问他怎么了。

沈听择好一会儿没说话，只是将她抱得更紧，然后在某一刻那股力道倏地消失。他松了手，摇头，吊儿郎当地笑着说没事，就是你男朋友想你了。

天太冷，说话都哈着白汽。裴枝将信将疑地打量着他，最后像是败下阵来，她很轻地叹了口气，重新投进沈听择的怀里，额头贴着他的肩膀说："沈听择，以后你如果想我了，要让我知道。"

沈听择一愣："什么意思？"

"意思是，我一定会出现在你面前的。"

不管有多难。

沈听择觉得一定是风太大了，吹得他眼睛发红，连声音都发涩："裴枝，你最好说到做到。"

裴枝抬头，看着他，笑着应下。

然后沈听择点头，一言不发地弯腰把她抱上车。裴枝一下离了地，因失去平衡而赶忙搂住沈听择的脖子，后者得逞地勾勾嘴角，俯身帮她把安全带系好。

车开出一段路，裴枝才注意到后座上的水果盒。

她环着手臂睨沈听择一眼，带点笑用眼神示意他："干吗啊？"

刚好一个绿灯跳红，车子停下。沈听择偏头看着裴枝哼笑："去看奶奶啊。"

"你倒是不见外。"

沈听择不以为意地笑，一手搭着方向盘，一手伸过来和她十指紧握："奶奶会喜欢我的。"

"这么自信啊？"

"嗯，我讨喜。"

那时阳光从挡风玻璃透进来，照得哪儿都亮堂。裴枝看着沈听择笑，觉得他说这几个字的时候尾巴都要翘上天了。

直到沈听择放在中控台上的手机振动起来，一通电话进来，上面闪烁的那个名字同时映进两人的瞳孔。

有点刺眼，像是无声地划开一道口子。

长久的静默之后，裴枝移开眼，轻声问："你不接吗？"

下一秒头顶绿灯亮起，沈听择任由电话自动挂断。一脚油门踩下去，车在疾驰，他问裴枝怕不怕。

裴枝摇头，说不怕。可油门轰响带来的推背感还是让人有点不舒服，沈听择也明显反应过来了，抓着方向盘的手收紧，眼底划过懊恼，他缓缓踩下刹车。

没过多久，车在路边停下。

沈听择收回手，整个人很颓地靠向椅背："对不起。"

裴枝不置可否地看向他："沈听择。"

"嗯。"

"心里有没有舒服一点？"

沈听择有点怔地抬眼看她，没等他答，她就继续说："如果你还难受，那就再开一圈，我陪你。"

停顿两秒，裴枝还觉得不够似的，补充道："你想做什么我都陪你。"

双跳灯在有规律地打着，一下又一下。

/ 239

沈听择垂着眼，也遮不住眼底的那点血丝。但又过了会儿，他突然笑了，那是一种强烈却无声的释然。他侧过脸，看着裴枝说："可我现在只想陪你去看奶奶。"

陪着她就好，别无他求。

裴枝没想到他会这么说，有一瞬的愣神，但很快回过神，笑着点头。

他们到纪翠岚家的时候，太阳正烈。

家家户户拿了床被出来晒，红灯笼也挂满了楼里。楼道狭窄，容不下两个人并排，裴枝走在前面，沈听择就在身后护着以防她磕碰到。

纪翠岚那会儿正坐在门口晒太阳，老远就看见了裴枝，朝她招手："小枝来啦？"

等人走到跟前，她眯眼打量起裴枝身后的那张面孔："这是……"

裴枝笑了下，介绍："奶奶，他是我的男朋友，沈听择。"

沈听择也适时笑起来，特别乖的那种："奶奶好。"

纪翠岚"哎哟"一声，喜得眼角皱纹都堆在一起："哎，好。快进屋吧，外面冷。"

纪翠岚恢复得不错，和生病前没大差，腿脚也还利索。今儿听裴枝说要来，她一大清早就去了趟旁边农贸市场，做了满满一桌，都是裴枝爱吃的菜。

沈听择不是第一次来这儿，就熟门熟路地帮着拿碗筷。

纪翠岚活了一把年纪，要多精有多精，很快品出点门道来。吃完饭后，她把裴枝赶到厨房去切水果，把沈听择留下，笑眯眯地问："你来过我这儿啊？"

沈听择当时就愣住，又有点紧张，但思忖两秒没否认："您……怎么知道？"

"我当然知道。就我那门口，有道祖宗传下来的坎，头回来的人三个里能有两个被绊到。你倒好，还有心思去扶小枝。还有厨房那微波炉，插头不灵敏，你也知道，碰都不让小枝碰啊……"

其实还有挺多的，连沈听择自己都没发觉。

客厅突然就这么静了下来。

沈听择垂着头，低低地笑："您住院的时候，她带我来过一回。"

"嗯,我对你有印象。"

他又是一怔:"您见过我?"

老太太住院的那些天,他和裴枝还没有任何关系,所以从始至终他都没在纪翠岚面前出现过,到医院去等裴枝,也是在走廊上等的。

除了那一次。

纪翠岚的话很快印证了他的想法:"是啊,人老了,睡多了也不好,所以习惯了闭闭眼,不睡着的。我刚清醒的那几天,小枝陪夜,你进过病房吧。"

她记性不好,却还是能记得那些画面。

那时南城在下一场又一场的暴雪,黑压压的,呼啸着连窗户都在作响。裴枝趴在床沿睡得很熟,留她一个老太太合着眼在走马观花大半生。

突然病房门被人推开,很轻的声响,却在夜晚里清晰可闻。

她以为是护士查房,没多想,可是过了很久房间里都静悄悄的,除了很细微的衣料摩擦的声音。她心里纳闷,就半睁开了眼。

那是她第一次见沈听择。

明明是偏邪气的长相,那会儿却低垂着眼睫,心甘情愿地俯首,抬手把一件外套往裴枝肩头披,动作很慢,也很小心,再一点点勾出她被压住的头发,克制地摸了下裴枝的头。做完这一切,他又在裴枝手边留了一块巧克力,然后就推门走了。

全程不超过一分半钟,悄无声息的,如果不是纪翠岚醒着,只怕没有人知道他来过。

沈听择的回忆也被勾起,他低声解释道:"那天降温了,我怕她着凉,就冒昧地进去了。如果吓到您了……"

顿了顿,他满脸愧疚地朝纪翠岚笑:"抱歉,奶奶。"

纪翠岚摆手,说没有的事。

话刚落,裴枝端着一盘橙子走出来,拿了一瓣递到纪翠岚嘴边,笑问:"聊什么呢?"

纪翠岚配合着她的动作吃下:"随便聊聊喽,怎么,怕奶奶欺负他啊?"

"哪有。"

裴枝刚把果盘搁到桌上,视线随意地扫过桌边的塑料袋,然后顿了下,

241

问道:"奶奶,那是什么?"

纪翠岚跟着看过去,然后一拍脑门:"哎呀,看我这记性!"

"怎么了?"

"那些是嘉言托人给我煎的中药,调理身体的。快喝完了,他说今天抽空再给我送来,我这一忙都忘了问他什么时候来。"

纪翠岚本来和陆嘉言不该有什么交道,一个是前儿媳的继子,一个是后妈的前婆婆。全因为这场病,陆嘉言主动找上纪翠岚,主动提及她的主治医生是他的老师。后来又搬出裴枝,说她忙,就拜托自己帮忙照顾照顾。

话说到这份上,再靠着那点微妙的关系,纪翠岚就没拒绝。

裴枝闻言倒是愣住:"陆嘉言?"

纪翠岚点头,也不顾裴枝疑惑的眼神,翻出自己棉袄口袋里的老年机,给陆嘉言打了一个电话。

那头接得很快,隔着一点距离,裴枝好像能听见陆嘉言疲惫的声音。

一通电话来得快去得也快。

裴枝迟疑地问:"他什么时候来?"

"说在路上了。"

裴枝"哦"了声,莫名感觉搭在她腰上的那只手臂收紧了点,但转瞬又好像是错觉。不过平心而论她今天不是特别想和陆嘉言碰面,所以沉默一瞬后,她朝纪翠岚开口:"奶奶,我下午还有点事,就先走了,过两天再来看你。"

"这就走啦?"纪翠岚有点不舍得,但也知道孩子大了,有自己的事要忙,就没留他们,"路上慢点啊。"

裴枝应下,又叮嘱纪翠岚几句,才和沈听择离开。

冷风拂面,沈听择牵着裴枝,想起她刚刚说过的话,边走边问:"下午还有事啊?"

"嗯。"

"很重要的事吗?"

裴枝装作思考了会儿,点点头。

沈听择看她一眼,就那一眼,委屈得像条没人要的小狗。

裴枝再也忍不住笑,踮起脚环住沈听择的脖颈,在他的薄唇上亲了一下:

"男朋友，你要不要这么可爱啊。"

沈听择不解地看着她。

"我说的很重要的事儿，就是和你约会啊。"

很多年之后裴枝还是记得这天。

记得天很蓝，风正暖，记得路边梅花盛放，幽香扑鼻，更记得当时沈听择逐渐泛红的耳根。他不自在地别过脸，从喉间低低地溢出一个"哦"字。

裴枝见状笑着将他抱得更紧，凑到他耳边问："那你要不要跟我去约会？"

话落的那一秒，沈听择心跳更重。他觉得就算裴枝现在要他的命，他也会毫不犹豫地给。

能怎么办呢？年少的心动像野火，一旦烧起来，只会吹又生。

没遇见裴枝前他什么都无所谓，清楚自己到岁数了家里会帮他找好一个门当户对的女人，结婚再生个孩子传宗接代，没指着这辈子能活多久，跟着许辙他们一块儿混，喝酒、泡吧、飙车，觉得浪荡这一回也算值了。

唯独被他们捏着嘲笑的一点，就是假清高。这事他也懒得解释，只说没兴趣。拜薛湘茹和沈鸿振所赐，他嫌脏。

但事到如今他只感到庆幸，庆幸自己能够干净体面地站在裴枝面前。

还好，他还配得上她。

裴枝等了会儿，等到沈听择哑着声问想去哪儿，于是她又歪头想了会儿，反问他去不去看电影。

沈听择低头亲亲她："听你的。"

下午一点的太阳升至最高点，将两人并肩的身影拉得很长。

可是快要走到巷口的时候，裴枝的脚步倏地顿住。

沈听择牵着她，能感受到她那一刻的僵硬，"怎么了"三个字还没问出口，他抬头就看见了蹲在路牙边的人。

二月初的严冬，那人就穿了件皮夹克，嘴里叼着一根烟，断眉，额角的那道疤还是刺眼醒目。他和裴枝对上眼，然后慢条斯理地拍拍屁股站起身。

烟蒂落地，被他踩灭："裴姐，等你很久了。"

沈听择揽着她的腰一紧，裴枝回过神，平静地看向廖浩鹏："等我干

/ 243

什么?"

廖浩鹏几步走过来,探头看一眼两人身后的方向,不答反问:"刚从老太太那儿出来啊?"

裴枝闻言心里莫名"咯噔"一下,语气算不上好:"关你什么事?"

"啧,怎么不关我的事呢?"廖浩鹏大概是觉得有点冷了,两只手往兜里一插,下巴抬起,朝纪翠岚家扬了扬,"听说老太太前阵子住院了,怎么回事啊?我上回来拜访的时候,人还好着呢。"

裴枝本来懒得和他废话,拉着沈听择要走,却在听到最后半句话,整个人像被钉在了原地。巷口适时起了一阵风,吹得裴枝发冷,她浑身僵硬地转身:"你说什么?"

廖浩鹏往旁边电线杆上一靠,摆出一副耐心又好心的姿态,也知道裴枝想听哪句话。他笑了下,带点惋惜地重复:"我说,上回来拜访老太太的时候,她还特热情地招呼我呢,怎么就突然脑出血了……严不严重啊?"

指甲掐进掌心,裴枝死死地盯着眼前的人,没理会他假惺惺的关心,一字一句地问:"廖浩鹏,你来找我奶奶做什么?"

那时路上有重机驶过,一阵轰鸣,差点盖过廖浩鹏的话。

"我来,当然是和老太太聊聊她的孙女啊,"顿了下,廖浩鹏似笑非笑地转向裴枝,"聊聊以前的你。"

裴枝脑子里"轰"的一声。

凌迟落下,记忆翻江倒海地涌上来,每一句话都记得清楚,在这瞬间彻底串在了一起。

——"你奶奶生病前两天,我看到有个男人找上门,又是文身又是刀疤的,一看就不是什么好人。"

——"是因为受到刺激才出的事吗?"

——"差不多是这意思。"

还有那天在病房,她问纪翠岚有没有人来找过裴建柏,纪翠岚说没有。

原来不是纪翠岚骗她,原来那个不三不四的人根本就是奔着她来的。

是她差点害了奶奶。

可廖浩鹏似乎觉得还不够,还要烧上一把火。他把目光转向沈听择,辨认两秒，认出沈听择是之前在 Blank 的那个，嗤笑一声："哟，还没分呢。"

裴枝察觉到沈听择比她还隐忍的情绪，在他要动的前一秒迅速握住他的手。

"你……"沈听择皱着眉看她。

廖浩鹏就靠在一边看着两人，然后好整以暇地从夹克口袋里掏出一沓照片，朝沈听择抬手："来，兄弟，给你看个好东西。"

沈听择不接，他也不急，两人就这样在路边僵持着。

直到变故发生的那一秒。

廖浩鹏被人从后面猛地揍了一拳，他没防备，直接踉跄着往前摔，嘴里怒骂了一句，站稳后刚想还手，又被人拎着衣领正面挨了一拳。

手里的照片没拿住，被风吹起，纷纷扬扬的，像下了一场漫天大雪，翻着卷散落满地。

有几张掉在了裴枝脚边。

她下意识地低头去看，然后心跳在那刻停滞，像是被廖浩鹏逼着回到那一年。照片里她的头发还染着灰棕色，也没现在长，只刚够到锁骨那儿，耳钉映出头顶昏暗的光线，左手指间夹着根烟，右手端着杯酒，身后是一片灯红酒绿。

那是她自甘堕落的一年。

可没等她深想，耳边又传来一声闷响，是塑料袋砸地的声音。扎口的结应声松开，中药液包装袋滚出来，在触地的那瞬沾满了灰。

裴枝像是突然意识到了什么，她猛地抬起头，就看见几步之外，陆嘉言手背青筋暴起，正把廖浩鹏抵在墙上，玩世不恭的一张脸上此刻全是戾气："廖浩鹏，我是不是说过……再让我看到你，我不会放过你！"

廖浩鹏被箍得呼吸都快要不畅，脸也涨得通红，却笑着朝陆嘉言吼："来啊，你有本事弄死我啊！"

眼看陆嘉言又要动手，裴枝闭了闭眼，有点哽地叫他："哥。"

近在咫尺的那一拳顿住，廖浩鹏还没来得及松口气，就感觉又被人一把拽过。他暴躁地要爆粗，抬头却对上沈听择那双冰冷的眼睛，漆黑的瞳孔像覆了层霜。

他心里没来由地发怵，觉得这双眼睛太过熟悉。

风在呼啸，下一秒沈听择俯身到他耳边，用只有两个人能听见的声音说：

"我不是叫你别再出现在她面前吗,当耳旁风?"

就这一句,廖浩鹏全想起来了。他不敢置信地盯着沈听择:"是……你?"

他到今天都还记得那晚暗巷里那双阴鸷的眼睛,每一下都带着不要命的狠劲,像要把他往死里打。莫名其妙被人打到差点骨裂,他甚至连对方是谁都不知道,只知道那人临走前开口警告他别再出现在裴枝面前。

又是裴枝。

廖浩鹏直接气笑了,他朝沈听择挑眉:"兄弟,给人当狗之前先打听打听,知不知道裴枝以前玩得有多花啊,真当她纯呢?"

可沈听择置若罔闻,在裴枝跑过来抱住他的前一秒,伸手狠狠地把廖浩鹏甩在地上,垂眸俯视:"滚。"

廖浩鹏手肘撑地才没让自己太狼狈,他的脸已经被打得青肿起来,胸腔里那口气却怎么也咽不下。他愤恨地扫了眼陆嘉言和沈听择,然后瞪向裴枝,往地上啐了一口,恶狠狠地吼:"你们都给我等着!"

裴枝对此照单全收,她走过去,居高临下地看着廖浩鹏,冷笑道:"廖浩鹏,三年前我能让你额角留这道疤,现在也能。"

廖浩鹏怒不可遏:"你敢!"

"你看我敢不敢?"

巷口骤然静下来,廖浩鹏和裴枝对视着,每一眼都像要让对方褪一层皮。

最后是廖浩鹏撂下一句"你好样的",踩过满地的照片,头也不回地往巷口走去。

而那一瞬裴枝像被抽干了力气,不受控制地往后退了一步,被沈听择眼疾手快地扶住,然后用力抱进怀里,一遍一遍在她耳边说"没事了"。

不远处的陆嘉言就这么看着这一幕,过了会儿,他垂下眼睫,一声不吭地蹲下,把掉在地上的照片一张一张捡起来,再把中药拍掉灰,重新放进袋子里。

做完这一切他站起身,叫了裴枝一声:"奶奶还在等我,先过去了。"

裴枝连忙叫住他:"哥。"

陆嘉言脚步顿住,回过头看着她。

隔着不远不近的距离,裴枝眼眶有点发红,她说:"谢谢你,哥。"

陆嘉言很淡地笑了下:"不客气。"

说完，他转身往纪翠岚家走，留给裴枝一个背影。

那天下午电影院没能去成。

电台里在说未来半个小时预计会有一次降雨，窗外的太阳也被厚重的云层遮住。

天转阴了。

裴枝始终沉默着，任由沈听择把她带回他家。

沈听择倒了一杯水，蹲在裴枝面前，刚想哄她喝一口，裴枝就先垂眼，看着他，声音有点哑："不问吗？那些照片。"

任谁看了那些照片，都不会觉得她干净到哪儿去。

明明知道迟早会有这一天，可真的到来的时候，她怎么会这么难受啊，心口刺痛，像幼时握过的粗质木筷，有极细的木刺扎进肉里，十指连心，痛觉从指尖传到心脏。

痛得让人想死。

又过了两秒，她像是没有勇气等沈听择问出口，直接说道："沈听择，那些照片不是P的，廖浩鹏有些话也没错，这世界上也只有你会傻乎乎地觉得我在钓你。"

外面好像下暴雨了。

裴枝记得很多年前的那个盛夏，南城就下了有史以来最大的一次暴雨，整座城市都快要颠倒，连带着她安稳的生活开始翻天覆地。

裴建柏是在那一年染上赌博的，常常酩酊大醉地回来，稍有不顺意就会动手，将家里的东西砸了个遍，再到后来家暴，裴枝眼睁睁地看着她的家破裂。

法院把她判给了邱忆柳，可离婚第二个月邱忆柳就带着她搬进了陆家。她变得像个局外人，邱忆柳没空管她，裴建柏对她更是不闻不问。

也是同一年，孙依依自杀。

那时裴枝不知道自己病了没有，只知道自己开始吃不下饭，一宿一宿地睡不着觉。

再后来误打误撞地结识廖浩鹏，她看出他不是什么好人，可还是清醒地由着自己堕落放纵。

而她做梦都没想到的是，第一个意识到她不对劲的人是陆嘉言，把她从那个乌烟瘴气的地方拉出来的人也是陆嘉言。

她那个与她井水不犯河水的便宜哥哥。

她永远忘不了那天，刚下过雨的空气里都泛着潮。一个对酒精过敏的人，却抢过她手里那杯度数很高的白兰地，红着眼看她："不是要玩吗？好，我陪你。"

她阻拦不及，陆嘉言已经仰头把那杯酒喝了下去，当晚就进了抢救室。

直到坐在抢救室外的那一刻，她像是被人当头打了一棒，后知后觉自己这段时间都干了什么。

只差一点，她可能就回不了头了。

裴枝说着说着红了眼："沈听择，我以前真的很糟糕……"

可话还没说完，唇就被堵住。沈听择把她抱到自己身上，一手按着她的后脑勺，吻得很深很用力。裴枝抓着他背后衣服的手攥紧，直到尝到一点咸涩，眼角那滴泪终于掉了下来。

客厅里静得只剩窗外淅淅沥沥的雨声，沈听择慢慢放开她，变成两人额头相抵："裴枝，我不允许你这样说自己。"

"可是……"

"没有可是，我喜欢你，不管你过去将来什么样我都喜欢。也不管你信不信，你在我眼里就是最好的，知道吗？"

裴枝愣了下，看着沈听择，红着眼点头。

那晚后来，裴枝哭累了就在沙发上睡着了。沈听择弯腰把她抱到床上，帮她把被子盖好，才轻轻带上房门。

他走到阳台，看向暴雨将歇的天空。

不知道过了有多久，他的手机振动了下。

是一串没有备注的陌生号码：聊聊？

但沈听择清楚是谁，他回：好。

考虑到裴枝还在睡，沈听择怕她睡醒找不到他，就把人约在了小区楼下。

半个小时后，雨停了，沈听择拎着件外套下楼。刚到楼底，他远远地就看见了站在路灯下的陆嘉言。

这个雨夜很冷，也很静。没有在外逗留的人，只有他等在那儿，头低垂，静默得像座雕塑。听闻脚步声，陆嘉言才缓缓抬起头。

"来了。"开口的声音有点哑。

沈听择"嗯"了声，两步走到他面前。

两人个子都高，不存在谁俯视谁，这会儿并肩靠在路灯旁，身影被拉得很长。一阵无声的沉寂后，陆嘉言开口："她还好吗？"

沈听择仰头，视线准确地找到自己那间房，他走前给裴枝留了一盏夜灯。

"嗯，睡着了。"

陆嘉言稍愣后也顺着往上看，就这样沉默了一瞬，才问："下午那个男的……你认识？"

沈听择没否认："之前在北江，碰过面。"

但陆嘉言不相信轻描淡写的一面之缘会让沈听择有那样的举动，他能感受到当时沈听择身上那股不输他的戾气。他皱了下眉，似有所感地问："因为裴枝？"

沈听择点头。

陆嘉言转头看向沈听择："你和裴枝认识才四个多月，沈听择，你真的了解裴枝吗？"

沈听择不置可否地点头。

"她得过抑郁，差点自杀，你知道吗？"陆嘉言声音很低，回想起那年还是觉得后怕。

沈听择整个人一滞，在即使知道的情况下。

"那一年，她父母离婚，朋友跳楼，在学校里也被孤立，就因为她妈长得漂亮，被造的谣一个比一个难听。可她一个人把所有事都憋在心里，对谁也不说，每天按时背着书包出门，跟她妈说去上学了。结果呢，我后来才知道她那段时间根本就没去学校。"

陆嘉言闭了闭眼，声音也变哑："她有时候能在湖边坐一天，谁知道她有没有动过跳下去的念头……今天那个男的叫廖浩鹏，是她后来开始混场子认识的。他额头上那道疤，也是她拿酒瓶砸的，但其实那天她是打算跟廖浩鹏同归于尽的，因为那人动了一点歪心思被她发现。我知道，她动手的时候压根就没

/ 249

想活。"

夜风吹着,陆嘉言的眼眶都被吹红,盯着沈听择满是不甘:"她一个人在歪路上走了太久,是我好不容易一点一点把她拉回来的。"

可不甘完了,他又能如何。以前不能爱,现在爱不得。

感情这事不讲先来后到,更不讲道理。

以前他还能以哥哥的身份陪着她,而现在连这点资格都被残忍剥夺掉。

沈听择闻言对上他的目光,很淡地笑道:"陆嘉言,如果我说这些我都知道呢?"

无视陆嘉言脸上流露的震惊,沈听择反问:"你以为夜场里那些人后来没找过裴枝的麻烦吗?还是你以为伤害孙侬侬的那些畜生没想过去找她?"

时间像在这一刻静止下来,陆嘉言不敢置信地盯着沈听择,半晌后才艰难地启齿:"……是你做的?"

"是。"沈听择承认得干脆,"陆嘉言,有些话我不怕跟你说。我是高二那年转学来南城一中读的。"顿了下,沈听择低声说出一个地址,是曾经陆嘉言常去的那个球场,"我早在那儿就见过你和裴枝。"

陆嘉言似乎是在那一瞬意识到了沈听择接下来要说什么。

沈听择微微站直身体,垂眼看着脚边那摊积水映出万家灯火,不紧不慢地说道:"我认识裴枝不是四个多月,是三年,过了今晚就是一千两百零七天。暗恋她没有三年也有两年,我有多喜欢她,她可能这辈子都不会知道。"

陆嘉言皱着眉:"你……"

沈听择偏头看向陆嘉言,狭长的眼眸带点审视:"我很感谢你当初拉她一把,但其他的,我劝你放下。"

话说到这份上,陆嘉言还能有什么不懂,他低头自嘲地笑了笑:"……很明显?"

那裴枝这么聪明,应该也早就看出来了吧。

彼此沉默间,沈听择的手机响了下。他拿出手机,没有避讳地在陆嘉言面前打开,因为他知道这个点他能接收消息的只有一个,其他人早就被设置了免打扰。

裴枝发来一条时长三秒的语音:"沈听择,你去哪儿了?"

声音还带点刚睡醒后的鼻音,比平常听起来要软很多,却对陆嘉言来说很陌生,陌生到他迟疑地问一句是裴枝吗?

沈听择给了他一个"不然呢"的眼神,低头回消息。陆嘉言自虐地站在旁边没看几秒,就别过了脸。

外面好像又降了点温,沈听择把手机收回口袋,看陆嘉言一眼:"没事的话我就先上去了,裴枝在等我。"

说着他转身就要走,被陆嘉言叫住:"沈听择。"

沈听择脚步顿住。

陆嘉言的声音从身后传来:"你以后如果有一点对她不好,我就会竭尽所能地把她抢过来,知道吗?"

沈听择闻言笑了下,然后背对着朝陆嘉言摆手:"你不会有这个机会的。"

沈听择上楼的时候,裴枝就坐在客厅里等他。她整个人窝在沙发上,没开灯,只有面前电视亮着忽明忽暗的光,她垂着眼在发呆。

听到开门的动静,她有些迟钝地抬头,和沈听择碰了下视线,瞳孔开始聚焦。又等他走到近前,她闻着他身上挺重的烟味皱眉:"下去抽烟的吗?"

沈听择"嗯"了声。

"抽得有点凶。"

沈听择闻言弯腰伸手穿过她的腰,把人抱到腿上,抵着她的肩膀,低低地答道:"在想这回你委屈了要怎么哄啊。"

裴枝一愣,然后慢吞吞地看他:"那你想好了吗?"

只是这一次沈听择出乎意料地没了任何动作,直到很久很久之后,他像被抽空了所有力气,抱她很紧,声音低到哽咽:"这次好像不知道要怎么办才好。"

那些事她到底是怎么一个人扛的,沈听择不知道。

她又是怎么一点一点把自己捡起来,重新拼好,最后还能考上北江大学的,沈听择不敢想。

那晚后来变成了裴枝哄沈听择,她又断断续续说了点跟陆嘉言回学校的事。但其实很简单,就两件事:补课和看病。

/ 251

她知道，十六岁的裴枝已经彻底死在了那场雨里。

电视在无声地播着，裴枝说完，推了下沈听择的肩膀："我饿了。"

沈听择回过神，笑着问她要吃什么。裴枝刚说完"随便"两个字，就被沈听择抱着往厨房走。冰箱门打开，丝丝冷气拂面，身后却贴着男人滚烫的胸膛，他的手还在身下托着，裴枝莫名觉得有点口干舌燥。

她舔了舔唇，问沈听择家里有酒吗。

气氛在那一刻开始无声地变了。

两人对视着，沈听择勾唇笑问要喝酒啊，裴枝点头。然后她就被放到料理台上，腰被沈听择一手扶着，他环过她的脖颈从壁柜里拿了一瓶伏特加，又问她可以吗。

这一夜注定是要烂醉的。

裴枝不记得自己喝了多少，只记得自己被直接抱进了浴室。

直到最后一滴酒精都快被汗水蒸发。

裴枝趴着，身体的颤抖还没停，她喘着气骂了沈听择一句浑蛋。沈听择笑着照单全收，弯腰捡起地上的衣服，穿好，起身去厨房。

没过多久他就端着一碗鸡蛋面走进来，裴枝是真饿了，撑着身体坐起来，吃得没剩几口。

沈听择就靠在床边环着手臂看她，看她身上随意套了件他的卫衣，看她的发丝浸在暖黄的床头灯光里。

突然他说："裴枝，我爱你。"

不是我喜欢你。

裴枝一怔，咬断嘴里那根面条，抬头睨着他片刻："你刚刚说过了。"

那天过后，裴枝没再和沈听择见过面，她知道他回北江了。

说到底那儿才是他的家。

她没去机场送他，怕舍不得，只在他登机前打了一个电话，问他还会不会回来。

电话那头人潮喧嚣，机场播报声此起彼伏。沈听择那一瞬的沉默被掩盖，紧接着是他的笑声，他说裴枝，我一定回来陪你过年。

裴枝握着手机的手收紧，就当是一句承诺，她轻声应下："我等你。"

"嗯。"

时间一天天在过，可直到小年夜沈听择也没出现。他好像还特别忙，有时裴枝上午发的消息他到晚上才有空回。

这一年的除夕只有裴枝和邱忆柳两个人过，两室一厅的房子反倒显得没那么冷清。窗外偶尔有烟花鞭炮声，电视里在放着春晚，邱忆柳看了眼心不在焉的裴枝，问她怎么了。

裴枝回过神，视线忙从手机上移开，还掩耳盗铃般地把手机反扣在桌上，她摇了摇头："没事。"

邱忆柳打量着她："那怎么不吃菜啊？是妈烧的不好吃吗？"

裴枝又摇头，深吸一口气，强迫自己不再胡思乱想，拿起手边的筷子。

电视里适时轮到小品登台，就在那片笑声中，裴枝听见邱忆柳突然问："沈听择呢？他不是也在南城吗？"

裴枝夹菜的动作一顿，垂着眼回："他回北江了。"

"哦，这样啊。"邱忆柳语气略带遗憾地说，"本来我还想着他一个人的话，把他叫到家里来一块儿吃顿饭，既然他不在南城的话就算了。"

裴枝闻言嚼着嘴里的青菜，低低地"嗯"了声。

一顿年夜饭没吃太久，裴枝帮着邱忆柳一起洗完碗筷也不过九点。两人又坐在客厅看了会儿春晚，邱忆柳觉得有点困就先回房去了。

客厅里只剩下裴枝一个人。

她抱着膝坐在沙发上，目光盯着面前的电视机，看似认真，可心思早就变成了一盘散沙。

沈听择，这次你又要失约了吗？

又一个歌舞节目结束，楼下传来欢笑声，裴枝抬头看了眼钟。

23:48。

春晚即将落幕。

搁在茶几上的手机从始至终没有亮也没有响，在这个喧闹的除夕夜足够安静。裴枝又发了会儿呆，睫毛颤了下，像是认命般地伸手拿起，解锁，划开微信。

/ 253

新年祝福有很多，但唯独那个黑色头像没一点动静。

两人的聊天还停在太阳刚下山那会儿，裴枝问沈听择吃饭了吗，他没回。

时钟跳到23：55，因最后的倒计时世界已经开始躁动。

裴枝点进和沈听择的聊天框，很慢地打下"新年快乐"四个字，指尖悬空两秒，刚要按下发送，屏幕突然一闪。

下一秒微信纯白的聊天背景消失，取而代之的是系统自带的黑色通话界面。

裴枝愣住，看着屏幕上不断跳动的那个名字。她设置的是静音，来电没有铃声，可此刻她只觉得自己骤起的心跳声胜过所有。

是沈听择。

等裴枝回过神，这通电话已经超时自动挂断。她刚要急着回拨过去，他先一步又打了进来。

电话接通，两端有几秒的沉默。但不算静，呼吸交错，彼此身旁都有过年的喧嚣，卷着风声。沈听择先开口叫她，声音有点哑："睡了吗？"

裴枝说没有。

那头轻笑了下，问她是不是在等人啊。裴枝没搭腔，他就继续笑道："那你现在愿不愿意去一下阳台啊？"

脑子里一划而过的念头越来越清晰强烈，裴枝的呼吸都变得有点急促，那头的沈听择应该是察觉到了，他还在笑着。

"别急，穿件外套。"

裴枝置若罔闻，就这么握着手机站起身，推开阳台移门。冷风倏地迎面吹来，明明该冷的，可她就像看见了海市蜃楼里的幻象，血液开始倒流，开始沸腾。

十分钟前还杳无音信的人此刻就站在楼下，头发被夜风吹得很乱，身段懒散却挺拔。不远处有孩子在玩仙女棒，火光映着他的笑脸，他抬起的眼眸漆黑，也很亮。

两人在朦胧夜色里沉沉对视，周遭背景都快要虚化。一种悸动猛烈地撞击着裴枝的心脏，血液在骨子里横冲直撞，整个人说不出话。

可这还没完。

听筒里紧接着传来沈听择抓耳的低笑："站那儿别动。"

说着，他侧过身，露出脚边被遮住的一箱烟花，然后裴枝就眼睁睁地看着他从口袋里摸出打火机，弯腰点燃导火线。

火星"噼里啪啦"地烧着，刹那间，烟花直冲天穹，在漆黑的夜幕中绽开，极致的绚烂过后又像是一场大雨般落下。

裴枝的心脏整整停跳一拍。

这场声势浩大的烟花吸引了邻里很多人，没睡的孩子都欢呼着，趴在窗边看。

而只有角落里不知道什么时候出现的人停下了脚步，愣怔地看着眼前这一幕。从酒局带出来的浮躁被冷风吹得一干二净，陆嘉言站在原地，沉默地看向不远处的两个人。

裴枝随手搭了件羽绒服在肩头，身形还是单薄。她仰着头在看烟花，而楼下的沈听择仰头在看她，目光专注。

画面刺眼，烟花很吵，陆嘉言的心却在这一刻突然静如止水。

他好像，永远都来晚一步。

意识到这一点后，陆嘉言低头自嘲地笑了下，将口袋里保着温的烤红薯拿出来，连带着手里拎着的奶茶，他转身将其扔进就近的垃圾桶，紧接着黑色身影消失在那片没人在意的光影里。

一场烟花落下，时间刚好走到零点，钟声遥遥响起。

裴枝握着手机的指骨用力到泛白，才忍住没让眼角的泪流下来。她红着眼往门口走，从前没觉得七楼的距离这么远。

单元门被推开，沈听择笑着张开双臂，任由裴枝和自己撞个满怀。他低头亲了下裴枝的额头："慢点跑，我又不会走。"

裴枝伸手抱住他劲瘦的腰身，声音带了点鼻音："沈听择。"

没见到他之前，裴枝自以为那点情绪可以收放得很好，可当他出现在楼下的那一刻，心里的想念就像一场洪水泛滥，全都溢了出来。

"嗯。"沈听择低声应着，轻轻地揉了揉她后脑勺，把她搂进怀里，"说好的来陪你过年，我没有失约。"

裴枝的心脏又是一颤，她抓紧沈听择身后的衣服，闷声说："可是你差点又迟到了。"

"嗯，怪我，处理了点事，耽误了。"

"为什么不回我的消息？"

"那时候在飞机上，一下飞机我就赶过来了。"

看热闹的人群散去，楼底的路灯也好像到点休眠了，光线越来越暗，两人静下来，抱在一起，有种末日将至的感觉。

不知道过了有多久，但好像也没有很久。沈听择用指腹贴着她的脸颊摸了摸，推她上楼："外面冷，上去吧。"

裴枝抬眼看他："那你呢？"

沈听择被她问得一愣，然后反应过来，笑着不答反问："舍不得我啊？"

裴枝没说话，只伸手去钩沈听择的手指。

就这一下，沈听择身体有点僵又有点"燥"，然后就听见裴枝附到他耳边说："我想你了。"

呼吸在寒风里滚烫，彼此的情绪都太过浓烈，沈听择先是静了两秒，然后无可奈何地笑了："我知道啊。"

所以我回来了。

五分钟后，被裴枝带上楼的时候，沈听择平生第一次有种不受控制的感觉。防盗门开了又关，客厅的暖气扑面而来，电视还亮着微弱的光，春晚已经结束。

沈听择在玄关处拉住裴枝的手，没再往里踏一步，声音不自觉放轻："找刺激不是这么找的。"

裴枝看他，笑道："你怕了？"

就这么僵持半分钟，沈听择松了手。

裴枝也没说话，只是反手牵住他，把他带回了自己房间。

她的房间有点空，也素，看着不像女孩的房间。窗帘没拉，夜色洒得满地都是。从窗台眺望还能看到些许烟花碎片。

仿佛美梦一场，直到被沈听择抱进怀里，裴枝才终于有了一种他回来了的实感。

两人什么也没做，裴枝也没问他回北江究竟面对了什么，只问他是不是没吃年夜饭。

她知道的，那个时候，沈听择还在飞机上。阖家团聚的日子，他在万米高空，一个人。

可等了良久,身侧躺着的人还是没有回答,只有清浅的呼吸在耳边。

裴枝侧身,借着床头夜光灯的昏暗光线,打量沈听择紧闭的眼,从出现就被他刻意遮掩的疲惫在此刻被无限放大,心口微微起伏,她轻声说:

"沈听择,晚安。"

不管是好还是坏,旧的一年终究过去。

第二天裴枝醒来的时候,床边早就没了沈听择的身影。

她支着胳膊从床上坐起来,出神的几分钟里,她想起昨晚的那场烟火,也想起迷迷糊糊间,沈听择好像在她耳边说过一句"我爱你"。

到底是有多喜欢,才能在一辈子还看不到头的年纪里说出爱这个字。

想不明白,裴枝干脆不再去想。

她捞过床头柜上的手机,看到沈听择给她发了两条消息。

一条是在凌晨两点:所有人都祝你新年快乐,但我想说,裴枝,不快乐也没关系。你可以有脾气,不想睡觉就不睡,抽烟也没什么不好的。我的意思是,希望你可以永远做自己,永远往前走,我会是你的后路。

还有一条是早上六点多发的:先走了,不想让女朋友被"捉奸在床"。醒了就给我发消息,来接你吃早饭。

短短几行字,裴枝却觉得眼眶发胀。

她盯着看了会儿,低头回:沈听择,你别对我这么好。

网络有点延迟,消息转了两圈才发出去。但不到一分钟,沈听择的电话就进来。

他含笑的声音从那头传过来:"我不对你好,对谁好?"

裴枝洗漱完的时候,天光早就大亮。

邱忆柳刚买完菜回来,看她一眼问:"昨天很晚睡的?困成这个样子。"

裴枝随口应了句"没很晚",然后拿起沙发上的外套要往外走。

邱忆柳在背后问她去哪儿。

"沈听择回来了。"

/ 257

年初一，街头巷尾的空气里还涌动着烟花爆竹的味道。

那辆库里南就停在楼下，黑色车身，不算低调。沈听择双手插在羽绒服的口袋里，一条腿撑地，另一条腿后抬抵着车轮，低着头看起来像是没睡醒。可周围车流匆匆，有小朋友经过的时候，他还是会下意识地伸手护一下，然后再继续发着呆等她。

裴枝就这么站在原地看了会儿，直到沈听择似有所感地抬头发现她。

隔着一段路，有风从两人之间呼啸而过。沈听择勾唇笑了下，朝她张开双臂。裴枝的身体比脑子更快一步给反应，跑过去伸手环住他的腰身，用额头蹭了下他的胸口。

寒风凛冽，世界喧闹，两人抱着，就像在互相取暖的一对孤雏。

沈听择弯腰低下脖颈，揽着她往怀里按，受不了地叹笑："裴枝，你别撒娇啊。"

裴枝置若罔闻，抬头看他："你等很久了吗？"

"没，刚到。"

裴枝知道他又在骗人，可她不知道的是沈听择在楼下待了近乎一夜。

她无声地将他抱得更紧，肩头感受到他下巴的重量，轻声叫他："沈听择。"

沈听择把头埋在她颈窝那儿"嗯"了声。

"我要你答应我一件事。"

"你说。"

裴枝抬手摸了下他的脑袋，说："除了像现在这样，你可以低头，其余时候你不能轻易向任何人低头，知道吗？"

比起得过且过这冠冕堂皇的一生，她要他永远骄傲。

沈听择闻言愣了下，但很快反应过来现在这样是哪样，也听懂了裴枝的意思。他笑着应声："嗯，只有你有资格让我低头。"

这片靠南城一中，算起来是沈听择比较熟悉的地方。他带着裴枝去了一家老店，吃蟹黄汤包。

接近九点，早高峰已经过去，店里人不多。沈听择在路边停车，裴枝就先进店，找了个靠窗的位置坐下。

正低头看着贴在桌上的价目表,裴枝听见有人叫她的名字,带点迟疑。

裴枝抬眼,就看见从店门口走进来一个短发女生。

女生在看清裴枝的脸后,知道自己没认错人,她抿唇笑道:"真是你啊,好久不见,还记得我吗?我是……"

"记得,"裴枝平静地说出对方的名字,"赵紫玥。"

她高一的同桌,但后来分科后两人就不再有交集。

赵紫玥没想到裴枝会把她记得这么清楚。在她印象里,裴枝好像对班里的人或事从不上心,永远一个人,说好听点是清冷,说难听点就是孤僻。

转瞬的愣怔后,她耸肩笑笑:"我以为你忘了呢。"

裴枝对上赵紫玥的视线,也露出一抹淡笑:"忘不了。"

但赵紫玥莫名被她笑得发怵,想了想转移话题道:"你一个人啊?"

"和男朋友。"

赵紫玥闻言视线下意识地开始在店里店外睃着,裴枝看到了,好心地给她指了个方向:"喏,马路对面那个。"

赵紫玥顺着看过去,然后视线就移不开了。

这会儿马路对面的人行道上只有一个人,黑色羽绒服,和裴枝身上那件很像情侣款。他左手指间勾着车钥匙,右手插着兜,在等红绿灯。乍看是干净的少年模样,可狭长的眼,颈间的银质锁骨链,棱角分明的指骨,凸起的喉结,整个人看起来又痞又正。

赵紫玥艰难地咽了下口水:"……那是你的男朋友?"

"怎么,不信?"裴枝往椅背上一靠,明明她坐着,赵紫玥是站着的,可她视线从下往上的时候却带着居高临下般的审视,"你是不信我男朋友那么年轻呢,还是不信我金主那么帅啊?"

赵紫玥神色一紧,看向裴枝,僵硬地挤出笑摆手:"你在说什么呢?我怎么会这么想?"

裴枝闻言挑起眉梢,点点头:"嗯,你是没这么想,但你这么做了。"

赵紫玥愣住。

"高一的时候你明知道那是我哥的车,结果第二天我被人包养的谣言就满天飞了。"

"你……"

"想问我怎么知道的？"裴枝无趣地看她一眼，不答反问，"赵紫玥，我惹过你吗，你要这样对我？"

赵紫玥窘迫地摇头，试图辩解："我当时也就是随口一说。"

裴枝听笑了："你随口一说，我就要随便受着他们造的谣言是吗？"

裴枝还记得那年夏天回家她要受裴建柏的打骂，有些青紫没遮住，到学校就被传成她已经被人玩坏了。

还有些谣言脏到她不敢回想。

"就因为我没从天台上跳下去，没有要死要活，后来还考上了北江大学，过得比你们都好，"顿了顿，裴枝掀起眼皮，直直地盯着赵紫玥，"所以你们一点责任也不用负。"

赵紫玥被堵得哑口无言，最后嗫嚅地说了句"对不起"。

"不好意思，我不接受。"裴枝声音始终冷淡，"我并不觉得原谅你会显得我有多高尚，下次见着我，也别打招呼了。"

恰好此时沈听择进门，和赵紫玥擦肩而过，他若有所思地扫了眼，问裴枝："找你的？"

裴枝想也没想地否认："不是，卖房的。"

"哦。"沈听择也就没当回事，招来老板，"两碗豆腐汤，一笼蟹黄汤包。"

端上来的时候，裴枝那碗豆腐汤淋着红艳艳的辣油，还有香菜，相比之下沈听择的那碗显得清汤寡水。

裴枝笑着揶揄他："男朋友，你口味要不要这么清淡啊。"

沈听择闻言烫餐具的动作顿了下，然后撩起眼皮看她，似笑非笑地回："没事，女朋友带劲就行。"

裴枝怔住，今天第二次红了耳根。

沈听择见状低低地笑，坏得要死。

吃完早饭，裴枝跟沈听择在外面又待了会儿，才被送回家。推门进去的时候，她看见客厅里多出来的两个人，眉头不禁皱了下。

邱忆柳刚好端着一盘菜从厨房走出来，看到裴枝，笑道："回来了啊，叫人没？"

老神在在坐着的邱蓉闻声看过来，半躺在那儿玩手机的何慧琳也是。

裴枝沉默了一瞬，没什么情绪地叫："小姨，表姐。"

邱蓉是邱忆柳同父异母的妹妹，年轻的时候就不学好，跟人跑去港城做生意，不仅没赚到钱，还被搞大了肚子。生下何慧琳后终于肯回南城安顿，但说什么也不乐意上班，就指着伸手问邱忆柳要钱。

邱蓉从头到脚把裴枝打量一遍，"啧啧"赞道："哟，小枝真是越长越漂亮了啊，比我们家琳琳漂亮多了。"

换来何慧琳一声轻嗤。

裴枝听得出两人的阴阳怪气，也懒得搭理，转身往洗手间走。

等她洗好手出来，四人开饭。

一顿饭基本是邱蓉在东拉西扯地吹牛，邱忆柳性子静，偶尔搭上两句腔。裴枝就事不关己地吃着碗里的饭，没想到邱蓉会把话题绕到她身上。

"小枝现在是在北江念大学吧？"

"嗯。"

"什么专业来着？"

"雕塑。"

邱蓉思忖两秒，拖长语调感慨："搞艺术的啊……"

"算不上。"

"那谈对象了吗？"

周遭静了几秒，裴枝终于舍得抬头看向邱蓉。

她就知道，铺垫这么多，邱蓉为的就是这句。不为别的，就为何慧琳前阵子找了个富二代男朋友，多金又体贴，把邱蓉喜得恨不能昭告天下。

可没等裴枝想好敷衍的话，搁在桌边的手机先响起来。她看一眼来电显示，然后嘴角不自觉地勾了勾，递给邱蓉一个抱歉的眼神，划过接通将手机放在耳边。

那头传来沈听择低磁的声音："开到家才发现你口红掉我车上了，现在给你送过去，还是下次见面再说？"

裴枝能感受到落在她身上的几道目光，她挑眉朝那头说现在吧，接着稍捂住听筒，对邱忆柳说："沈听择等会儿要来送个东西。"

/ 261

邱忆柳反应几秒，面上带着温婉的笑："问他吃饭没？"

裴枝点头，把问句转述给那头，等了两秒才回："他说没有。"

"那叫他一块儿过来吃饭吧。"

裴枝和邱忆柳对上眼，笑着说"好"。

挂了电话，邱蓉不满被打断，沉着声问裴枝是谁要来。

裴枝就慢条斯理地笑："我男朋友。"

那句话落下后，饭桌上的气氛就变了。

足够安静的、长久的等待，以至于二十分钟后的那阵敲门声让所有人都心神一震。

裴枝放下筷子，起身去开门。

邱蓉和何慧琳饭也不吃了，目光紧紧跟随。

一步两步，锁芯"咔嗒"弹开，防盗门被一只骨节分明的手从外面拉开。好像有冷风跟着灌进来，紧接着就是一道高瘦挺拔的身影撞进视线。

何慧琳直接看呆了。

沈听择没想到在场还有别人，裴枝就牵着他介绍："我小姨，表姐。"最后指着邱忆柳说，"这是我妈。"

邱忆柳朝他招手："听择吧，过来坐。"

沈听择回过神，不自在地蹭了蹭裴枝的掌心，很乖地打招呼，然后在裴枝旁边落座。

裴枝本来已经吃得半饱，又陪着沈听择吃了一会儿："你尝尝这个，我妈拿手的炸肉丸。"

她观察过，沈听择吃饭习惯很好，细嚼慢咽，也没有大少爷那么多的挑食毛病。

沈听择"嗯"了声，就着裴枝伸过来的筷子吃。

薄唇覆住筷尖，牙齿咬着，再一点一点地抽离。

他们旁若无人的亲昵让何慧琳看得心里莫名很堵。

邱蓉开始拐弯抹角地打听沈听择的情况。

那会儿一桌人都吃得差不多了，裴枝靠在椅背上，抓着沈听择的手在玩。她后知后觉地意识到，第一次见面她大概就对他的手有了兴趣。

而旁边沈听择低垂着眼,看她细白的手指钩着他的,他没忍住反手握住。十指紧扣了。

桌对面邱蓉有点逾矩地问起沈听择父母是做什么的。

裴枝忍不住皱眉,就听见沈听择不紧不慢地答:"母亲从政,父亲搞房地产的。"

可寥寥一句,邱忆柳就知道他说得有多保守,她别有深意地看一眼沈听择,不置可否。

那天后来,邱蓉和何慧琳自讨没趣地走了,裴枝打算和沈听择回他那儿。邱忆柳对此没说什么,只让她自己注意。

两人上了车,沈听择没急着走,手肘就这么支着车窗看裴枝。午后暖阳笼着她的发丝,柔软得一塌糊涂。

他笑了笑问:"就这么想跟我走啊。"

裴枝还在系着安全带,头都没抬地"嗯"了声,然后补一句:"你那儿床大。"

第十章 /
你要永远幸福啊

那天下午,气温5℃,南城没风也没雨。太阳很好,所有的一切都美好得像是一场梦。

过年超市里人很多,一家三口随处可见。哪儿都吵,打折促销的声音此起彼伏。

沈听择就推着购物车,紧紧跟在裴枝身后,看她蹲在货架前皱眉比较两瓶饮料哪种含糖更少,看她举着一扎啤酒回头问他买不买,看她面不改色地走到成人用品区,就像挑刚才那两瓶饮料一样挑了起来,完事后扔进购物车。

那一刻他要爱死裴枝这副样儿了。

和那些接个吻都脸红的女生不一样,她浑身都带劲得要命。

接着两人又绕到日化用品那儿,裴枝拿了一瓶他家里用的那款沐浴露。沈听择看见后笑:"喜欢这个味啊?"

裴枝点头:"嗯,用惯了。"

那一刻沈听择又只觉得满足。

就这样一辈子吧,他想。

冬季太阳落山早,等两人结完账出来,外面路灯已经亮了大半。沈听择一手拎着购物袋,一手牵着裴枝,上车回家。

到公寓是傍晚六点,天空冷丝丝地飘起了小雨。

裴枝把从超市买的菜往他冰箱里塞,满满当当的,然后问沈听择晚上想吃什么,她做。

沈听择不想她太辛苦,就说下碗面吧,裴枝说行。

于是那个晚上,两碗葱油面被端上桌,两人开着一盏不算亮的吊灯,有那么片刻就像一对老夫老妻。

直到中途进来了一通电话。

是薛湘茹。

裴枝看着沈听择沉默地接起,情绪算不上是好还是坏。那头说什么他都只发出单音节的语气词,却在最后要挂断前叫住薛湘茹:"妈,我不出国。"

这话也不知道到底是要说给谁听。

只是后来沈听择察觉到裴枝的情绪变了点,就像积攒了很久的东西在一朝一夕之间轰然崩塌。等吃完饭,他洗完碗走出厨房,就看见裴枝穿一件单薄的开衫站在落地窗前,肩胛骨轮廓清晰。

他看了会儿,走过去从背后搂腰抱住她,问她怎么了。

裴枝沉默了近半分钟,不答反问:"沈听择,你怎么回来的呢?"

揽在她腰间的那条手臂收紧,沈听择在她耳边说"傻啊,当然是坐飞机"。

然后裴枝就笑了,她转过身,一双微红的眼睛对上沈听择:"你明知道我问的不是这个。"

两秒之后,她继续:"我不知道你花了多少工夫说服他们,让你来南城找我,又或者根本没有说服。但是你还看不明白吗沈听择,我家里多的是一地鸡毛、尖酸刻薄的亲戚,包括我爸,逮着人就会吸血。我妈在这儿,奶奶也在这儿,所以我这辈子可能走得最远的地方就到北江了,再远的地方我去不了。你不一样,你可以去地球最北端,也可以是最南端,只要你想。就算你现在可以为了我不出国,那就意味着我们之间的差距不存在了吗?沈听择,我们能谈一辈子恋爱吗?"

从前粉饰的太平被彻底掰开,揉碎,搬上了台面。

昨晚沈听择没出现前的那段时间里,裴枝一个人想了很多。她想过那个点他可能被逼着在和家里世交的哪个千金一起吃饭,也想过他如果失约,可能会在之后的某一天给她发来一条对不起的微信。

人人都高喊恋爱自由的时代,现实却可以轻易地杀死一段不成熟的爱情。

客厅倏地静下来了,窗外雨珠砸在玻璃上。

好一会儿后,沈听择抬眼看着她:"所以呢,你想表达什么?是想说你配不上我,还是想说……分手?"

他闭了闭眼,才艰难地说出最后两个字。

裴枝摇头,声音发颤也发涩:"沈听择,我不想和你分手,但是更不想你因为我舍弃什么,去改变你本该的人生轨道……这不公平也不值得,我不想你将来后悔。"

不要他打碎自己只为和她拼合。

沉默的时间里,两人都红了眼,沈听择直视着裴枝的眼睛:"那你说说看,我本该的轨道是什么?是出国,还是跟一个完全不爱的女人结婚?"

无视裴枝哑然的表情,他又问:"裴枝,知道今天在超市,我想的是什么吗?"

裴枝看着他,睫毛颤动明显。

"我在想,你什么时候能到二十岁,也在想跟你买一套冬暖夏凉的房子,然后我们可以去很多趟超市,一点点把那个家填满。到时候墙纸你想要粉色还是白色,冰箱里是放苏打水还是乌龙茶,浴室是装淋浴还是浴缸……"

"沈听择!"裴枝再也忍不住打断他,一颗心酸胀得要爆炸,声音哽到极点,"我们才谈了三个月……你现在觉得爱我爱得要死,但迟早会发现也不是非我不可的。"

是三个月,不是三年。

年少时的喜欢又有多少能善终的。

"可我这辈子就是认定你了!"沈听择的嗓音也哑,顿了顿他把裴枝扣进怀里,"我不出国,是因为我可以在国内继续深造,国内不比国外差。我不在乎你家里有多糟,也有能力帮你收拾烂摊子。我知道你现在不理解我怎么就像个傻子一样非你不可了,但是裴枝,你信我一次好不好?"

窗外是荒唐又冷漠的城市,霓虹灯被雨水折散。

裴枝的视线也彻底模糊,她抓着沈听择背后的衣服,指节都泛白,过了很久很久才说:"沈听择,你今天说的话我会记一辈子的。"

有这句话就够了。

沈听择伸手按住裴枝的腰,不给她一丝反悔的机会,扶着她的后颈吻上去。裴枝也踮脚紧搂住他的脖子回应,带着一种引颈就戮的孤注。从红着眼,再到红着脸，两人压抑的情绪都在这个雨夜烧到了阈值。

那会儿才晚上八点多，夜灯初上没多久，玻璃被雨汽蒙上了一层水雾。裴枝看不清楼底的车水马龙，只能看清沈听择被汗沾湿的额头和眼睛。结束的时候外面雨已经停了，裴枝抱着膝盖坐在沙发边缘发呆。沈听择走过去问她怎么了，她回过神说我该拿你怎么办呢，沈听择。

这注定是一道无解题。

年初五那天，暴雪初晴，裴枝跟着邱忆柳去了城郊的寺庙还愿。

她们从大雄宝殿走过，在佛前虔诚跪拜，最后停在鼓楼前的菩提树下。裴枝自认不是一个贪心的人，往年都只有两个愿望。

一愿奶奶长命百岁，二愿母亲余生顺遂，平安健康。

只是这一年，裴枝脑海里多了一人的身影。

那个穿着火红球服，又或是红黑赛车服的，永远意气风发的少年。

周围香火袅袅，她提笔——愿佛祖保佑，沈听择岁岁常安，万事胜意。

走出寺庙，裴枝又去看了纪翠岚。老太太喝中药调理了一阵，整个人气色变得不错，只是头发花白得厉害。

"下次见着你哥，得谢谢他啊。"纪翠岚拉着裴枝的手笑，她不知道邱忆柳和陆牧已经离婚。

裴枝也不拆穿，只点头。

那天纪翠岚的话特别多，从裴枝小时候的糗事讲到现在，有时说着说着会停下，像是发呆，但很快又自顾自地接上话。

后来是沈听择一通电话打来。

纪翠岚看不清屏幕上的名儿，但估摸着能猜到："男朋友？"

裴枝"嗯"了声，纪翠岚就笑呵呵地让她快接。

裴枝也没想避讳，就当着纪翠岚的面划了接听。

电话那头闹哄哄的，但一阵窸窸窣窣后静了下来，沈听择低哑的声音传过来："吃晚饭了吗？"

"吃了。"

"在哪儿啊？"

"奶奶家。"

沈听择像是思索一会儿:"我喝酒了,你来接我好不好?"

裴枝知道他今天和要好的几个一中同学组了局,她瞥一眼已经在看电视的纪翠岚,没拒绝:"地址发我。"

沈听择在那头笑:"好。"

挂了电话,不等裴枝开口,纪翠岚先摆手:"你快去吧,奶奶要看电视了,八点半,正好。"

裴枝闻言便不再说什么,按着沈听择发来的定位叫了辆车。

她赶到的时候,刚过九点,包厢里气氛高涨。

沈听择坐得靠里,外套搭在椅背上,就穿一件黑灰渐变的毛衣,低着头在玩手机。旁边一圈人里裴枝只认识周渡,也是他第一个发现到门口的裴枝。

周渡见状笑着推了推旁边的沈听择,附耳和他说了两句话。然后裴枝就看见刚才那个对什么都一副冷淡样儿的人抬起头,嘴角笑意明显。"哗啦"一声,他往后推开椅子,往她这儿走。

于是包厢里的喧闹也像被按下暂停键,所有人都跟着看过来。紧接着响起的是靠门那个寸头男生的一声:"择哥,你这过分了啊!什么意思啊?"

沈听择懒得理他,用指腹贴了下裴枝的脸颊:"冷不冷?"

裴枝摇头,转而问他:"喝了多少啊?难不难受?"

她之前算是发现了,沈听择这人喝酒不上脸,哪怕是喝醉,他也能脸不红心不跳。

"没多少,不难受。"沈听择又说等我一下,往回拿起自己的外套,一点不留恋地朝在座的人挥手,"你们慢慢玩,我们先走了,账算我的。"

周渡带头起哄,嗤他赶紧滚蛋。

沈听择也不恼,笑着搂着裴枝走出包厢。

等两人走后,坐周渡左边的一个人突然拍着脑袋"啊"了声,周渡递了一个莫名其妙的眼神过去。那人就搭着周渡的肩膀,压低了声音说:"刚刚择哥那女朋友,是不是很眼熟?"

这下周渡就懂了,他不置可否地哼笑:"好像有点。"

那人沉思半天,像是想到什么,没忍住爆了句粗口:"哎,是择哥之前手机上那个啊？"

沈听择的那辆库里南就停在楼下。

裴枝高考完就拿到了驾照，但没碰过这种车型，琢磨了一会儿。

等开车上路时已经是十分钟后，沈听择就懒洋洋地靠着椅背看她。电台里在放着午夜情歌，车窗外是一掠而过的昏沉夜色。

沈听择突然意识到，他最爱的女人在开他最爱的车。

值了。

裴枝一路开到沈听择小区附近，没急着拐进去，而是在路边那个便利店门口停了车。沈听择问她干什么，她只撂下一句"等着"。

她开了双跳，解开安全带下车，没一会儿手里就拿着杯温水和一袋牛奶回来。

沈听择挑眉看她："我没醉。"

"解酒没说非得醉，"裴枝将东西递到他面前，眉眼低垂着说，"有酒味。"

沈听择"啧"了声："嫌我？"

裴枝刚要说没，脖子就被勾着，和沈听择额头相抵。男人温热的气息更加肆无忌惮，缠进了她的呼吸。

下一秒唇被覆上，沈听择给了她一个绵长又温柔的吻。

过了正月，寒假在回暖的气温中收尾。

临返校的前一天，裴枝在家收拾东西，沈听择发了条微信过来，说有人要请她吃饭。

她问是谁，他回周渡。

可一直到被沈听择接上车，裴枝也没想明白，周渡干吗请她吃饭。

周渡订的是市中心一家网红火锅店，包厢，就他们三个人。

穿过冗长的等位人群，裴枝总觉得这更像是一场鸿门宴。不能怪她这么想，谁让周渡从第一次见面，就有意无意摆出一副很了解她的样子。

这种感觉实在不太好。

"怎么了？"沈听择握紧她的手，"要是不想吃我们就走。"

耳边喧嚣被一点点甩在身后，服务员已经领着他们停在了包厢门口。裴枝摇头,门推开,她和坐在里面的周渡对上眼。

包厢里光线明亮,周渡嘴角噙着淡笑在看她,瞳孔呈现一种类似玻璃弹珠的浅褐色。

那瞬间,裴枝脑子里一闪而过强烈的熟悉感。

周渡任由她微皱着眉打量,一副闲散的姿态,朝两人招手:"来得正好,看看再加点什么菜。"

裴枝闻言回过神,和周渡打了个招呼,被沈听择牵着走进去。脱外套、落座、扎头发,这些也都被沈听择无声包办。

空调温度有点低,沈听择就起身找了遥控,调高两度。做完这一切,他才接过周渡递来的菜单,手臂搭着裴枝的椅背,挑了几个菜问裴枝要不要吃,她说都行。

周渡就这么看着,过了一会儿,出声打趣:"尽管点,我请客,可千万不能让裴枝饿着肚子来,又饿着肚子走。"

沈听择抬头给了周渡一个适可而止的眼神,他就笑着耸肩,做了一个封嘴的动作。

只是那会儿裴枝正在纠结吃鲜毛肚还是牛百叶,没注意到两人的举动。

最后她还是选了鲜毛肚,没理由,点兵点将选出来的。

把菜单给了服务员后,裴枝看一眼微信,许挽乔问她明天什么时候回学校,温宁欣和辛娟已经提前到了。

"下午"两个字刚打完,她听见周渡挑起话题:"你俩明天一起走啊?"

沈听择把烫好的餐具推到裴枝面前,头也没抬地反问"不然呢"。

周渡感叹一句"有女朋友就是好啊",沈听择笑着嗤他别没话找话。

那头许挽乔发来一个"OK",裴枝收起手机,抬眸不出意外地对上周渡的视线。短暂两秒过后,裴枝怎么想的也是怎么问出口的:"周渡,我们之前是不是在哪里见过?"

恰好此时有服务员端着锅底进来,大堂的嘈杂声涌进来。

周渡靠在椅背上等了会儿,等到门重新被关上,他吊儿郎当地笑:"嗯……说起来算我单方面见过你。"

无视旁边沈听择扫过来的目光,他慢条斯理地夹起一片毛肚往锅里涮:

"在我表弟的草稿本上见过你的名字，有印象吗，周子行，附中比你低一届的。"

裴枝的反应不大，但记得："他啊。"

周渡"嗯"了声，继续道："那小孩跟在你屁股后面追了大半年，没成，把自己搞得跟失恋了一样，不吃不喝好几天。"

裴枝点头，也不知道在肯定周渡哪一句话。

那时候她刚把生活扳回正轨。有天放学陈复来找她，还是他先发现了那封塞在她桌肚里的信，署名就是周子行。他打趣她，她懒得搭理，将那封信原封不动地扔进了垃圾桶。可小屁孩的喜欢不讲分寸，热烈又直白，后来信和礼物变着花样地出现，不到半个月，裴枝班上都知道了裴枝在被一个学弟纠缠。

但裴枝一向不喜欢吊着别人，挺没劲的。

"如果对他造成了伤害的话……"裴枝顿了顿，指腹磨着碗沿，"我很抱歉。"

话虽然这样说，但她面上却没有半分愧疚的意思。周渡直接看笑了："你还真是……"

顿了顿他话锋一转，八卦兮兮地笑问："周子行跟我说，你当时拒绝他的理由是你比较喜欢学习？"

说实话裴枝根本不记得自己当时说了什么，就没吭声。

火锅滚沸，包厢里不算静，汤勺磕到锅壁的声音也格外清脆。沈听择抬头瞥周渡一眼："还吃不吃饭？"

周渡更乐了："吃吃吃。"

饭局过半，裴枝的袖口被溅到几滴油渍，她去了趟洗手间。

人一走，包厢就更空，打火机"咔嚓"一声响也更清晰。周渡换左手夹烟，右手又拨开烟盒的纸盖，问沈听择要不要。

沈听择没要，只透过那片散开的烟雾看他："你表弟这事，你从来没跟我说过。"

周渡见状收回手："你那会儿不是回北江了嘛，管得着吗？"

气氛就这样静下来，烟雾也沉默地在飘。直到周渡笑着出声，解释："不告诉你，是因为我知道裴枝压根看不上他。"

又或者说，那时候的裴枝看不上任何人。

彼时，他们每次联考完学校之间都会拉一张年级大表，统计高分段，尤其是附中和一中，暗戳戳地较着劲。美术生不考附加，一卷和文化生是一样的，也算在里面，所以周渡不止一次在大表上看到过裴枝的名字。

她的分数实在漂亮，英语发挥稳定，数学成绩也完全不输他。

也是那一年，附中的学生眼睁睁地看着裴枝从吊车尾，一点一点爬到了年级前几。她的名字不再和那些污言秽语挂钩，后来还一度传到了其他学校的论坛里。

十七岁的裴枝变成了能站在国旗下发言的优秀学生代表，她穿着蓝白色校服，扎着高马尾，耀眼而闪光。

毕竟不是谁都有在废墟上重建的本事。

周渡抽完最后一口烟，捻灭在烟灰缸里："换句话说，当时裴枝周围多的是周子行，懂吗？"

沈听择怎么会不懂。

要是真的在那个时候去争，他未必能赢。

他的女朋友有过不见天日的颓靡，但照样能绝处逢生，让人可妒不可欺。

裴枝很快去而复返，包厢里的烟味早就散干净，她没感觉到丝毫变化。坐下时沈听择问她还要不要加点菜，她摇头，说饱了。

快结束的时候，周渡又敬了裴枝两杯酒，说着一杯敬爱情，一杯敬前途的屁话，有点好笑。

晚上八点，夜风很大，天乌沉沉的，是要下雨的预兆。

沈听择的车停在弄堂外面，裴枝习惯性地低着头在走，突然头顶一道闪电划过，刺白划破她脚底的影子。下一秒在雷鸣降临之前，她的耳朵被沈听择捂住，整个人被揽进他的怀里。

直到坐进车里，裴枝才缓过那阵。

倒不是因为害怕，而是她突然想起了自己到底在哪儿见过周渡。

就在老城区那片的一个篮球场。

那会儿她刚看完心理医生，整个人还是封闭的，陆嘉言怕她会做傻事，就经常连哄带骗地把她带在身边，陪他打球是常事。

也是这样一个雷电交加的雨夜前夕。

露天球场的照明灯时不时闪两下，忽明忽暗，风吹得树叶簌簌作响。周渡的球不小心砸到了坐在场外的她，他汗津津地跑过来道歉，说了什么她已经不记得。

她只记得，周渡的身旁好像还站着一个人。

黑色护腕，白色短袖被汗沾湿，昏昧的灯光笼在他肩身，手里抓了瓶矿泉水，青筋明显。很沉默的，一言不发，只在她看过来的时候，神情有不易察觉的松动。

还有他们的每一次擦肩而过。

细尘，潮湿空气，不断下沉的光线，手背轻碰的温度，猝不及防的对视。

裴枝全想起来了。

二十分钟后，车在小区楼下停稳。裴枝只解了安全带，却没动。沈听择问她怎么了，她就侧过头看向他。

是了，就是这双狭长深邃的眸，看什么都深情。

看她最深情。

沈听择不明所以地摸了下她的头，勾唇笑道："你想什么呢？又想跟我走啊？"

夜色跌宕到最浓，暴雨将至。

裴枝就这样安静地看了他一会儿，轻声问："你以前去过老城区打球吗？"

顿了两秒，她补充出一个具体地址。

沈听择闻言倏地愣住，视线飘了下："怎么想到问这个？"

"轰隆"一声，骤雨终于落下，像野兽般又疾又猛。裴枝伸手捧住沈听择的脸，不让他躲："沈听择，我见过你，在那儿。"

雨珠砸在挡风玻璃上，水痕蜿蜒。车里很静，两人对视。

世界被暴雨冲刷得像在下沉，沈听择握住裴枝的手腕，看着她不置可否地笑："那你还记得，你在球场给过我一把伞吗？"

送伞那晚同样的风急雨骤，裴枝和沈听择说了第一句话。

夜场球，三分球入篮，汗水顺着天边一场猝不及防的暴雨落下，空中滚过响雷，球场的照明灯"啪"一声彻底罢工，四周都像陷入一片镜花水月里。

沈听择和周渡都没带伞，短袖湿了大半。两人正准备扔骰子决定淋雨还是躲雨的时候，裴枝隔着半个球场朝他们走了过来，最后在沈听择的面前停下。

/ 273

闷热的酷暑,她穿了件最简单的白T恤,紧身短款,浅蓝色的高腰牛仔裤,发梢和衣角都被雨丝打得有点湿,但整个人不显狼狈,反而有一种说不出的风情。她眼皮微抬,看着沈听择,伸手递过来一把伞:"给你,要吗?"

语气比眼神还淡,就像悲悯众生的神。

那时候的沈听择压根还没意识到自己的那点感情,只觉得眼前这姑娘有点意思,和那些成天追在他后面的女生都不一样。

他边说着谢谢边接过伞,叫住已经转身走入陆嘉言伞下的人:"怎么还你?"

裴枝听见了,但脚步只停顿两秒,头也没回,撂下一句"用不着",很快消失在瓢泼雨幕里。

思绪被拉扯着回溯,裴枝有点印象地"嗯"了声:"记得,当时心理医生让我累计做满十件有意义的事,那算其中一件。"

这回换沈听择愣住,他真没想到会是这样的理由。

裴枝还在继续说:"其实那把伞不给你,也会给别人。"

沈听择揽着她的腰往怀里一拉,头埋在她的颈窝:"我不管,你就是给我了。"

裴枝失笑,无声地抱紧他的脖子:"嗯,给你了。"

伞给你了,现在连自己都给你了。

裴枝和沈听择是第二天下午回到北江的,风和日丽,但就是比南城要冷一点。

沈听择把裴枝送到宿舍楼下的时候,刚好碰见从图书馆回来的辛娟。视线交错一瞬,辛娟抓着帆布包的手慢慢收紧。

她就站在寒风里,站在五步之外,看着沈听择若无其事地收回目光,看着他亲昵地碰一下裴枝的额头,然后把背对着她的裴枝抱进怀里。后来他又在裴枝耳边低声说了点什么,换来裴枝抬手拍了一下他的肩。他就顺势抓住裴枝的手,放在唇边亲了下。

眼眶再一次酸胀,辛娟慌忙低下头,任由滚烫的眼泪"啪嗒"砸在手背上。过了一分钟不到,她抽了下鼻子,抹干眼泪,转身离开。

既然她注定不能如愿的话，那就祝她最爱的那个男孩得偿所愿吧。

沈听择，要永远幸福啊。

冬去春来，大一下学期的课程比刚入校要满很多，裴枝忙，沈听择更忙。

每次见面，裴枝总觉得他眼底的倦色又重了。隔着几米的距离，他垂头靠在走廊上，没看手机就一个人看着地面发呆，颈间的锁骨链荡下来，满身颓疲。

裴枝的心脏刺痛一下，走过去，想也没想地伸手抱住沈听择的腰。

沈听择被她突然的投怀送抱吓到，怔了两秒后反应过来，把人更紧地搂进怀里，摸着她的脑袋笑问："怎么，做了对不起我的事了？"

那会儿夕阳西沉，昏黄的光线从教学楼尽头斜过来，将两人依偎在一起的身影拉得很长。裴枝闻着他身上干净的洗衣液味，仿佛回到初见的那些日子。

不知不觉，他已经陪她度过了最冷的冬天。

裴枝不说话，沈听择就静静地抱着她。直到五分钟之后，她抬起头，用视线描摹着他的五官轮廓，每一眼都像要刻进骨血，然后问："沈听择，辛苦吗？"

两人沉默的那几秒里，沈听择把裴枝重新按进怀里，不去看她那双眼睛。

"不辛苦。"

裴枝的额头抵着他的肩膀，"嗯"了声，自顾自地说起来："上个月，我有个作品被导师送去参赛，拿了金奖。我们组的大挑作品也成功立项了。前两天辅导员跟我说，院里会推荐我去参加VCU在港城的交换学习。"

"嗯，我女朋友优秀得不得了。"

"沈听择，"裴枝仰头，"我不想拖你的后腿。"

腰间的手臂紧了紧，裴枝耳边是他重过风声的心跳。他说："裴枝，没人比你更好了。"

春分那天，北江下了一场雨。

刺青店里就裴枝一个人在。她没开大灯，只亮着工作台前那盏二十瓦的台灯，光线阴暗，雨声淅沥。稿纸又被画废一张的时候，门口的风铃转着圈发出响动。

"欢迎光……"她下意识地抬头，话没说完，整个人就愣住。

门外是灰蒙的雨天，有风吹进来。背光站在门口的男人穿一件黑色连帽衫，手里收起的伞还在往下滴着水。

裴枝反应过来后立马站起身，两步走到沈听择面前，把他拽进店里。

门被关上，湿冷空气被隔绝。她对上他有些湿漉的眼睛，声音带点难以置信："你怎么来了？"

沈听择看着她笑："你说呢？"

气氛静了两秒，裴枝像是意识到了一点什么："……你要文身？"

"嗯。"

"文什么？"

"裴枝。"

话落的那瞬间，裴枝的心狠狠一颤。

是她的名字，也是他要文的内容。

店外狂风骤雨，店里却静得呼吸可闻。裴枝看着沈听择，睫毛不自觉地在颤，朝他小幅度地摇头："沈听择，文身有可能洗不掉的。"

有可能就是留一辈子。

沈听择不以为然地勾唇："没想过洗。"

"你再好好考虑一下。"

"裴枝，"他叫她，眼底褪去那些年少轻狂，比夜色还沉，"我想你让我疼。"

那晚后来，裴枝亲手在沈听择肩胛骨的位置文下了自己的名字，青黑的一笔一画终于在他的身上留下了她的痕迹。

那是少年最赤诚最热烈的爱意。

结束的时候，沈听择没急着套上卫衣，他从背后圈住正在收拾东西的裴枝，把下巴抵在她的肩膀上，低声笑道："裴枝，我是你的了。"

裴枝感受到那点温热，浑身一僵，紧接着又受到他更为致命的一击——

"生日快乐。"

心脏像被摁进玻璃渣里，疼得她彻底红了眼眶。

没人记得今天是她的生日，连邱忆柳都忘了。

只有沈听择还记得。

凌晨六点,环江高速。

车速一百二十迈码,窗户半开,风声从耳边呼啸,盖不住播到一半的 *This Is What You Came For*(《你出现的原因》),鼓点正噪。裴枝捋了把被风吹乱的头发,看着沈听择把车停在空无一人的江边。

雨歇了,不远处的灯塔刚刚暗掉,浑沌的光线里,太阳初升,浓重热烈的橙红色铺满了整个江面。

裴枝推门下车,三月末的江风拂面,还冷得有些刺骨。

一夜没睡,裴枝却无比清醒。她盯着江岸线缓缓升起的红日,总有种末日狂欢的感觉。

沈听择从后备箱拿出一瓶黑皮诺,走过来,同样倚着车身,伸臂把她搂进怀里。两人没有对视,也没有接吻,就这么花了半个小时静默地看着日出。

直到裴枝侧过脸,借着第一缕刺眼的晨光看向沈听择,看到他低头时后肩露出的一小截文身,边缘还隐隐泛着一圈红。

连带着她的眼眶也再次酸胀、发红:"沈听择。"

他应:"嗯。"

"生日愿望我想好了。"

沈听择转过头,目光专注地看着她。

"沈听择,我要你这辈子无病无灾。"

沈听择愣了下,然后迎着头顶的朝阳笑起来,恣意又炽热:"许你的生日愿望,怎么还和我有关啊?"

裴枝置若罔闻:"你答不答应我?"

过了会儿,沈听择妥协般地在她额头上亲了下:"我答应你。"

春分过后,北江像是一夜回暖,路边槐树叶落又发芽,一切都像在往好的方向发展,这座城市也渐渐堆满两人的回忆。

直到四月下旬裴枝顺利被学院推荐去了港城交换学习。

那阵沈听择好像真的很忙,她就没让他送机,自己一个人飞去了港城。等沈听择从沈鸿振办公室出来的时候,才看见手机上那条四十分钟前收到的微信。

是港城大学的定位,意思是告诉他,她到了。

公司大楼的旋转门前人来人往,很吵,他停下脚步,有点愣地看着那条微信。过了不知道多久,他才强压下那股想要飞去找裴枝的冲动,低头按着手机回:港城昼夜温差大,别贪凉,会感冒。多喝热水,按时吃饭,照顾好自己。

他等了会儿,那头没有回,大概是在忙。

许辙的电话也是在这时候进来的:"什么情况,你约我还迟到?"

沈听择看一眼快要落山的太阳,说了句"马上到"。

七点不到的酒吧刚开门营业,没人,四周都还透着冷清。

许辙坐在散台前,面前放了杯果汁,瞥着匆匆赶来的沈听择,嗤笑道:"没有酒,这地儿真够憋屈的。"

沈听择不置可否地笑,招手要了一杯柠檬水。

"说吧,找我什么事?"

"帮我借个人。"

"你要借什么人……"话说到一半,许辙自己就反应过来了,"港城分公司的?"

沈听择垂眼,指腹磨着杯沿,低低地"嗯"了声:"裴枝一个人在那边,我不放心。"

许辙就这样沉默片刻,才开玩笑道:"这回你怎么不自己过去了?"

沈听择闻言神色一顿,头垂得更低:"走不开。"

气氛有长久的静止,许辙打量着沈听择:"听我爸说,你自己去跟合创新能源的那个和作案了?"

沈听择没否认:"嗯,拿了一半。"

"上个星期纵横科技那轮融资也是你去谈的?"

"当实习了。"

"你家房地产那块呢?"

"迟早是我的。"

许辙终于忍不住皱眉:"你到底想干什么?"

许辙觉得现在的沈听择有点疯,不是从前和他一起混日子的那种疯,而是太清醒了,他在有意识地一点一点建立自己的人脉,在还没正式接手庞大的家业之前，就已经开始向四处扎根渗透。

可这做起来谈何容易。撇开他还这么年轻，在那群吃人不吐骨头的老奸巨猾面前，要有多少胆识和魄力，才能插上一句话。

"我想干什么？"沈听择笑着重复这句，然后眯眼看向周围亮起的灯光，瞳孔依然漆黑，"许辙，我不能让她输。"

又过了几秒，他自顾自地笑起来："算了，说了你也不懂。"

那晚九点左右，裴枝直接给沈听择回了个视频。

沈听择靠坐在床头，视线懒散地看向屏幕。镜头那端，学生公寓的灯泡不算明亮，裴枝背后是阳台，月光疏淡。她刚洗完澡，半湿的头发披在肩头，洇湿大片衣领，锁骨透出来。

"又没吹头发？"他哑着嗓子问。

裴枝不以为意地摇头："吹了的，没干而已。"

沈听择被她这逻辑气笑了："那照样会生病，再去吹吹，听话。"

"哦。"

裴枝就这样消失了一会儿，沈听择能听见吹风机"嗡嗡"作响的声音。可没过两分钟，所有声音戛然而止，那头突然暗了下。

沈听择眉头一皱："……裴枝？"

"嗯，我在。没事，就是跳闸了。"

她话落，镜头又重新恢复光明。裴枝举着手机窸窸窣窣晃了一圈，然后坐到沙发上。

沈听择这才看清公寓内设，勉强算干净，只是墙面多的是被水渗过的斑驳痕迹。

裴枝笑了下："好像每个大学都特别喜欢搞基建，电压也老不稳。"

说完，她注意到沈听择背后的床，问："你在家吗？"

不是宿舍，不是校外公寓，是沈家。

"嗯，回来有点事情。"

裴枝"哦"了声，没有多问。

临挂断前，沈听择叫住裴枝："我很快就去找你。"

"好。"

视频"嘟"一声切断，画面消失。沈听择坐了会儿，翻到半个小时前许辙推过来的一个微信名片，打了一段字过去：帮我找个靠谱的水电工，上门地址等会儿发你。该修的修，该补的补，顺便换个亮点的电灯泡，还有门锁也换成性能最好的那种，钱我出。

过了两天那头回他一句"搞定了"。

而等到沈听择真正抽出空的时候，气温已经变成两位数，风里带了燥意。

初夏到了。

他没提前告诉裴枝，一个人偷偷买了机票，花了五个多小时落地港城。地铁在播报着"前方到站——港大站"，同一时刻他看到手机上裴枝发来的新消息：你吃饭了吗？

还有一张她发来的照片，是拍她在食堂吃的饭，跟一句"我想你了"。

那会儿刚好地铁门开，他就没回，先随着人潮出站。

外面是阳光灿烂的晴天，万里无云。沈听择找人问到了照片上是哪个食堂，等他过去，刚好看见裴枝抱着书本下楼梯。

酒红色方领短 T 恤，美式半身裙，两条腿笔直纤细，只戴了右侧耳环，走动间发丝被风吹得轻扬，整个人在午后暖阳下白到发光。

恰好此时又碰上她的同学，两人就这么站在台阶上聊了几句。她从始至终都淡淡地勾着唇，冷清清的一张脸上看不出什么情绪。等人说完，她就一个人继续往回走，背影显得孤独单薄。

不长不短的一段路，她低头看了两次手机，像在等谁的消息。

在她快要拐进学生公寓的时候，手机终于振动了一下。

裴枝脚步顿住，腾出手去看。

是那个黑色头像发来的：女朋友说想我的话，那瞒不住了，我得立马变身飞过来了。

看清每个字后，她失笑，回他：你真当自己是威震天啊。

可发送出去的下一秒，她清晰地听见身后有人叫了声她的名字，带点她熟悉的吊儿郎当的笑意："女朋友，回头。"

心跳开始一下重过一下，耳边是沉重的呼吸，有点乱，也有点急。可她又不敢回头，害怕是因为自己太过想念，以至于出现了幻觉，也害怕那种转过身发现不是那个人的巨大空落。

她就这么僵在原地没动。

直到一道拿她没办法的低叹传来,沈听择几步走上前,直接从背后抱住了她。他的手臂穿过她的腰环住,再慢慢收紧,下巴抵在她的肩头:"我来了。"

那个点,太阳照在身上很暖和,但都不及身后那具身体来得炙热。沈听择又轻声重复一遍:"裴枝,我来找你了。"

三分钟后裴枝终于回过神,她转身,用一只手抱书,另一只手勾住沈听择的脖子:"什么时候来的啊?"

"刚到。"

"你怎么知道我在这儿?"

"先去食堂找的你。"

十分钟后沈听择跟着裴枝进了她的房间。

房间朝阳,阳光从窗外铺到床上,肉眼可见光束中浮动的细尘。沈听择进门的第一件事就是里里外外转了一圈,裴枝问他在找什么,他摇头说没事,就看看。

裴枝也顺着他的视线看过去,然后笑道:"还记得我之前跟你说的吗,刚住进来那几天老跳闸,后来也不知道是不是有人跟学校去反映了这个情况,没到一个礼拜就派人来帮我们修好了。连电灯泡和墙面这些,都帮着重新换成新的了。"

沈听择仔细打量完,也淡笑:"嗯,那确实挺好的。"

"这里的福利待遇也特别好,每次周末食堂阿姨都变着花样给我们送水果。"

"是吗?"沈听择就靠坐在床边的椅子上,把裴枝圈在怀里,勾着她的头发在玩,笑着听她讲这段时间的事,有些两人视频时提过,有些没有。

全都说完的时候,房间里倏地静下来,裴枝突然反应过来沈听择是孑然一身地来,什么行李都没带。她想了想,迟疑地问:"你是不是……过两天就要回去啊?"

沈听择挑眉:"刚来你就盼我走?"

"不是。"

"衣服能买，其他的……"顿了顿，沈听择笑着捏了下她的腰，"你现在用的哪样我不能用？你说我能待多久？"

小到牙膏，大到洗发水、沐浴露，这些她早就用惯了他的。

那天下午裴枝还有一节课，在三点多的时候。沈听择问自己能陪她去吗，裴枝也不说话，直接牵起他的手往教学楼走。

交换学习开设的班级和平时的不一样，里面坐着不同肤色的人种，但在见到沈听择那张脸后，审美好像瞬间统一了，窃窃私语多起来。坐在裴枝后排的女生拍了拍她的肩，凑近问："Your boyfriend（你男朋友）？"

裴枝点头，声音平静地回："Of course（当然）."

女生只能朝同伴遗憾地耸肩，意思昭然若揭。

而沈听择的视线从头到尾没离开过裴枝身上，对其他人连半分施舍都不曾有。

之后接近一周的时间，沈听择陪着裴枝上下课，两人到过摩天轮的最高处拥吻，去过黄昏时分的码头，也逛过人潮汹涌的庙街。

小满那天，两人吃完饭搭乘最后一班巴士回公寓。

窗外光怪陆离的霓虹灯光晃进来，裴枝靠在沈听择的肩膀上，偏头能看见他的脸陷在阴影里，只一个侧脸，高挺的鼻梁，利落的下颌线，比那些精心雕刻的艺术品还要惊艳。

下一秒，他也似有所感地侧眸。

巴士穿梭在陌生街头，偶尔颠簸，有那么一瞬间裴枝觉得，他们爱到了对视一眼就要流泪的地步。

沈听择笑着问她怎么了。

裴枝回过神："沈听择，你知不知道自己也很让人上瘾啊。"

可没等沈听择说话，她的手机先响起来。

铃声在不算安静的车厢里莫名有些刺耳，是个陌生号码，沈听择示意让她先接。

裴枝没当回事地按下接通，电话那头是一道温和的女声："请问是裴枝吗？"

她愣了下:"我是。"

那头似乎有些犹豫地顿住,然后换成了一个中年男人,沉稳又冷漠的声音从听筒里传过来:"裴小姐你好,我是南城玄楼区公安局民警,现在有个消息要通知你。"

像是第六感在作祟,裴枝突然隐隐意识到一点什么,血液开始滞留,整个人泛僵:"什么消息?"

"今天傍晚六点二十三分,我们接到警情,城西一酒吧有人寻衅滋事,您的奶奶,也就是纪翠岚女士作为此事的伤者,经送医抢救无效,已于半个小时前过世。"

手机从掌心滑落,"哐当"一声砸在窗沿。

裴枝觉得自己被摁进了一片真空里,时间都静止了。脑海里反反复复回响那几句话,她艰难地在脑子里拼凑出一个事实。

奶奶死了,在半个小时前。

她想过无数坏消息,却做梦也没想到,再一次从电话里得知纪翠岚的消息,是死讯。

沈听择见状眉头紧皱起来,连问她两遍出什么事了,却毫无应答。

他不得已捡起还没挂断电话的手机,朝那头解释两句,就听见那头重复了一遍刚才说过的话。

他也彻底愣住,握着手机缓缓转向裴枝。

麻绳专挑细处断,厄运只找苦命人。

那辆巴士最终没能把他们送到该下的站台,裴枝红着眼一言不发地被沈听择牵着,往机场赶。直到凌晨两点,最近的一班飞机起飞,裴枝平静地问身边的沈听择:"我们是回南城吗?"

沈听择看着她这副样子,心里也痛,把她紧紧抱进怀里,轻声哄着:"嗯,我们回去,回去……见奶奶。"

裴枝没动,就这么看着机舱外港城的灯火变成一个点,最后消失在视野。

夏季日出早,两人落地南城的时候,天已经亮了。太阳照常升起,城市街头重新热闹忙碌,行人匆匆,地球还在继续转,没谁会记得昨夜的风雨。

医院人很多,电梯挤不进,裴枝就往楼梯间走。沈听择知道劝不住她,只能紧紧跟在她身后。

太平间外,站着一名穿着蓝色警服的民警,像在等裴枝。确认过她的身份后,民警让她进去。

白布掀开,纪翠岚躺在那里,安静得就像只是睡着了。裴枝以为自己会哭,可泪水在眼眶转了一圈,又被她硬生生憋回去。

奶奶说过,哭鼻子就不好看了。

起码,不能在奶奶面前哭。

那天上午,气温19℃。但阳光照不进太平间,有点冷,裴枝让沈听择回家帮她拿件外套。

沈听择知道她是想单独和纪翠岚待一会儿,但有丝不放心地道:"那你在这儿等我。"

裴枝点头。

门被轻轻带上。

"奶奶,"裴枝蹲在纪翠岚的身边,手里紧紧捏着民警走之前给她的一张照片,声音哽咽,"是……我害死了你。"

金属的银光反射出照片一角,血渍已经干涸,能看清最顶上"VZ 酒吧"的霓虹招牌,再往下是夜色朦胧,裴枝靠在后门边抽烟,一头烟灰色短发,眉眼倦怠,堕落的风情和生人勿近的冷恹参半。

照片右下角的水印时间是三年前。

她知道这张照片肯定是廖浩鹏给纪翠岚的。

悔恨在胸腔里烧了一把火,耳边还响着刚才民警对她说的话:"据我们调查,当晚纪翠岚之所以会出现在 VZ 酒吧,是拿着这张照片去找她的孙女……也就是你。在问询医生后,我们确定纪翠岚患有阿尔茨海默症,导致认知功能下降,再加上之前受过很大的刺激,发病恶化比其他人都要快。至于死因……算是意外死亡,正好碰上酒吧有人闹事,地面有很多碎玻璃,而光线又暗,老人家没看清脚下的路,滑倒后撞到玻璃,导致颅内大出血死亡。"

裴枝不用闭眼都能想象到昨晚纪翠岚攥着这张照片在酒吧找她的场景。大概就是一个老太太,迷茫又无助地在那个乌烟瘴气的地方,逢人就问,有没有见过她的囡囡。

那一刻，裴枝感觉到自己在失控、崩坏，对廖浩鹏的恨意快要将她蚕食。

可最恨的还是她自己。

是她一步步走错，造成了今天的局面。

指甲掐进掌心，细密的刺痛传来，她却还觉得不及心口那股钝痛的万分之一。

沈听择去而复返的时候，就看见裴枝抱着膝盖蹲在那儿，很安静，连呼吸都快听不见。他心跳一滞，跑过去握住她冰凉的手："裴枝。"

裴枝有了点反应。她抬起头，由于一夜没睡脸色苍白到透明，她朝沈听择摇了摇头说没事。

再后来的日子，裴枝没哭，也没过问裴建柏在哪儿，一个人操持着纪翠岚的身后事。

奶奶出殡那天南城又下了一场小雨，绵得要吃人骨头。

裴枝站在遗体告别厅里，眼睁睁地看着纪翠岚被推去火化，压抑的情绪在这一刻彻底迸发，忍了这么多天的眼泪再也不受控制地掉下来。

沈听择把她抱进怀里。

裴枝哭到整个人都在颤抖，抓着他衣角的指尖都泛白："我连奶奶的最后一面……都没见到……我们都还没有好好告个别……奶奶就走了……"

因为纪翠岚的丧事，裴枝在港城的交换学习被按下暂停键，连沈听择原定回北江的时间也一拖再拖。

直到他的手机数不清第几次亮起，裴枝凝视着他，低声说："沈听择，你去忙吧。"

沈听择回消息的动作顿住："那你跟我回去吗？"

裴枝摇头："我想在南城再陪陪奶奶。"

没给沈听择拒绝的机会，她很淡地笑了下，继续说道："放心，我不做傻事。会按时吃饭，好好睡觉，不会生病。"

沈听择看着裴枝，那个时候的他不知道她面上的平静，是在掩盖将至的骇浪，也没察觉到她的承诺更像是无声的告别。

第二天傍晚，裴枝送沈听择到登机口，她抱住他的腰，手臂收得很紧。

沈听择失笑地摸了下她的头："舍不得我就不走了。"

裴枝很闷地说不要："我过两天就去找你，你也要照顾好自己，别太累，注意休息。"

恰好此时登机的广播响起，裴枝松了手，目视着沈听择转身，垂下的手握紧又松开，她叫住他。

沈听择回过头。

隔着一米的距离，裴枝看着他："我爱你。"

沈听择愣了下，反应过来后，两步走到她面前，也不管周围人来人往，抬起她的下巴就吻，末了低声喟叹："成心不让我走啊。"

裴枝被亲得微喘，她推了推沈听择的肩膀："该走了。"

沈听择的身影彻底没入人潮。

裴枝用指腹按了按酸胀的眼角，拿出手机，转身边往外走，边发出去一条短信。

两个小时后，城西隧道边。

裴枝倚着车身，一条掐腰的黑裙子，和背后那辆库里南快要融为一体。车流经过卷起一阵风，把她的头发吹得有点乱。

十几分钟后，廖浩鹏从马路对面走过来。

等走到近前，廖浩鹏眯眼上下打量一遍裴枝："哟，今儿个是吃什么药了，居然约我见面。"

他不得不承认，裴枝的身材长相是真没得挑，不管是三年前还是现在，冷淡之下是让男人甘之如饴的妖和媚，浑然天成。

就像此刻，她微微皱眉都是风情。

裴枝侧身从车里把那张照片拿出来，语气冷漠："这是你给我奶奶的吧。"

廖浩鹏接过，垂眼看了看，点头说是。紧接着，他眼尖地看到边缘的暗红："这……"

"她死了。"裴枝淡声打断他。

这回廖浩鹏一愣，有点反应不过来："谁？"

"我奶奶，死了。"

风迎面刮过，就这样沉默一瞬，廖浩鹏也蹙眉，扬起照片："什么意思？

你怀疑是我干的?"

"没。"裴枝否认得干脆。

廖浩鹏刚要松口气,就听见裴枝继续说:"但是因为这张照片,她找到VZ酒吧,死的。"

廖浩鹏嘴巴微张,说不震惊意外是假的。

裴枝声线绷得冷硬:"廖浩鹏,你是帮凶。"

不远处传来刺耳的鸣笛声,将两人之间的暗流撕开一道口子。过了会儿,廖浩鹏突然冷笑出声:"裴枝,你要点脸,别什么屎盆子都往我头上扣。"

他情绪也慢慢跟着激动起来,指着照片质问:"是照片有假,还是我跟老太太说的哪句话有假?当初在VZ让我带着玩的人是你,不学好的人也是你!我还没跟你算当年那笔账呢!拜你所赐,我头上缝了五针,去年国庆还在医院躺了一个月!"

手机响了下,是沈听择发来的,问她在哪儿。

裴枝当他只是想关心她在干吗,就没急着回。她把手机关了静音,扔进车里。然后她转头,看着廖浩鹏一字一句道:"是,所以我们都该死。"

她眼神空洞,没有一丝温度。

廖浩鹏莫名被她的神情怵到,总觉得眼前的裴枝有点危险,没来由的。他甩了照片,胸膛起伏明显:"疯子!"

裴枝就看着他笑,笑着笑着就红了眼:"廖浩鹏,我疯不疯你不是早就知道吗?"

廖浩鹏知道她指的是那年他想带她去开房。明明已经半醉的人了,却在有所察觉的那一刻,想也没想地拿起桌上的酒瓶往她自己身上砸,为了清醒一点,也为了让他滚远一点。

飞溅的酒瓶碎片划过廖浩鹏的额头,他骂骂咧咧地要动手,被裴枝又一瓶酒砸过去。她双眼通红地朝他吼:"再过来一步我们就同归于尽。"

同样的眼神在不同时空交错,最终归于面前这个女人。

这场对峙只持续了十分钟,以廖浩鹏离开收场。

裴枝捡起那张掉在地上的照片,撕得粉碎,然后坐回车里,视而不见沈听择给她打来的十几个电话,眼里只能看见五十米之外,廖浩鹏的背影。

最后一点理智开始分崩离析。

她搭在方向盘的手收紧，发动车子，"啪"的一声打开大灯，油门踩到底，仪表盘的数值在一瞬间飙升到最高。巨大的轰鸣过后，眼前的景象开始虚化，只剩一个模糊的黑色人影。

风从车窗呼啸进来，距离越来越近，三十米、二十米……

直到还剩最后十米，车子就要撞上去的那一秒。

从岔路口突然冲出来一辆迈凯伦，厚重的引擎声，连风啸都盖过。远光灯刺眼，像要逼裴枝看清车里坐的人。

单眼皮，瞳孔漆黑，像深渊。

是那个明明应该已经在飞机上的人。

他紧盯着裴枝的方向，还在加速。

裴枝像被当头打了一棒，血液迅速回流，握着方向盘的手掐出了血印。她死死地踩下刹车，轮胎与地面发生剧烈摩擦，响声彻天。可距离太近，根本来不及。

一个大侧转，迈凯伦横着替廖浩鹏挡住了库里南的所有撞击。

随之而来的是"砰"的一声巨响，震碎了目睹这一切的廖浩鹏的耳膜。

那天的晚霞特别红艳，像火，也像血，映满了整片天空。

裴枝是在四天后醒来的。

入目的是雪白的天花板，消毒水的味道铺天盖地。她手撑着床坐起身，只觉得浑身都痛。

护士刚好推门进来，见状连忙呵住她："哎，小姑娘，别乱动。"

裴枝靠在床头，整个人毫无血色，眼神都呆滞。她像个没有生气的娃娃，任由护士检查换药。只在护士要走的时候，她斟酌了一下措辞问："和我……一起出车祸的人呢？"

护士把沾了血的纱布放进托盘后，看她一眼："那个啊，比你严重很多，还在ICU，还没脱离危险。"

话落的那一秒，裴枝尝到了心如刀绞的滋味，可这还没完。

护士敲了敲盐水瓶，试探却又笃定地问："那是你的男朋友吧？"

"……你怎么知道？"

"听说动手术的时候，他一直在叫你的名字。"

护士走后，裴枝眼泪决堤，无声地掉在被套上。

出车祸这么大的事最后还是惊动了邱忆柳。她甚至不知道裴枝怎么就回南城了，接到医院通知的时候还是蒙的。

裴枝本来也没打算瞒，只是觉得没必要说。

一天两个堪称噩耗的消息砸向邱忆柳，她静默了很长时间，才全部消化完。

她看向病床上的裴枝，安慰的话堵在喉咙口，眼里也有泪花，过了一会儿才启齿："奶奶……会在天上保佑你的。"

"嗯。"

"那你……"

"妈，"裴枝深吸一口气，还是低着头，"对不起。"

到这一刻，她才后知后觉自己有多自私。

如果沈听择没有拼命阻止她，那她就会背上故意杀人的罪名，在监狱里再也不见天日，又或者在警察找到她之前，她早就找了一个无人问津的角落自杀了。

横竖都是留邱忆柳一个人。

邱忆柳哭着摇头："没事就好……"

被允许下床的那天，裴枝去到沈听择的病房外。

隔着同样一块冰冷的玻璃，她看见了沈听择，戴着氧气罩，病号服很大，在他身上空空落落的。几个月前还在外面陪着她的人，如今却躺在里面生死未卜。

在眼泪又要不值钱地往下掉之前，裴枝听见走廊尽头传来高跟鞋的声音。

转过去的那一瞬，走廊光线昏沉，她清楚地对上薛湘茹的眼睛。

薛湘茹走过来，两人不是第一次打照面，也就省去了自我介绍。

预想中的质问责骂没有，裴枝甚至已经做好了挨一巴掌的心理准备，可五秒后走廊上依旧静得能听见仪器的"嘀嗒"声。

薛湘茹踩着一双高跟鞋，和裴枝对视，那双眸黑白分明，最能洞察人心。

她声音很平静:"裴枝,我不会打你。我只想问你一个问题……"顿了顿,她近乎自嘲地笑,"你到底要怎么样才能放过沈听择?"

裴枝脑子里"轰"的一声,得知沈听择还昏迷不醒的痛楚在这一刻迅速汇聚到顶点,像膨胀的气球一扎就破,快要窒息。

可薛湘茹不给她喘气的机会,继续缓声说道:"他为了你,说什么都不肯出国,放着家里给他铺好的路不走,非要磕破头去受那些罪。现在又因为你,躺进了 ICU 里,你让我一个做母亲的该怎么办?你教教我。"

她一字一句,没有咄咄逼人,甚至没有因为情绪而语调上扬,却把裴枝逼得无所遁形。

长久的静默后,裴枝脖颈垂下的弧度很低,声音也轻到几不可闻:"阿姨,我知道该怎么做了。"

如果让沈听择疼的话,她的爱也是放手。

这年盛夏降临得特别早,六月初的天,气象台就发布了高温预警。

沈听择也终于在某天醒了过来,当时病房里只有裴枝一个人。他动了动唇,只觉得喉咙很干,嗓音也哑得厉害:"裴枝。"

裴枝闻声愣住,反应过来后红了眼:"你……醒了?有没有哪里不舒服……我去叫医生。"

可没等她跑出去,手腕就被沈听择拉住,动作有点急,牵着伤口作痛。

他皱了下眉,缓过那阵疼后,抬头问裴枝:"你怎么样?"

病房里很安静,阳光从窗户透进来,细尘浮动。裴枝垂眼看向抓着她手腕的那只手。针还扎在筋脉里,淡青一片,因为他的动作回血了。

她反抓住他的手放回床边,摇了摇头:"我没事。"

库里南的车型本身就偏大,受到的撞击相对较小。再加上当时裴枝在减速,所以她的伤要比沈听择轻很多。

"嗯。"沈听择坐起身,靠在床头,朝裴枝笑了笑,"过来,让我抱抱。"

隔着几步距离,裴枝忍住胸口汹涌的情绪,很慢地走过去,沈听择顺势搂着她的腰把她抱进怀里。

顾不上疼,他抱得很用力。

只有他自己知道,他此刻拥有的究竟是什么。

那是一种失而复得。

昏睡的这些天,他反复被困在事发前的那个傍晚里,一遍遍想起裴枝对他说的那句我爱你,一遍遍想起那天走过机场廊桥时自己的幡然醒悟。

是他太晚察觉到裴枝的反常,也是他低估了裴枝的孤执。

他知道裴枝一旦报复完廖浩鹏,自己绝不会苟活。

还好,他救下了她。

还好,她还能干干净净地活着。

裴枝也弯下腰,紧紧环住沈听择的肩膀,眼泪在无声地往下掉。

年轻身体的愈合能力总是迅速的,裴枝看着沈听择一天好过一天的状态,比谁都笑得开心。可关上洗手间的门,她盯着镜子里那双通红的眼睛,心脏像被密密麻麻的针扎烂了。

他病好了,那就该说再见了。

夏至那天,住院部楼下的桔梗花开了。没有艳丽的红,而是一片很淡的蓝紫色。

沈听择做完检查,薛湘茹在陪。裴枝就没过去,一个人坐在花圃边的长椅上。那会儿阳光正好,光晕刺眼得泛起白光,有那么一瞬,像是天堂。

不知道过了有多久,她感觉头顶的光线被人遮住。

裴枝抬头,就看见陆嘉言站在一米之外。她愣住,下意识地站起身,然后整个人就被陆嘉言拉进怀里抱住。

他身上有一点风尘仆仆的汗味,但并不难闻。他好像又瘦了点,宽阔的肩骨硌着她疼。裴枝皱眉:"你……"

她伸手想推开陆嘉言,他却轻易地捕捉到她的意图,双臂收得更紧。他知道这有多逾矩,但他引以为傲的自持早就被裴枝一次次粉碎了。

陆嘉言的声音比以往都低,压着怒意质问:"如果不是齐老师告诉我,你是不是打算永远瞒着我?"

奶奶的事,车祸的事。

男人的体温比太阳更热,裴枝别过脸,突然觉得好累。她没有精力和陆嘉言纠缠，干脆不再动，任由他抱着，低声回答："我没想过瞒着你。"

可陆嘉言知道这比一句承认还要伤人。

没想瞒，是因为他已经失去了知情权。她没有立场去告诉他这些事，他也没有立场去关心。

他们早就变成了陌路人。

怀里的人很安静，一动不动。过了会儿，她说："谢谢你为奶奶做的那些事，还有以前你帮我，都算我欠你的。"

停顿一秒，她很淡地笑了下："至于其他的，就这样吧，哥。"

从此山高路远，我们各走各的。

陆嘉言知道这一次松手，两人最后一点的维系可能就断掉了。无力感铺天盖地，但他还是退后一步，沉声说着连自己都觉得虚伪的祝福："裴枝，沈听择他……是真心对你的，所以你别不幸福。"

裴枝闻言一怔，眉眼瞬间低垂，自嘲地笑了笑："知道了，你也要幸福。"

陆嘉言走了，和来时一样匆匆。

裴枝又坐了会儿，看一眼时间准备回病房。可刚一转身，她的脚步就被彻底钉在了原地。

她没有办法进行下个动作。

因为她看见了不远处的沈听择。

他站在风口，没穿病号服，身上那件黑色短袖被风吹得鼓起一角。大病一场后，棱角愈加分明，骨子里的痞气被磨掉不少，整个人显得冷淡。

他没动，没有像从前那样过来牵她，而是等着她一步步走到面前。

裴枝不知道他站了多久，看到了多少，她也不想主动去提，只是问："你怎么下来了？"

沈听择看着她："我给你发了很多消息。"

裴枝把手机拿出来，没能开得了机："没电了。"

"嗯。"沈听择伸手帮她抚顺乱掉的头发，随口问道，"陆嘉言来找你有事？"

这一句就够了。

裴枝知道他全都看见了。

也好。

她摇头:"没事,他就是来看看我。"

沈听择低低地"哦"了声,没再多问,拉起她的手要往楼上走:"我给你点了奶茶,去冰的。"

夏季燥热的风在两人的衣摆间流连,裴枝反手拽住他。

沈听择不明所以地回头,对上裴枝平静的神情,心跳莫名漏了一拍:"怎么了?"

裴枝眨了下微微干涩的眼睛,叫他的名字:"沈听择。"

"嗯。"

"我们到此为止吧。"

沈听择一怔,以为自己听错了,也理解错了:"什么意思?"

"要分手的意思。"

阳光暴烈,晒在两人身上,气氛却跌至冰点。

沈听择盯着裴枝的脸,摇头说道:"裴枝,你别跟我开玩笑。"

他不懂,明明早上一切都还好好的。两秒后,他垂下的手紧握,喉结艰涩地滚动:"为什么?是因为……他吗?"

裴枝知道他说的是谁,想也没想地否认:"不是。"

说完,她拉开一点两人的距离,不偏不躲地迎上沈听择的目光:"沈听择,你知道我以前在酒吧学到的是什么吗?就是哪怕有人拿刀在我面前捅了人,只要血不溅到我身上,我照样可以眼都不眨。这样的我很陌生是不是?但我告诉你,这就是我本来的样子。有句谢谢一直忘了跟你说,谢谢你让我不用坐牢。可是沈听择,你有想过吗,如果你那天有个三长两短,我还是要背着你这条人命过下半辈子!我是一个很自私的人,犯不着你豁了命来为我做这些。我不会觉得感动,只会觉得麻烦,知道吗?"

像是练习过无数遍的话,裴枝说得冷静,近乎残忍。可泛红的眼圈,发哽的声音,谁也不比谁好过。每秒钟心都在抽痛,她唯一能攥紧的只有衣角,以此来稳住自己的情绪,害怕自己下一秒会反悔。

"沈听择,真当自己是救世主啊?省点力气吧。"

医院像是最合适的审判地,这儿每天都有人被救,也有人在告别。

沈听择红着眼和裴枝对视,试图从她的脸上找出一丝欺骗,可她的眼神太清透,透到没有什么能更纯粹了。

沉默了一瞬,他像抓住最后一根稻草似的问:"是不是我妈和你说了什么?"

裴枝否认得干脆:"不是。"

"裴枝,你说的我不接受。"沈听择上前把她扯进怀里,用了力,不再温柔。裴枝趔趄一下,下巴磕到了他肩膀,腰上的手臂缠得更紧,耳边是他带着点颤抖的声音,"能不能不分手?求你。"

两人视线交错开来,裴枝看到远处有携手散步的老夫妻,有洋溢着笑脸的一家三口,那些画面就像走马灯,在她眼前闪过,最后归于和沈听择在一起的这大半年。

他喜欢哪个牌子的水果糖。

接吻时他习惯左手还是右手搂她的腰。

…………

忘不掉的。

可那又能怎么办,他们都还太年轻,赌不起幼稚的感情博弈。

裴枝缓缓闭上眼:"沈听择,我累了,你放过我好不好?"

话落的那一秒,她能感觉沈听择的骄傲像被人一寸寸碾碎,压在她身上的力道骤然少了几分。但他还是没放手,自虐般地质问:"裴枝,你敢不敢说一句不喜欢我?"

多可笑啊,原来在他拼了命为他们的将来努力,她却从来没有想过和他有以后。

没人比她更狠心。

"抱歉,我发现我没有想象中那么喜欢你,"裴枝从沈听择怀里挣开,往后退一步,憋回眼泪笑道,"所以你如果真的想听……"

她直视着沈听择的眼睛,像从前无数次说情话那样,一字一句道:"沈听择,我不喜欢你了。"

缱绻又决绝。

死刑宣判结束。

太阳被云层遮住,天都阴了。

裴枝说了走之前的最后一句话："沈听择，再见。"
或许再也不见。

后来的一段时间，裴枝听说廖浩鹏这些年在道上混的脏事都被人举报，并告上了法庭。她知道这里面有沈家的手笔，害沈听择受伤，这个罪名就足够廖浩鹏下半辈子在监狱里度过了。

判决下来的那一天，沈听择被沈家带走，不知去向，音讯全无。

裴枝在沈听择公寓楼下坐了一整晚，可她清楚二十三楼的那盏灯不会亮了。

在喝到数不清第几罐啤酒的时候，裴枝看见周渡出现在她面前。四个多月不见，他剪了短寸，她差点没认出来。

两人无声对视几秒后，裴枝告诉他："沈听择走了。"

"我知道。"周渡看着她，"我是来找你的。"

裴枝愣了下，并不觉得自己和他有什么好谈的。

可下一秒周渡直接开门见山地问："是你和沈听择提的分手？"

裴枝捏着啤酒罐的手慢慢收紧："嗯。"

周渡闻言居高临下地看她，再也没有了从前那副客套的样子，毫不遮掩地嗤笑一声："裴枝，你的喜欢真廉价。"

裴枝没吭声。

"沈听择变成现在这个样子，你怎么好意思和他提分手的啊？"周渡压着怒气的声音响在头顶，满是质问，"我看你根本就不喜欢他……"

"我爱他。"裴枝抬眼，嗓音很哑，也很急地打断周渡，顿了一秒后，她又垂下眼，强忍着心口那股翻江倒海的刺痛，固执地重复一遍，"我爱他。"

眼眶酸胀到极点，裴枝抽了下鼻子，肩颈都因为隐忍的哭腔而颤抖，她慢吞吞地说道："除了他，我不知道这辈子还能爱上谁。可是周渡，你知不知道这半年，甚至更早以前，沈听择是怎么过的吗？就上个月，他去港城陪我，我发现他天天两三点睡，大半夜在那啃我一个字都看不懂的金融财报。我知道他有的是本事，也想要快点站稳脚跟，可事实是他明明才大一啊，刚结束累死累活的高三，好不容易能松口气了，别人都在玩，就他一个人在拼……

"他原本可以不用这么辛苦的。我知道他不出国，依旧可以混得很好，可

295

是我不甘心，他就应该去看世界的，他应该是自由的，而不是为了我这样一个得过且过的人，被困住，更别提他还被我害得受了一身伤。我们这个年纪最抓不住的就是爱情，他现在喜欢我，可是以后呢？这些都可能成为我们的矛盾。"

说到最后，裴枝像变成了自言自语："我怕我们会走父母的后路，怕我们的结局根本配不上他的付出。现在放手，好过最后狠狈收场，相看两厌。"

他们都努力过了，但也只能这样了。

周渡沉默地听完，两人一站一坐，不知道僵持了多久，他不置可否，只是哑声又问："那你知不知道沈听择有多喜……有多爱你？"

裴枝点头："我知道。"

"不，你不知道。"周渡突然低吼出声。

裴枝闻言又愣了愣，抬起头看向他。

"开学前我请你吃饭那天，你不是问我在哪儿见过你吗？"周渡缓过那阵情绪，才继续说道，"在周子行的草稿本上不假，但我们早就真正见过面了。"

裴枝有意识到周渡要说什么，那晚她就想起来了，可她没想到周渡接下来的每一句话都在颠覆她的认知。

每一个字都像把凌迟的刀。

"高中的时候，我和沈听择在西淮那边的球场经常见到你，当然你可能没印象……"周渡自嘲地笑了笑，"但如果今天我不说，你这辈子可能都不会知道，像他这样一个招招手就有女孩等着追的人，从那个时候就开始暗恋你了。"

他用的是"暗恋"这个词，注定代表了那一方的卑微。甚至时至今日，他还是不能理解沈听择的想法。

是，不可否认裴枝很漂亮，她是一朵明艳带刺的玫瑰，有着致命的吸引力。但两人的生活几乎是平行线，交叉点摇摇欲坠。

他问过沈听择为什么是裴枝，记得那时沈听择沉默了很久，才无奈地叹笑，说了一句"我也想知道"。

没有理由的心动最致命。

少年没有成熟的自制力压抑，只能眼睁睁地看着那份心动越扎越深，直至变成执念。

裴枝已经麻木的心脏在听到"暗恋"两个字时彻底地动山摇，她难以置信地看着周渡，张了张嘴，却说不出一句话。

可审判远还没结束。

周渡靠在长椅旁的路灯杆上，像在回忆："他知道你那时候状态不太好，所以就没想过去打扰你。可是如果你每天放学的时候，但凡回一次头，都有可能看到傻不拉几等在附中旁边的沈听择……"

忽视掉裴枝的震惊，周渡弯腰拿过一罐啤酒，自顾自地开了喝，然后继续烧一把火："你们应该有过亲密关系了吧，那你有注意到过他腹部那儿有道疤吗？有问过他是哪儿来的吗？"

裴枝的脑子转得很慢，几乎是遵从本能地在回答："我问过，他说是打架输了的。"

周渡情绪又激动起来："是，是打架！那你到底知不知道他为什么要打架？"

裴枝摇头。

"就为了给你收拾那些烂摊子！疯了一样打群架，对面七八个人，他呢，就一个人硬抗，在医院住了半个月，差点没命！"

这件事，沈家不知道，学校不知道。

只有周渡知道，他到现在还记得清楚，那么骄傲的一个人，为了让他帮忙瞒下这件事，第一次低声下气地用了"求"这个字，求他别把这件事告诉别人。

裴枝彻底怔住："我的……烂摊子？"

周渡简直要气笑了，话也没说得多好听，带着点咄咄逼人的味道："你在酒吧装清高的时候，就没想过别人手段有多下三烂？那些酒吧的小混混哪个是好东西？"

"我不是没想过，我只是……"

她从前一直以为是陆嘉言去摆平的。

树上蝉鸣不歇，吵得裴枝脑子"嗡嗡"作响，一遍一遍回放的是那次在酒店套房她问过沈听择的话。

"打架就输过这一回，被你看见了。"

"怎么输的？"

"对面人多。"

"人多你还上?"

"那时候没想那么多。"

直到这一刻,裴枝才知道自己到底错过了什么,又失去了什么。上午八点半的太阳已经很烈了,她却只觉得浑身冰凉,一点点坠入冰窖的感觉。

好痛啊。

悲怆像海水般涌来,将她吞没,心脏也被撕扯着,痛得没有知觉了。

"所以裴枝,你最没有资格说沈听择,也最没有资格和他提分手!"

最后一句打抱不平落下,周渡将手里的啤酒罐捏扁,重重地扔进两步之外的垃圾桶,然后头也不回地离开。留下裴枝一个人彻底愣在原地,腰越弯越低,最后整个人蜷缩着,额头抵到膝盖上,任由泪水夺眶而出,浸湿单薄的裤料。